Il fantasma dai calzini gialli

Josh Lanyon

Triskell Edizioni

Pubblicato da
Triskell Edizioni – Associazione culturale Triskell Events
Via 2 Giugno, 9 - 25010 Montirone (BS)
http://www.triskelledizioni.it/
Questa è un'opera di fantasia. Nomi, personaggi, luoghi e avvenimenti sono il frutto dell'immaginazione dell'autore. Ogni somiglianza a persone reali, vive o morte, imprese commerciali, eventi o località è puramente casuale.

Prodotto in Italia
Prima edizione - Dicembre 2014
Edizione Ebook 978-88-98426-34-8

Edizione Paperback ISBN-13: 978-88-98426-56-0

Capitolo 1

C'era uno strano uomo nella vasca da bagno di Perry. Indossava un giubbotto sportivo... un giubbotto sportivo alquanto brutto. Ed era morto.

Perry, che era reduce dalle ventiquattro ore più dolorose e umilianti della sua vita e aveva guidato per più di un'ora dall'aeroporto, sotto la pioggia torrenziale, per raggiungere la relativa quiete e intimità della gelida stanza in affitto all'Alston Estate, rimase immobile, la bocca spalancata.

La sua emicrania svanì. Dimenticò di essere esausto, affamato e bagnato fradicio. Dimenticò di aver desiderato di essere morto, perché lì c'era una persona morta, e non era per niente un bello spettacolo.

Le sue dita erano ancora sull'interruttore. Spense la luce sopra di sé. Nell'oscurità sentì la pioggia picchiare contro la finestra, il proprio respiro, che sembrava rapido e terrorizzato, e dal soggiorno udì il suono leggero dell'orologio che aveva comprato al negozio dell'usato di Bethlehem Road. Nove cadenzati, argentini rintocchi. Erano le nove.

Perry riaccese la luce.

L'uomo morto era ancora nella vasca da bagno.

«Non è possibile,» bisbigliò.

Apparentemente, questo non bastò a convincere il cadavere, che continuò a fissarlo attraverso le palpebre mezze calate.

L'uomo morto era uno sconosciuto. Perry ne era abbastanza sicuro. Quella cosa... quel tipo era di mezza età e aveva bisogno di radersi. La sua faccia era di un rosso verdastro, le guance scavate come se i suoi lineamenti fossero sul punto di liquefarsi. Le sue gambe sporgevano da un lato

1

della vasca come quelle di un manichino. Una scarpa aveva un buco nella suola. I suoi calzini erano gialli. Senape, per la precisione. S'intonavano all'orrenda giacca a quadri.

Lo sconosciuto era, senza ombra di dubbio, defunto. Il suo petto non si muoveva neanche un po'; la sua bocca era spalancata, ma non ne usciva alcun suono. Perry non dovette toccarlo per sapere con certezza che era morto, senza contare che nulla al mondo avrebbe potuto persuaderlo a farlo.

Non vedeva alcun segno di violenza. Non sembrava esserci sangue da nessuna parte. Né acqua. La vasca era asciutta e vuota... eccetto che per l'uomo. Non dava l'impressione di essere stato strangolato. Forse era morto per cause naturali.

Magari aveva avuto un infarto.

Ma come aveva fatto ad avere un infarto nell'appartamento chiuso a chiave di Perry?

Lo sguardo del ragazzo si posò sullo specchio sopra il lavandino, e lui ebbe un sussulto non riconoscendo subito come proprio il pallido riflesso dagli occhi scavati. I suoi occhi castani apparivano enormi e scuri sul viso spaventato; le punte dei suoi capelli biondi sembravano ritte.

Uscendo a ritroso dal bagno, Perry chiuse la porta. Rimase lì, cercando di orientarsi nella nebbia di stanchezza e confusione. Poi, senza staccare gli occhi dalla porta chiusa, fece un altro passo indietro e inciampò sulla sua valigia, che era rimasta nel bel mezzo dell'ingresso.

La caduta assestò i suoi pensieri in una sorta di ordine o, se non altro, lo spinse all'azione. Alzandosi di scatto, si precipitò verso la porta dell'appartamento. Le sue dita armeggiarono con la serratura.

Aprì la porta con forza, ma quella si richiuse con un colpo, come se fosse stata tirata da una mano fantasma, e allora si rese conto di non aver sganciato il chiavistello. Con le dita tremanti, tolse anche quello e corse fuori dall'appartamento.

Sembrava impossibile che il pianerottolo fosse identico a com'era stato quando si era trascinato su per le scale cinque minuti prima. Le applique gettavano spettrali ombre sul tratto di scolorita moquette cremisi che conduceva alla scala a chiocciola. Le lunghe tende di merletto si agitavano sospinte dagli spifferi delle finestre. Tutto il resto era immobile. Il corridoio era vuoto, eppure l'inquietante sensazione di essere osservato non lo abbandonò.

Perry ascoltò il suono della pioggia che sussurrava contro i vetri, quasi l'edificio si stesse lamentando dell'umido, del legno marcio e del lezzo di muffa che permeava le sue vecchie ossa. Ma era il tetro silenzio che emanava dal lato opposto della sua porta che pareva obliterare ogni altra cosa.

Cosa stava aspettando? Cosa sperava di sentire?

Nonostante il disperato desiderio di andare di sotto, dove avrebbe trovato gente e luce, era stranamente agitato all'idea di compiere la prima mossa, di fare rumore o altro che potesse attirare attenzione... l'attenzione di qualcosa che magari attendeva nascosta nei recessi del lungo passaggio poco illuminato.

Dovette imporsi di muovere il primo passo. Poi schizzò attraverso il corridoio, mancando di poco le aspidistre moribonde nei loro alti vasi di marmo. Nonostante le rassicurazioni della parte razionale della sua mente, continuava ad aspettarsi che dagli angoli infestati di ragnatele giungesse un attacco.

Raggiunta la soglia delle scale, si aggrappò con forza al corrimano per riprendere fiato. Le sue ginocchia erano come gelatina. Con un certo timore, si guardò alle spalle. A eccezione delle tende, nulla si agitava nell'oscurità. Perry si avviò giù per le scale. Quindici gradini lo separavano dal piano successivo; li fece due alla volta.

Arrivato al secondo piano, esitò. L'ex agente Rudy Stein abitava lì. Un ex poliziotto avrebbe saputo cosa fare, no?

Anche Mr. Watson viveva a quel piano, ma lui era morto una settimana prima a Burligton. Le sue stanze erano chiuse, i suoi effetti personali prendevano polvere in attesa di un uomo che non sarebbe mai tornato.

Non che Perry credesse ai fantasmi – non proprio – o che fosse troppo codardo per affrontare un altro corridoio buio e pieno di spifferi, ma dopo quel primo istante di esitazione, continuò a scendere la grande scalinata finché, con suo grande sollievo, non giunse al piano terra che fungeva da ingresso alla pensione gestita da Mrs. MacQueen.

Qualcuno stava giusto entrando dalla porta principale, richiudendola in tutta fretta per ripararsi dalla pioggia battente. Su di loro, il lampadario tintinnò armoniosamente nell'alito sferzante della tempesta, proiettando inquietanti ombre rossastre sull'uomo.

Indossava un parka verde oliva col cappuccio e per un attimo Perry non lo riconobbe. In realtà, non riusciva proprio a vederne il viso, nascosto com'era dal cappuccio, e boccheggiò con i nervi a fior di pelle, il flebile singulto che risuonava all'interno dell'ingresso silenzioso.

Scoprendosi il capo, l'uomo lo fissò. Solo allora Perry lo riconobbe. Era nuovo alla pensione MacQueen, un ex marine o qualcosa del genere. Alto, moro e ostile.

Perry aprì la bocca per mettere al corrente il nuovo arrivato della presenza del morto al piano di sopra, ma le parole rifiutavano di venir fuori. Forse era in stato di shock. Si sentiva un po' strano, distante, frastornato. Si augurò di non essere in procinto di svenire. Sarebbe stato troppo umiliante.

«Che ti prende?» chiese l'uomo. Era accigliato, ma lo era sempre, quindi nulla di nuovo. A dire il vero, non era poi *così* alto – appena sopra la media – ma era muscoloso, ben piantato. Una Rocca di Gibilterra umana.

Alla fine, le corde vocali di Perry ripresero a funzionare, ma sembrava che l'uomo non riuscisse a comprendere le sue parole strozzate. Fece un passo verso di lui. I suoi occhi erano blu, blu marino, il che era appropriato, pensò Perry, ancora perso nel suo mondo.

«Che problema hai, ragazzino?» domandò l'uomo in tono brusco. Chiaramente c'era un problema.

Ancora senza fiato, Perry cercò di spiegarsi. Puntò il dito in alto, la mano tremante, e tentò d'infilare qualche parola tra un rantolo e l'altro.

E in quel momento il problema del cadavere al piano di sopra diventò secondario, perché il problema principale era che non riusciva a respirare.

«Gesù Cristo!» esclamò il marine, guardandolo affannarsi.

Perry si chinò a sedere sull'ultimo gradino tappezzato della scalinata e si mise in cerca del suo inalatore.

***

La conclusione perfetta di una perfetta giornata, si disse Nick Reno osservando il frocetto dell'appartamento in fondo al corridoio che aspirava dal suo inalatore.

Le carte del divorzio erano arrivate quel pomeriggio, ma quello che avrebbe dovuto giungere come un sollievo gli sembrava l'ennesimo fallimento. Nemmeno il lavoro alla compagnia di costruzioni aveva funzionato. Era il periodo dell'anno sbagliato per l'edilizia... Il periodo dell'anno sbagliato per qualunque cosa, a quanto pareva. E ora quello. Nelle ultime ore Nick si era aggrappato all'idea di una bella bevuta e un po' di solitudine, invece gli era toccato quel dannato ragazzino con una crisi isterica.

«Ragazzino, ricomponiti.» Come si chiamava? Qualcosa Foster. Nick lo aveva visto sulla cassetta delle lettere all'ingresso.

Il ragazzo continuò ad ansimare, il petto che si alzava e si abbassava nello sforzo di respirare. Forse aveva solo perso un episodio della sua soap-opera preferita. O magari avevano smesso di servire il suo gusto preferito da Starbucks. Chi accidenti poteva saperlo? *Checche.*

Nick scrutò l'ingresso insolitamente silenzioso. Dov'erano finiti tutti i ficcanaso che di solito affollavano i corridoi della gabbia di matti di Mrs. MacQueen? «Mi farebbe comodo un po' d'aiuto qui,» disse, non sapeva bene se rivolto all'Onnipotente o a una delle porte chiuse. Ma un istante dopo udì un chiavistello scorrere. Catenacci che scattavano, serrature che sferragliavano, pomelli che schioccavano. La porta dell'anziana Miss Dembecki si schiuse appena.

Il ragazzo, che aveva assunto una deliziosa sfumatura blu, abbassò l'inalatore quel tanto che bastava per sibilare: «C'è un... uomo morto...» Le aspirazioni ripresero.

«C'è *cosa*?» domandò Nick. «Dove?»

La gente cominciava a emergere dalle proprie stanze e a raccogliersi all'ingresso. Miss Dembecki, la testa in un groviglio di bigodini rosa, si strinse intorno al corpo magro un accappatoio sintetico a quadretti. «Che è successo?» chiese in tono lamentoso. «Cosa gli ha fatto?»

«Non l'ho toccato.» Nick alzò lo sguardo quando sentì una tavola del pavimento scricchiolare.

Sospesa su di loro c'era una faccia bianca come la luna. Stein, l'ex poliziotto, incombeva su di loro. La sua bocca disegnò una O tonda come il resto della sua faccia sudaticcia: occhi tondi, bocca tonda, naso schiacciato. «Che sta succedendo? Qualcuno ha avuto un incidente?» La sua voce fluttuò verso il basso.

Nick gettò un'occhiata severa in direzione del ragazzo. «Non lo so.»

«Perry, cosa c'è che non va?» domandò l'anziana signora in tono incerto.

Perry. Figurarsi, pensò Nick cupo. Se c'era un nome da checca, era quello.

All'estremo opposto del corridoio si aprì un'altra porta.

Un gatto schizzò fuori dall'appartamento della signora Bridger e si diresse verso di loro con passo felpato, la coda a pennacchio che si agitava dolcemente. Il ragazzo emise un suono terrorizzato, indicandolo con la mano libera.

Nick si girò esasperato, ma Miss Bridger, un metro e ottanta, capelli rossi, fasciata in un chimono smeraldo, aveva recuperato il pericoloso felino e lo stava richiudendo nell'appartamento.

Miss Dembecki disse: «Miss Bridger, magari lei potrebbe... È successo qualcosa a Perry.» Lanciò un'occhiata d'accusa in direzione di Nick.

Nick provò a replicare: «Senta, signora...» ma poi rinunciò, facendosi da parte mentre Jane Bridger avanzava accompagnata dal fruscio della sua vestaglia di seta. Aveva un drago ricamato sulla schiena. Doveva essersi fatta la doccia con una boccetta di Poison. Nick lo riconobbe come il profumo preferito di Mavis e avvertì una stretta allo stomaco.

«Perry, dolcezza,» mormorò dolcemente, raggiungendo il ragazzo sull'ultimo gradino della scalinata. «Che c'è che non va?» Poi spiegò a Nick: «Soffre d'asma.»

«Lo avevo notato.»

Foster abbassò di nuovo l'inalatore e riuscì a dire: «Un uomo morto... nella mia... vasca.»

Si era rivolto a Nick come se, per qualche ragione, quello fosse un suo problema; forse pensava che Nick fosse l'unico in grado di gestire una scena del delitto.

Finalmente la porta della proprietaria dello stabile si aprì e Mrs. MacQueen fluttuò fuori avvolta in una nuvola di fumo di sigaretta. «Cos'è tutto questo fracasso?» gracchiò. «Che avete combinato stavolta?» Dalle sue stanze giunse lo scroscio di risa finte di uno show televisivo.

«Perry sta male,» intervenne Miss Dembecki. «Ha un attacco d'asma.»

La Bridger diede qualche gentile colpetto sulle spalle di Foster. Le sue lunghe unghie erano rosse come il sangue, in contrasto con la camicia bianca di lui. «Coraggio, dolcezza. Fai respiri lenti e profondi.» La sua vestaglia si aprì rivelando la curva di un seno così perfetto che non poteva che essere finto. Nick sollevò lo sguardo. Se Stein si fosse sporto ancora un po' dalla ringhiera, avrebbe fatto un bel tuffo di testa.

Due minuscoli cani sbucarono fuori dall'appartamento della MacQueen e, con le unghie che ticchettavano sul pavimento di legno massello, si fecero strada verso la porta della Bridger, abbaiando come matti.

Stufo marcio, Nick indietreggiò, calpestando il piede di Miss Dembecki: con indosso le pantofole, non l'aveva sentita giungere alle loro spalle. E adesso miagolava come un gatto ferito. «Mi scusi,» esclamò.

«Perché non sta attento a dove va?» gemette la donna, zoppicando verso una delle sedie imbottite vicino al camino. Il focolare era spento. Per quanto ne sapeva Nick, non era mai stato acceso. Forse era lì solo per far scena. Si limitava a enfatizzare quanto poco accogliente fosse quella casa.

Foster ripeté con maggiore veemenza: «C'è un uomo morto nella mia vasca da bagno!»

Silenzio tombale. Un'altra esplosione di risate televisive. Qualcuno si lasciò sfuggire un risolino nervoso.

«Cosa vorresti dire?» domandò infine Mrs. MacQueen. A Nick fece venire in mente James Cagney in abiti femminili, anche la voce era somigliante.

«Vuol dire che qualcuno deve andare di sopra a controllare,» intervenne Nick.

Il ragazzo gli rivolse uno sguardo grato.

«E chi, *io*?» Mrs. MacQueen si tirò indietro con una mossa alla non-mi-prenderai-viva-sbirro.

«È lei la proprietaria. Gestisce lei il posto, no?»

«Ma, è… voglio dire… sì, ma…» I suoi occhi porcini vagarono da un volto all'altro. Si passò la lingua tra le labbra esangui. Gli altri farfugliavano, accennavano scuse silenziose, emettevano suoni dolenti.

«Facciamola finita,» tagliò corto Nick. «Andrò io.» Sarebbe stato un sollievo allontanarsi da quella massa di squinternati per un minuto o due. «Dove sono le tue chiavi, ragazzino?»

«Non ho... chiuso... la porta,» rispose Foster. Sembrava ancora a corto di fiato, ma non era più cianotico. La sua presa sull'inalatore era ben salda.

«Sta al terzo piano. Nella stanza della torretta di fronte alla sua,» spiegò la MacQueen a Nick.

«D'accordo.» Nick si avviò su per le scale.

Al secondo piano, passò accanto a Stein, che gli rivolse un sorriso di circostanza ma non disse una parola.

Nick proseguì la sua scalata sino al terzo piano. Era buio e tranquillo lassù: la puzza di gatto e il rumore della tv non giungevano fin lì. E, la maggior parte delle volte, neppure il calore. Le tende di pizzo fluttuavano come spettri dinanzi alle finestre mal sigillate per poi tornare ad appiattirsi contro il muro. La visibilità non era certo delle migliori: il lungo corridoio era male illuminato; un paio di piante semimorte sistemate su alti piedistalli costituivano una buona copertura per un agguato.

Una strana sensazione fece drizzare i peli sul collo di Nick. Era una sensazione che aveva imparato a non trascurare nei suoi quattordici anni di servizio, eppure giungeva inattesa in quella tenuta in rovina in mezzo ai boschi del Vermont.

Valutò, e mise da parte, l'idea di andare nel suo appartamento e prendere un'arma. Era abbastanza certo di riuscire a gestire qualunque delinquente di mezza tacca potesse essersi intrufolato nel palazzo.

Avvicinandosi con circospezione all'abitazione del ragazzo, Nick girò la maniglia.

La porta si spalancò su un'ampia, gelida stanza che odorava di pioggia e trementina. Somigliava più allo studio di unartista che a una casa vera e propria. Le tende erano state rimosse per permettere alla luce di entrare. Un telone

9

macchiato copriva gran parte del pavimento. Al muro erano addossate delle tele bianche; attrezzi da pittura ricoprivano quello che aveva l'aria di essere il tavolo del soggiorno. C'erano dipinti ovunque: sulle pareti, sul pavimento.

Al centro della stanza c'era una valigia.

Il ragazzo doveva essere stato via per una notte, quindi qualcuno poteva essersi introdotto nel suo appartamento e... poteva esserci rimasto secco.

Eccetto per il fatto che la porta del bagno era aperta, la luce accesa. Nick aveva una chiara visuale della vasca da bagno. Era vuota.

Sorpresa.

Si era davvero aspettato di trovare un uomo morto nella vasca da bagno?

Nah, ma di sicuro qualcosa aveva terrorizzato il giovane Perry. Le rare volte che Nick lo aveva incrociato per le scale, gli era parso tranquillo, educato e relativamente sano di mente.

Nick avanzò lungo il corridoio.

Il bagno era spazioso, all'antica, identico al suo. La vasca era una di quegli affari di porcellana con dei sostegni a forma di artiglio e due rubinetti separati per l'acqua calda e fredda, ideali per ustionarsi i piedi. Su di essa c'era una finestrella tonda. In un eccesso di zelo, Nick la aprì, guardando in basso, verso il terreno fangoso e le cime bagnate degli alberi che risplendevano sotto le luci dell'edificio.

Niente, nessun corpo.

C'era una striscia marrone all'interno della vasca. Si inginocchiò per osservarla. Argilla rossa? Vernice? Ruggine? La macchia poteva essere di qualsiasi cosa, eppure, d'istinto, i capelli gli si rizzarono ancora sulla nuca. La strofinò con il pollice e se lo portò al naso per odorarlo. Quell'odore metallico di rame era forse frutto della sua immaginazione?

Col cavolo.

Notò delle scie scure sulle piastrelle. Come se i talloni di qualcuno fossero stati trascinati sul pavimento...

Nick strinse le palpebre, riflettendo. Si rialzò e si diresse verso la camera da letto. Non c'era granché da vedere. Un letto matrimoniale, un cassettone malconcio. L'unica cosa fuori posto era una scarpa marrone davanti al ripostiglio. La prese in mano. Pelle di scarsa qualità. Taglia 48 e mezzo. C'era un buco in una suola. Nick posò la calzatura sul davanzale della finestra, gettando un'occhiata al letto. Sul comodino giaceva una pila di libri. Volumi della biblioteca. *Preferisco i duri*, *Non possono essere tutti colpevoli*, *L'ho trovato morto*, *I segreti di un detective privato*. C'era uno scaffale pieno di romanzi economici dai titoli egualmente ridicoli.

La sua bocca si curvò in una smorfia. Okay, adesso i conti cominciavano a tornare.

Ciononostante, memore dello sgomento in quei grandi occhi castani, aprì la porta del ripostiglio. Oh, cavolo. Il ragazzo appendeva persino il pigiama.

Guardò sotto il letto. Qualcuno aveva cresciuto davvero un bravo bambino.

Niente riccioli di polvere, nessun corpo privo di vita.

Nick controllò velocemente le altre stanze e armadi. Niente cadaveri. Attaccato al congelatore c'era un grafico per l'asma che raccontava la sua storiella triste e, in cima al frigorifero, una scatola di FrootLoops, che Nick trovò tristemente buffa.

Mentre stava per chiudere la porta d'ingresso, i dipinti appoggiati alle pareti del soggiorno colsero la sua attenzione. Non capiva unaccidenti di arte, ma sapeva se una cosa gli piaceva. E quei disegni gli piacevano. C'erano una sicurezza e maturità inaspettate in quei pazienti studi di ponti coperti e boschi autunnali. Un punto a favore del ragazzo della porta accanto.

Il ballatoio del secondo piano era deserto quando Nick lo raggiunse. Stein doveva aver perso interesse o essere caduto giù dalla ringhiera. Stesso scenario nell'ingresso. La MacQueen si era rintanata nel suo appartamento e aveva alzato il volume della televisione. Le uniche persone rimaste erano Foster, che sembrava essersi in parte ripreso – l'inalatore era scomparso – e la voluttuosa Miss Bridger, che se ne stava accanto al caminetto spento.

«Tutto tranquillo?» domandò in tono allegro. I suoi capelli rossi e la vestaglia verde erano un'esplosione di colore nel grigiore di quella stanza.

«Sì.» Nick ricordò la striscia di argilla rossa nella vasca da bagno e la scacciò dalla sua mente.

«Impossibile. Non può essere!» Il viso magro di Foster si fece teso. «Allora devono averlo spostato,» asserì con convinzione.

«*Devono*? Quindi stiamo parlando di una cospirazione?»

Foster arrossì. Aveva quell'incarnato chiaro, tipico dei bambini, che metteva in mostra ogni sua emozione come un cartellone pubblicitario.

«Dolcezza, dolcezza,» lo blandì la Bridger. «Non potrebbe essersi trattato di un incubo?»

«O qualche thriller di troppo?» insinuò Nick.

Foster era ancora seduto sull'ultimo gradino della scalinata principale. Lanciò un'occhiataccia a Nick. «Non stavo dormendo!» Spostò il suo sguardo furente sulla ragazza. «Ero appena tornato dall'aeroporto, sono entrato in casa, ed era lì. Non stavo dormendo. E non ho avuto un'allucinazione.»

«Non c'è nessun cadavere adesso.»

Foster deglutì rumorosamente. «Credo che dovremmo chiamare la polizia.»

Miss Bridger guardò Nick con espressione smarrita. Perché mai era diventato un suo problema? Lasciagli chiamare la polizia. Tiratene fuori.

«Ma, dolcezza, Mr. ... ehm. Mr. ...»

«Reno,» concesse Nick, riluttante.

«Mr. Reno ha già controllato. La polizia non troverebbe niente ora. Giusto? Non vogliamo creare problemi.»

Nick la osservò. Forse era giusto un po' spigolosa, ma comunque una donna di gran lunga troppo bella per vivere laggiù, in mezzo al nulla. Come mai l'intervento degli agenti la preoccupava?

«La polizia ha a disposizione dei tecnici della scientifica,» disse Foster con ostinazione. «Gente qualificata con attrezzature capaci di scovare tracce microscopiche di sangue o capelli.»

Nick ripensò alla maledetta striscia rossa nella vasca. Ai possibili segni di trascinamento sulle piastrelle. «Senti, ragazzino...»

«Perry. Perry Foster.» Il giovane si alzò come se avesse preso una decisione.

«Come ti pare. Foster, la polizia non manderà la squadra della scientifica durante la peggiore tempesta del secolo per uno scherzo telefonico.»

«Non è uno scherzo! C'era un cadavere. Qualcuno l'ha messo nel mio appartamento *chiuso a chiave* e poi l'ha portato via. Qualcuno del palazzo.»

Miss Bridger gettò un'occhiata nervosa alla porta chiusa di Mrs. MacQueen. Si morse il labbro inferiore e disse: «Tesoro, perché noi tre non andiamo nel mio appartamento e valutiamo bene la faccenda?»

Nick aprì la bocca, ma Foster lo batté sul tempo. «Non posso entrare lì dentro,» rispose, ostinato.

«Chiuderò il gatto in una stanza.»

«I suoi peli...»

«Oh, dannazione!» esclamò Nick. «Non mi interessa cosa avete intenzione di fare, solo evitate di coinvolgermi.»

Il ragazzo, Foster, serrò la mascella, ma i suoi occhi avevano una scintilla minacciosa quando guardò Nick. «Certo. Grazie per l'aiuto,» riuscì a dire in tono educato.

Nick fece per andarsene.

«La polizia potrebbe chiedere d'interrogarla, Mr. Reno,» lo avvertì Miss Bridger. I suoi occhi scintillavano come vetro verde.

Nick prese un profondo respiro ed espirò lentamente. «Andiamo dentro e discutiamone,» disse con molta calma.

**

La polizia arrivò mentre stavano prendendo il caffè. Il caffè era stato corretto con del brandy: un errore dal punto di vista di Nick, ma d'altronde, a suo avviso, l'intera serata era stata un errore. Lo sbaglio più grande era stato chiamare gli sbirri, e lui aveva espresso ad alta voce e con eloquenza – ma soprattutto ad alta voce – il suo parere a riguardo.

Ora se ne stava a rimuginare in silenzio, occupando metà del sofà in cavallino di Jane. Dopo aver ascoltato Perry, la polizia si era diretta al piano di sopra per indagare. Nick Reno non si era sbagliato. Non c'era traccia della scientifica, solo due agenti stanchi e bagnati in impermeabile giallo, con un'aria tutt'altro che divertita.

Prima che i due andassero di sopra, Nick li aveva messi al corrente della macchia nella vasca e delle tracce di trascinamento sul pavimento.

«Come mai non hai accennato prima a quelle cose?» domandò in tono accusatorio Perry non appena la porta si chiuse alle spalle delle forze dell'ordine. «Sono indizi.»

«Lascia che siano i poliziotti a decidere se si tratta o meno di indizi,» ribatté Nick.

«Dell'altro brandy?» propose Jane. Lui le allungò la tazza e lei gli rabboccò il caffè.

14

Perry abbassò lo sguardo sulla propria. Sapeva che gli altri due ce l'avevano con lui per aver insistito nel chiamare la polizia; era come se stessero operando in un universo parallelo. Certo che aveva chiamato la polizia. Era quello che avrebbe fatto ogni persona normale.

Così adesso erano tutti e tre lì ad aspettare che la legge facesse il suo corso, sorseggiando caffè corretto e mangiando biscotti decorati, duri abbastanza da spaccare un dente. Il brandy stava cominciando a dare alla testa a Jane, che stava flirtando con Nick.

Lo sguardo di Perry vagò per la stanza. Sul tavolo c'erano due biglietti natalizi. Uno proveniva da una compagnia di assicurazioni. L'altro era a faccia in giù. Senza dubbio Jane non era il prototipo della casalinga perfetta. Il suo appartamento era un disastro. Probabilmente si vestiva e svestiva camminando di stanza in stanza, si disse Perry adocchiando una camicetta di seta abbandonata su una lampada. I piani dei tavoli erano impolverati e sui mobili imbottiti c'erano peli di gatto. A quella vista, sentì i polmoni restringersi.

«Come ti senti adesso, dolcezza?» gli domandò Jane, quasi avesse interpretato la sua espressione.

«Bene.» Rivolse un'occhiata diffidente a Reno e poi distolse lo sguardo. Nick Reno lo stava osservando come se fosse un idiota.

«Cos'è successo mentre ero di sopra?» chiese Reno di punto in bianco.

Jane scrollò le spalle e si tirò su la vestaglia che era scivolata giù. «Niente.»

«Mr. Center è uscito dal suo appartamento,» disse Perry.

«Per circa mezzo minuto. Poi è tornato dentro,» precisò Jane. «È quello che hanno fatto tutti. Miss Dembecki è tornata a casa e ha chiuso a chiave la porta. Lo stesso Mrs. Mac. Nessuno pensava davvero che avresti trovato qualcosa.»

Diede un colpetto sulla mano di Perry, come per scusarsi, e chiese a Nick: «Perché? Cosa ti aspettavi?»

Nick Reno aveva un viso imperscrutabile. Invece di rispondere in modo diretto alla domanda di Jane, chiese: «Quante persone vivono qui?»

«Sette, ora che il povero Mr. Watson ci ha lasciati.»

Lo sguardo di Nick si assottigliò: stava riflettendo. «Intendi il tizio che è morto al villaggio? E Stein è il ciccione del secondo piano?»

«Esatto. Lavora come guardia di sicurezza al supermercato quasi tutte le notti. Prima c'erano Mr. Stein, Mr. Center e Mr. Watson al secondo piano. Io, Miss Dembecki, Mrs. Mac e Mr. Teagle abitiamo a questo piano da... beh, praticamente da sempre. Sono sicura che tu abbia incontrato Mr. Teagle. Lui si assicura sempre di conoscere tutti.» Fece un sorriso beffardo. Mr. Teagle non nutriva una gran simpatia per Jane. «E su al terzo piano ci siete solo tu e Perry nelle vostre torrette gemelle.»

Perry stava cercando di ricostruire una linea temporale. Non era possibile che qualcuno si fosse introdotto nella palazzina dall'esterno o, se fosse stato all'interno, che avesse usato le scale senza essere visto dagli inquilini radunati nell'ingresso. E questo voleva dire che chiunque avesse spostato il corpo doveva essere rimasto al terzo piano nell'intervallo tra la fuga di Perry e il giro di ricognizione di Nick. Forse l'intruso era proprio nel suo appartamento quando Perry aveva trovato il corpo. Forse lo aveva osservato da dietro la porta per tutto il tempo.

L'idea era inquietante. «Il corpo deve essere nascosto da qualche parte al terzo piano,» affermò Perry.

Jane smise di far tamburellare le unghie vermiglie sulla tazza e lo fissò.

«Dove? In casa mia?» suggerì Reno in tono secco.

Perry socchiuse gli occhi mentre valutava l'ipotesi. *Quella* sarebbe stata la spiegazione più ovvia: non c'era nessun corpo perché Reno lo aveva occultato nel suo appartamento. Tornava da fuori quando Perry era sceso dalle scale. Poteva voler dire qualcosa?

Osservandolo mentre faceva le sue congetture, Reno commentò: «Hai una fervida immaginazione, ragazzino.» E, stranamente, Perry si sentì rassicurato.

«Potrebbero averlo gettato nel condotto per la biancheria. Il cadavere, intendo.» Jane fece girare il piatto dei biscotti di simil-cemento a forma di ghirlanda.

Nick li rifiutò con un cenno del capo. «Descrivimi questo tizio morto,» ordinò.

Perry rifletté a lungo. «Era sulla cinquantina, robusto. Avrebbe avuto bisogno di una rasata. Capelli rossicci, sembravano tinti. Portava un giaccone a quadri gialli e marroni e dei calzini color mostarda. Aveva un buco nella suola della scarpa sinistra.»

Nick si mise in allerta. «Che genere di scarpa?»

«Un mocassino marrone.»

«Sei sicuro che ci fosse un buco nella suola sinistra?»

Perry annuì, poi aggiunse, colpito da un ricordo improvviso: «Aveva dei ciuffi di peli che gli uscivano dalle narici e un neo sul mento.»

«Non sentivo la necessità di tutti questi dettagli,» mormorò Jane. Una mano pesante bussò alla porta di casa e lei sussultò.

Perry assunse il colore di uno dei cadaveri dei suoi romanzi popolati di uomini duri. «È la polizia,» disse in un soffio.

«Non mi dire. Li abbiamo chiamati noi, ricordi?» Giacché gli altri due sembravano paralizzati, Nick si alzò e aprì la porta ai due luogotenenti.

I due poliziotti li squadrarono, stanchi e scuri in volto.

«Devo proprio chiederlo. Avete bevuto oggi pomeriggio?» domandò il più anziano dei due. Con addosso l'impermeabile e il berretto da pioggia, ricordava

GothonFisherman, l'uomo dei bastoncini di pesce, dopo aver tirato su una rete vuota.

«Giusto un goccetto, a scopo terapeutico,» spiegò Jane al di sopra delle indignate proteste di Perry. «Non siamo stati insieme tutto il pomeriggio, quindi non saprei dirvi altro.» Si stiracchiò con disinvoltura e gli occhi dei poliziotti indugiarono sulla sua generosa scollatura.

Il sosia di GorthonFisherman si lasciò sfuggire uno sbuffo indignato. «Non c'è nessuno di sopra. Nessun corpo.»

«Ve lo avevo detto,» ribatté Nick. «E che mi dice del sangue?»

«Chi ha parlato di sangue? Avrebbe potuto essere... fango.»

«Ha visto molto sangue in passato?» s'informò il secondo poliziotto. Era più giovane e sembrava il più irritato all'idea di essere stato trascinato in quella situazione paradossale.

«Abbastanza.»

«E i segni di trascinamento?» chiese Perry.

«I segni di trascinamento non significano nulla,» disse il vicesceriffo. «E non ho visto fango da nessuna parte.» Lanciò un'occhiata al partner. «Tu ne hai visto?»

«No. Quella vasca non avrebbe potuto essere più pulita. Come se qualcuno l'avesse strofinata per bene.»

«E questo non le suggerisce nulla?» intervenne Jane.

Il poliziotto più anziano la squadrò con aria impassibile. «Che qualcuno l'ha strofinata per bene.» I suoi occhi indugiarono per un attimo sulla bottiglia di brandy sul tavolo, in mezzo alle cianfrusaglie.

«C'era un uomo morto nella mia vasca da bagno. Non ci è finito per sbaglio,» insistette Perry.

«Magari non era morto,» suggerì il luogotenente. «Magari era un vagabondo che è andato via dopo che lei lo ha trovato.»

C'erano così tanti buchi in quella teoria che Perry non avrebbe saputo nemmeno da che punto cominciare a elencarli. «Il mio appartamento era chiuso a chiave. Come avrebbe fatto a entrare?» obiettò.

«E come avrebbe fatto un cadavere a entrare? Un vagabondo avrebbe avuto maggiori possibilità di introdursi in casa sua di un uomo morto.»

Una logica inoppugnabile. Eppure Perry non si arrese. «Ma era *morto*. Qualcuno lo ha portato dentro e poi lo ha spostato, così non mi avreste creduto.»

«Se era per quello, potevano risparmiarsi il disturbo,» commentò il vicesceriffo sarcastico. L'agente più anziano gli scoccò uno sguardo di rimprovero.

«Ascoltate,» disse Reno. «Nemmeno io ho creduto alla storia del cadavere, ma ho visto una scia di qualcosa nella vasca e avrei giurato che fosse sangue. E c'erano dei segni scuri, probabilmente di trascinamento, sulle piastrelle del pavimento. Inoltre, Foster ha detto che l'uomo morto portava una scarpa con un buco nella suola. Ho trovato quella scarpa. L'ho lasciata sul davanzale della finestra.»

«Noi non abbiamo notato alcuna scarpa con la suola bucata.»

«Avete controllato la camera da letto?»

«Certo. Ma non eravamo alla specifica ricerca di calzature.»

«Avete visto la scarpa sul davanzale?»

Gli agenti si scambiarono un'occhiata perplessa.

«Io non ho visto nessuna scarpa,» rispose il sosia di Gordon Fisherman. «Se volete controllare voi stessi, fate pure,» aggiunse.

«Prenderò per buona la vostra parola,» disse Jane. Soffocò uno sbadiglio e, senza rivolgersi a nessuno in particolare, annunciò: «Signori, detesto fare la guastafeste, ma ho bisogno del mio sonno di bellezza.» Con un gesto pigro

19

accennò a cacciarli via e gli umili servi della legge si avviarono diligentemente verso l'ingresso.

«Potete scommetterci che controllerò di persona,» ribatté Perry, alzandosi. Ma non riuscì a impedirsi di controllare che Nick fosse della spedizione.

Nick non si tirò indietro. Marciò su per le scale, il ragazzo e gli agenti alle calcagna e, per la seconda volta quella sera, entrò nell'appartamento di Foster.

Perry lo seguì, guardandosi intorno come se non avesse mai visto quelle stanze prima. La nottata stava assumendo i contorni di un'allucinazione. D'altra parte lui non dormiva da un pezzo. Notò la valigia al centro del pavimento. Sembrava trascorso un secolo da quando era uscito dalla casa di legno vittoriana di Marcel e aveva preso l'aereo per tornare in Vermont.

Accompagnò Nick in bagno. Com'era prevedibile, la vasca era vuota… e di una pulizia accecante.

Nick fece scorrere le dita sull'orlo. «È bagnato,» commentò. Perry lo guardò fisso. E lo stesso fecero gli agenti che ostruivano la soglia.

Passando tra loro, Nick si diresse verso la stanza da letto, dritto al davanzale.

In bella vista sul ripiano c'era una scarpa. Era nera, piccola – forse un 43 – e in buone condizioni.

La mascella di Nick si contrasse mentre esaminava il mocassino. «Non è questa la scarpa.»

«Guarda tu stesso, amico, è l'unica che c'è qui dentro.»

Nick lanciò la scarpa a Perry, che la afferrò e deglutì. «Questa è mia,» disse come se temesse che la calzatura si fosse macchiata di qualche orribile colpa.

«Già, è quello che abbiamo pensato anche noi.»

«Pensavo che non aveste notato nessuna scarpa,» replicò Reno.

«Non abbiamo notato nessuna scarpa *sospetta*.»

«Sta' zitto, Abe,» borbottò il luogotenente più anziano.

Nick fece per parlare, ma poi si trattenne. Era una causa persa. I poliziotti si erano fatti la loro idea già da una ventina di minuti, era evidente.

Osservò il ragazzo di sottecchi ed era chiaro che Foster avesse capito che la faccenda era chiusa, anche se lo fissava speranzoso. Perché? Cosa pensava che Nick potesse fare a riguardo? Ammesso che Nick volesse fare qualcosa.

Ricambiò lo sguardo e il ragazzo distolse il proprio, stringendo i denti. Gli tremavano le mani e le cacciò nelle tasche.

Gli agenti presero congedo.

«Noi andremmo. Buonanotte, gente. Non cacciatevi nei guai.» L'agente anziano, l'ultimo a uscire dall'appartamento, sollevò la tesa del cappello spruzzato di pioggia.

Nick bloccò la porta prima che si richiudesse alle loro spalle. Poi gettò un'altra occhiata alle sue spalle, verso Perry Foster. Il ragazzo era incantato davanti alla vasca incorniciata dal telaio della porta.

I commenti sottovoce degli agenti si spensero insieme al suono dei loro stivali sulle scale.

Caso chiuso, pensò Nick. Tempo di ritirarsi in branda.

«Immagino sia tutto,» disse. «Credo che ti darò la buonanotte anch'io.»

Foster voltò il capo di scatto. «Stai andando via?»

«Sì.» In risposta al tono che rifiutava di cogliere nella voce di Perry, Nick si sforzò di suonare disinvolto. «Qui è tutto tranquillo.»

Foster era un ragazzo dall'aspetto delicato. Viveva da solo e presumibilmente aveva un lavoro, quindi non poteva avere quattordici anni, nonostante fosse quella l'età che dimostrava. Aveva polsi sottili e, dai buchi dei suoi Levis strappati ad arte, facevano capolino delle ginocchia ossute. Sotto la pelle diafana delle mani s'intravedevano vene bluastre. Nick pensò ai cereali FrootLoops e al grafico per l'asma attaccato congelatore.

Maledizione.

«Grazie,» mormorò Foster con voce roca. «So che probabilmente anche tu credi che io sia pazzo, quindi apprezzo l'aiuto.»

«Non credo che tu sia pazzo.» A dire il vero, non aveva idea se il ragazzo lo fosse o meno. «Sono certo che tu abbia visto qualcosa. Ma qualsiasi cosa fosse, adesso è sparita. È finita.»

A Nick tornò in mente la scarpa bucata; avrebbe dovuto capire subito che era troppo grande per uno scricciolo come Foster. Qualcuno l'aveva sostituita quando lui era andato via. Qualcuno aveva ripulito la vasca e il pavimento. Qualcuno con delle palle d'acciaio. Ma non era un suo problema. Non era compito suo salvare il mondo. Non più.

«Già, beh…» Il ragazzo riuscì ad accennare un sorriso incerto. «Magari posso affittare una stanza in un hotel in città.» Prese la sua valigia. «Non voglio restare qui stanotte.»

Nick fece un rapido gesto d'assenso col capo. Grande idea. La migliore che avesse avuto sino a quel momento. Solo che… Una raffica di vento scosse la casa. Le luci tremolarono. Reno sentì Foster trattenere il fiato dall'altra parte della stanza. I suoi occhi sembravano enormi. Come quelli di Bambi dopo che la sua mamma lo aveva portato nel bosco.

Era una notte schifosa e scura. Di sicuro non la notte giusta per uscire in macchina, a meno di non esserci costretto. La radio non aveva fatto che gracchiare allerta meteo. E poi, che razza di bastardo avrebbe mandato un ragazzo asmatico fuori sotto il diluvio?

«Dannazione,» bofonchiò Nick. «Puoi stare da me stanotte.»

Il viso appuntito riprese colore. «Non vorrei disturbare,» disse Foster in tono speranzoso.

Nick grugnì.

Capitolo 2

«Eri un marine?» Perry tentò di fare conversazione mentre squadrava l'appartamento di Nick Reno.

Gli appartamenti delle torrette erano piccoli e riservati ed erano identici tra loro. In entrambi, l'ambiente principale sfociava in un'alcova destinata a sala da pranzo con due finestre dai vetri a losanghe. Dall'esterno, le stanze circolari somigliavano a piccole torri, che conferivano alla vecchia casa sconnessa un aspetto vagamente gotico. Viceversa, il posto sarebbe apparso insignificante, soprattutto ora che gran parte della struttura interna originaria era stata distrutta per accomodare gli appartamenti. Casa di Nick aveva una cucina stretta e lunga che dava sui boschi. Quella di Perry si affacciava sul guardino incolto e in gran parte sfiorito. Non che avesse importanza, dato che il suo appartamento era solo un posto in cui dipingere. A quanto sembrava, nemmeno Nick passava molto tempo nel proprio. Aveva due camere da letto (quella in cui Perry riusciva a sbirciare era stata adibita a sala pesi) e un bagno. C'erano pochi mobili e qualche effetto personale.

Reno inserì il chiavistello e in tono sbrigativo rispose: «Navy SEAL.»

«Che il viaggio abbia inizio.»

Nick rivolse a Perry lo sguardo severo che il ragazzo stava cominciando a riconoscere, così lui si spiegò: «È quello che dice lo spot in TV. *Che il viaggio abbia inizio,* ovvero *Non è solo un lavoro, ma un'avventura.* Lo slogan dei marine, hai presente?»

A quanto pareva, Nick non aveva presente. Scomparve in cucina.

Avendo l'impressione di essere stato liquidato, Perry tornò all'ingresso. Eccetto che per un quadro, un gigantesco paesaggio marino, i muri erano spogli. Era appeso in cima al camino. Onde grigio-azzurre sotto un cielo plumbeo. Perry lo trovò bello. Non c'erano altre immagini. Nemmeno una. Le pareti erano dipinte di un semplice bianco. C'era un piccolo divano blu, su cui avrebbe passato la notte. Di fianco era stata sistemata una piantana. Davanti c'era un tavolo da caffè. L'arredamento si riduceva a quello. Nulla che lasciasse intuire qualche elemento della personalità di Reno, a meno che l'assenza di mobili non rivelasse qualcosa.

«Vuoi una birra?»

Perry mise giù la valigia e seguì la voce di Nick sino in cucina. L'ambiente era immacolato. Un frigorifero all'antica brontolava stanco. I fornelli sembravano pezzi d'antiquariato. L'orologio sulla parete indicava che era passata la mezzanotte e Perry si rese conto di quanto fosse esausto.

Nick era in piedi accanto al lavandino a tracannare una birra. Quando si fermò a respirare, disse: «Serviti pure.»

Perry aprì la bocca per rifiutare, ma colse un luccichio nello sguardo del marine, uno sguardo che suggeriva che l'uomo reputava Perry una delicata, piccola mammoletta che non beveva birra a mezzanotte. «Grazie,» rispose, e aprì il frigorifero. Si era aspettato di non trovare altro che bevande alcoliche e integratori alimentari. Sbagliato. I ripiani di metallo erano stracolmi di cibo. Latte, uova, pane e carne avvolta nella carta bianca del macellaio. Le verdure premevano contro i cassetti di plexiglass come nasi bagnati.

Perry trovò una birra – roba importata di qualità – e provò a svitare il tappo.

Nick quasi si strozzò con la birra e tossendo la sputò nel lavello. Stava ridendo, non troppo gentilmente. Perry si strofinò i palmi delle mani sui jeans.

«Ti serve un apribottiglie,» lo informò il marine, asciugandosi il mento col dorso della mano.

«Ero distratto,» farfugliò Perry sulla difensiva.

Nick gli passò l'apribottiglie. «Quanti anni hai? Ne hai più di ventuno, giusto?»

«Ne ho ventitré.»

Sopracciglia scure si levarono rivelando un blando scetticismo. Nick sembrava sulla trentina. Aveva una pelle liscia e olivastra e corti capelli scuri. E quegli occhi blu marino. Era molto attraente col suo contegno severo e l'aria da *"non sconfinare"*. Era alto quanto Perry, ma il suo fisico era concepito per l'azione. Parola chiave: muscoli.

Perry mandò giù una disgustosa sorsata di birra. Non era sicuro che quell'uomo gli *piacesse,* ma si sentiva al sicuro con lui. Non riusciva a immaginare una situazione che Nick Reno non fosse in grado di affrontare.

Nick lasciò la cucina e scomparve in corridoio. Perry sorseggiò un altro po' di birra.

Il picchiettio della pioggia sulla finestra aveva un suono grave. Si ricordò che appena poche ore prima era a San Francisco. Non aveva la forza di fare i conti con quel pensiero in quel momento. Non con un uomo morto che compariva e scompariva come la striscia nera di una vecchia pellicola di un film splatter. Bevve un altro sorso di birra.

«Da quant'è che vivi qui?» domandò la voce di Nick, giungendo da un'altra stanza.

«Sarà un anno la prossima settimana.»

«E non era mai capitato niente del genere prima?»

«No, certo che no.»

«Nulla di sospetto?»

Perry ci rifletté su. «No.»

«Non sembri convinto.» Nick si materializzò sulla soglia con un paio di coperte di lana ripiegate.

«È una vecchia casa,» disse Perry, riluttante. «Ha una certa… atmosfera.»

Dall'espressione di Nick era evidente che sperava che "l'atmosfera" non fosse contagiosa. «Che intendi? Assi del pavimento che scricchiolano? Sussurri?»

«A volte mi sento osservato,» rispose il ragazzo. «Ogni tanto ho l'impressione che la mia roba sia stata spostata. Come se qualcuno fosse stato nel mio appartamento. A volte sembra che la casa stia... ascoltando.»

Nick lo studiò per un lungo istante. «Direi che sei fuori come un balcone, ma qualcuno ha pulito quella vasca e scambiato quelle scarpe. Sono fottutamente certo di non averlo immaginato. E sono fottutamente certo che non esista un motivo innocente per fare una cosa simile.»

Essere creduto fu un enorme sollievo. «Sarei dovuto mancare per l'intero fine settimana. Sono rientrato prima,» ammise Perry.

«Chi ne era al corrente?»

Il ragazzo si strofinò gli occhi con i palmi della mani. «Non saprei. Non era un segreto. Janie – Miss Bridger – lo sapeva. Anche Mrs. Mac.» Lo stress che aveva accumulato lo travolse all'improvviso. Deglutendo con forza per liberarsi del nodo che gli si era formato alla gola, aggiunse: «Erano settimane che pianificavo il mio viaggio a San Francisco. Immagino che chiunque potesse saperlo.»

Qualunque cosa Nick scorse sul suo viso, lo spinse a dire in tono brusco: «Già, beh, sarebbe d'aiuto restringere la lista. Fatti una dormita, ne riparliamo domattina.»

Dormire era una buona idea. Perry non toccava cibo da quasi ventiquattr'ore e la birra cominciava a dargli alla testa. O forse era solo sfinito. Non aveva chiuso occhio la notte precedente e quella prima ancora era stato troppo eccitato per prendere sonno. Il viaggio in macchina dall'aeroporto aveva esaurito le sue ultime energie: erano ore che andava avanti con le pile scariche.

«Grazie.» Si lasciò cadere sul divano. Nick gli gettò le coperte piegate. Lui le afferrò stringendole al petto.

Schiuse le labbra per ringraziare il marine ancora una volta, ma lui era già sparito nel corridoio, in direzione della camera che Perry non riusciva a vedere. L'uscio si chiuse con un suono definitivo.

La porta chiusa era un sollievo. Perry non si era reso conto di quanto quell'uomo lo rendesse nervoso. Nervoso e insicuro. Nick Reno, uomo d'azione, non faceva mistero di disprezzare la femminuccia che viveva dall'altro lato del pianerottolo.

Perry aprì la sua valigia e trovò un pigiama di flanella e un paio di calzini puliti. Si prospettava una notte fredda. Il termostato di Nick segnava 15° C e gli infissi lasciavano entrare un mucchio di spifferi.

Con le mani che tremavano per l'improvvisa stanchezza, Perry indossò il pigiama, infilò i calzini, e si avvolse nelle coperte. Il divano era più corto di lui di quasi trenta centimetri. Ma non importava: avrebbe preferito dormire su un letto di chiodi che nel suo desolato appartamento.

Prese vagamente in considerazione l'idea di lavarsi i denti, ma non riuscì a convincersi a fare quello sforzo. Invece, affondò la faccia nel fresco tessuto della federa ed ebbe una sorpresa. Il cuscino era impregnato dell'odore di Nick Reno. Un aroma virile: dopobarba e qualche tipo di sapone alle erbe.

Per qualche misteriosa ragione lo fece pensare a Marcel, anche se Marcel non odorava affatto come Nick Reno. La solitudine e il senso di perdita di Perry si ripresentarono con vigore, abbattendosi su di lui come un'onda, trascinandolo al largo in balìa della corrente. Sentì gli occhi bruciare, il viso arrossarsi. Per soffocare i singhiozzi che minacciavano di sfuggirgli dalla gola, si strinse più forte contro il cuscino che odorava di Nick Reno.

Avrebbe davvero toccato il fondo se avesse concluso quel weekend piangendo sino ad addormentarsi sul suo divano. Immaginò il marine a sorprenderlo a singhiozzare contro la tappezzeria e stupì se stesso con una risata

IL FANTASMA DAI CALZINI GIALLI – Josh Lanyon

lacrimosa. Riusciva a visualizzare l'orrore sul volto dell'uomo con estrema chiarezza.

Ascoltando lo scrosciare della pioggia, chiuse gli occhi e lasciò che quel suono lo portasse via.

***

Trenta minuti, pensò Nick inserendo il caricatore nella sua MK23. Trenta minuti al massimo e il ragazzo sarebbe stato nel mondo dei sogni.

Aspettò, steso sul letto, le braccia piegate sotto la testa, rilassato, paziente.

Gli piaceva il suono della pioggia che picchiava sui muri e sul tetto; gli ricordava il mare. Gli mancava il mare.

Quando l'orologio scandì il trentesimo minuto, si alzò in silenzio e andò alla porta per aprirla.

In soggiorno era tutto tranquillo. La luce, però, era ancora accesa, così attese, tendendo l'orecchio. Si concentrò, sforzandosi di isolare il rumore della pioggia, ignorando l'orologio e i rami che graffiavano le pareti. Riusciva a sentire il respiro del ragazzo, delicato, regolare: stava dormendo.

Una volta aperta del tutto la porta, percorse con passo felpato il corridoio. Il suo ospite era accoccolato sul divano in una posizione scomoda. La sua valigia era aperta, il suo inalatore era appoggiato sul tavolo da caffè, a portata di mano. Le sue chiavi erano sul pavimento. Nick guardò con più attenzione. Foster indossava un pigiama a righe e un orologio da polso.

Nick prese le chiavi, fermandosi quando udì lo scricchiolio di un'asse del pavimento. Il ragazzo sospirò e affondò ulteriormente la faccia nel cuscino.

Nick si diresse verso la porta di casa. La aprì, sgusciando fuori nella penombra del corridoio. Poi la richiuse.

Percorse il corridoio con cautela. A un'estremità c'era un ripostiglio per la biancheria. Un nascondiglio improbabile, ma voleva controllare.

Un baule, posto sotto una delle sudice finestre, catturò la sua attenzione. A proposito di probabilità remote. Ma Nick aveva imparato da tempo a non dare nulla per scontato. Accese la sua torcia elettrica.

Il baule era chiuso, ma riuscì a forzare la serratura senza troppe difficoltà. Nel sollevare il coperchio, fu accolto da un effluvio di naftalina. All'interno c'era un mucchio di robaccia: un paio di album di foto sciupati, vecchie copie di «Life», una bambolotto nero senza un braccio, stoffe che somigliavano a sudari. Richiuse il baule, spense la torcia e si avviò verso il ripostiglio della biancheria.

Reperto di un'epoca di maggiori fasti, si aprì con un lugubre scricchiolio di cardini in disuso. Nick rimase in attesa di qualche suono d'allarme, pronto ad annullare la missione.

Niente. Tirò la catenella della lampadina sul soffitto. Una luce stanca inondò scaffali vuoti e sporchi e ragnatele grandi abbastanza da ospitare un ragno uscito dalle pagine di un libro di Jules Verne. Il pavimento era coperto da uno strato di polvere. Nick non ebbe bisogno di inginocchiarsi per verificare che erano anni che nessuno, vivo o morto, metteva piede in quella stanza.

Secondo buco nell'acqua.

Il ragazzo – o forse era stata la Bridger – aveva accennato a un condotto per la biancheria. Nick fece scorrere il raggio della torcia lungo il muro. Aveva un vago ricordo dei condotti per la biancheria degli alberghi. Di solito portavano al seminterrato. Gettare un cadavere in una conduttura simile poteva essere un buon modo per disfarsene, ma non sembrava esserci un'apertura a quel piano. Gli appartamenti delle torrette erano speculari e, visto che non c'era nessun accesso al condotto per la biancheria in quello di Nick, era abbastanza sicuro che nemmeno il ragazzo ne avesse uno.

Il che significava che qualcuno avrebbe dovuto trascinare il corpo sino al secondo piano e gettarlo nel condotto che si trovava a quel livello. E la maggior parte dei condotti per la biancheria che Nick aveva visto non erano così grandi. Sarebbero andati bene per sbarazzarsi di un bambino o di un nanerottolo, ma il cadavere di un adulto avrebbe finito col restare incastrato.

Proseguì sino all'appartamento di Foster, cercando a tastoni l'interruttore nell'oscurità.

Per un istante, fu distratto dallo spiegamento di tele dipinte. Campanili che si stagliavano contro cieli in tempesta, un solitario fienile rosso sferzato dal vento, un albero dalle chiome dorate: l'autunno del New England. Che cosa faceva Foster con quella roba? Tentava di venderla? Era migliore di molte cose che Nick aveva visto nei negozi.

Passò in rassegna i pennelli custoditi con cura meticolosa, gli stuzzicanti tubetti di colore, le spugne, i righelli, i rasoi, i coltelli, i rotoli di tela. Un passatempo costoso, se di questo si trattava.

Aprendo la finestra della camera da letto, guardò giù verso l'alta scala che brillava alla luce che giungeva dalle sue spalle. Ecco la spiegazione più ovvia. Quella finestra non aveva la zanzariera ed era abbastanza ampia per farci passare un uomo.

Ma quando Nick aveva controllato, la finestra era chiusa. Come avrebbe fatto qualcuno a spingere un corpo verso l'esterno, uscire a sua volta senza farlo cadere, chiudere la finestra e infine *bloccarla dall'interno*?

Per quel che contava, come avrebbe fatto un intruso a *entrare* da una finestra chiusa?

Okay, la finestra poteva anche essere stata lasciata aperta. A ogni modo, non era impresa da poco trasportare un peso morto su per una scala di sei metri. Nella discesa, l'assassino avrebbe anche potuto lasciar cadere il suo carico, ma persino quello avrebbe potuto costituire un rischio. E se fosse rimasto impigliato agli alberi? Spingere un cadavere giù da una finestra comportava una serie di problemi logistici.

Ma un uomo avrebbe potuto essere abbastanza disperato da tentare. Per lo più dipendeva dalle dimensioni del corpo e da quelle della persona che lo trasportava.

Il vento si aggirava furtivo intorno alla casa, levandosi ad agitare con mano invisibile le foglie umide.

Nick scrollò la testa bagnata come avrebbe fatto un cane e la riportò al coperto.

L'intruso doveva essere un uomo, stabilì. Un uomo in buona forma fisica. Lui era in forma eccellente, eppure non era sicuro che sarebbe arrivato lontano portando un corpo in spalla, a meno che il defunto non avesse avuto una corporatura simile a quella di Perry Foster. E a giudicare dalla taglia della scarpa scomparsa…

Doveva essere un lavoro interno. Nient'altro avrebbe avuto senso. Nick si soffermò a pensare agli altri uomini che risiedevano all'Alston Estate. David Center aveva l'aria di essere uno spostato, ma era cieco, il che probabilmente lo squalificava dalla competizione per il titolo di "Psicopatico dell'anno". RudyStain, al secondo piano, era un possibile candidato. Teagle, al primo piano, era un altro tipo strambo: una di quelle vecchie scoregge arzille e affabili col vizio di ficcare il naso negli affari altrui. Ma l'uomo era a Barre, a far visita a dei parenti. Sembrava improbabile che avesse fatto un salto solo per scaricare un corpo e che se la fosse squagliata senza che nessuno lo notasse.

Il che lo riportava a Stein e Center. Stando alle voci, Stein era un ex poliziotto. Center era un medium professionista, un indovino. Aveva persino un negozio da Fox Run dove si dedicava alla lettura della mano e dei tarocchi. Nick non aveva la più pallida idea di come facesse un cieco a leggere i tarocchi.

Non riusciva davvero a immaginare nessuna di quelle persone arrampicarsi su una scala a notte fonda, con o senza un cadavere. L'intera faccenda era assurda. Se non avesse visto di persona i segni di trascinamento e il "fango che avrebbe potuto essere sangue", avrebbe pensato che Perry fosse un visionario. Ma qualcuno aveva fatto troppo il furbo. Scambiare le scarpe era stato uno sbaglio. Un gesto arrogante. Praticamente una sfida.

E Nick non rifiutava mai una sfida.

***

Perry si svegliò dopo un sonno profondo e senza sogni.

Gli occorse un attimo per orientarsi. Non era nel suo letto. E nemmeno in quello di Marcel. I ricordi gli riaffiorarono all'improvviso. Ogni mattina dei passati nove mesi il suo primo pensiero cosciente era stato rivolto a Marcel. Ma adesso, invece del solito principio di trepidazione, un gelido sconforto si depositò su di lui come neve sul ramo di un albero. Poteva sentire il suo controllo infrangersi sotto quel peso; non lo aiutò affatto rammentare a se stesso che stava soffrendo per un sogno, per qualcosa che non era mai esistita eccetto che nella sua immaginazione. E per una persona che non era mai stata reale.

Si asciugò gli angoli degli occhi. L'appartamento era tranquillo. Ascoltò il plop, plop, plop della pioggia che cadeva dalla grondaia. Nick Reno era già in piedi; Perry lo sentiva muoversi in cucina e riusciva a distinguere l'aroma del caffè che filtrava dalla macchinetta e quello del bacon che sfrigolava: due degli odori migliori al mondo.

Il suo stomaco brontolò. Lottò per liberarsi dal bozzolo di coperte e indossò i jeans. Gli faceva male il collo. Aveva bisogno di una doccia e di una rasata. Doveva lavarsi i denti.

Doveva tornare nel suo appartamento.

Quella consapevolezza lo riempì di sconforto. Persino alla luce del giorno, l'idea di tornare in quel posto, di affrontare il silenzio, la desolazione... il ricordo del corpo nella vasca da bagno...

Infilandosi una maglietta, si diresse in cucina.

Nick era seduto a tavola, a sorseggiare caffè e leggere il giornale. Levò lo sguardo verso di lui, gli occhi blu intenso sul viso dorato. «Buongiorno», disse laconico. «Prendi pure del caffè.»

Sul fornello c'era una vecchia caffettiera di acciaio inossidabile. Perry si avvicinò alla cucina a gas. Sul ripiano trovò una tazza pulita, un gesto che gli parve amichevole. Si versò il caffè: forte, nero. Nick non era tipo da miscele sofisticate e aromatiche.

«C'è del latte in frigo,» lo informò l'uomo senza alzare gli occhi dal giornale.

Dopo aver aggiunto un bel po' di latte e un paio di cucchiai di zucchero alla sua tazza, Perry prese posto di fronte al padrone di casa. Lo osservò bere il caffè nero.

Nick terminò l'articolo che stava leggendo e ripiegò con cura il giornale. Incrociando lo sguardo del ragazzo, accennò un gesto secco del capo. «Dormito bene?»

«Sì, grazie.»

Quello scambio di battute sembrò aver esaurito la conversazione. Nick spinse indietro la sedia, andò al frigorifero e prese una confezione di uova. Si mosse con efficienza per la cucina; asciugò il bacon e aprì le uova.

«Occhio di bue?»

«Eh?»

«Le tue uova. Vanno bene fritte?»

«Certo,» disse Perry. «Grazie.» Era felice al di là di ogni immaginazione di essere stato invitato a colazione, ritardando il momento in cui sarebbe dovuto tornare nel suo appartamento. «Grazie per avermi fatto dormire qui ieri notte,» aggiunse timidamente.

Nick mise del burro sulle uova, senza rispondere.

Portava dei Levi's e una camicia di flanella a quadri blu. La camicia era sbottonata, lasciata aperta su uno stomaco scuro e solido come la polena di una nave. I muscoli del suo torace si contrassero mentre agitava la pesante padella di ferro. Perry ricordò a se stesso di non fissarlo.

L'uomo aveva anche un bel profilo, forse dalla bellezza non proprio classica, ma deciso e simmetrico. Il suo viso possedeva forza e carattere. Perry voleva ritrarlo.

Poteva immaginare come avrebbe reagito Reno a quella idea.

«Quanto tempo sei stato nei SEAL?» domandò, infrangendo il silenzio.

«Dieci anni. Quattordici anni in marina in tutto.»

«È un sacco di tempo.»

Nick gli lanciò uno sguardo pungente. «Più di metà della tua vita.»

«Ti piaceva?»

«Perché? Stai pesando di arruolarti?»

Il sarcasmo colse Perry alla sprovvista, e nascose il viso dietro la tazza da caffè.

Forse Nick si rese conto di essere stato più sgarbato del necessario e chiese: «Che cosa te ne fai di tutti quei dipinti nel tuo appartamento?»

«Provo a venderli.»

«A chi?»

«A chiunque. Perché, vuoi comprarne uno?»

Nick gli rivolse un'occhiata inespressiva e poi sorrise. Il sorriso sembrava molto bianco sul suo viso olivastro e sorprendentemente giovane. Lo trasformava, proprio come ci si aspettava che facessero i sorrisi nei libri. «Può darsi,» disse. «Non sei affatto male.»

Davanti a quel complimento inatteso, Perry si sentì arrossire. Nick sembrava essere una di quelle persone la cui idea di arte si riduceva a calendari femminili e a poster di belle macchine in cornici di plexiglass. Ma non era giusto liquidarlo così, visto l'oscuro paesaggio marino che campeggiava sul suo caminetto.

«Un paio di negozi di souvenir espongono i miei lavori. Sto cercando di convincere una galleria a darmi un'opportunità. Ma, finora, nulla di fatto,» spiegò Perry con una scrollata di spalle.

«Hai frequentato una scuola d'arte e o qualcosa di simile?»

Perry abbassò lo sguardo sulla trama del tessuto della tovaglia. «No. Avrei voluto ma... è andato tutto a monte.»

«Ah, sì?» Nick non aveva l'aria di essere molto interessato. Depose di fronte a Perry un piatto traboccante di uova fritte, bacon e frittelle di patate. Un *sacco* di cibo.

«Di solito non faccio colazione,» farfugliò il ragazzo. Era abbastanza sicuro che Nick non avrebbe considerato l'ampia scelta offerta dalla Kellogg's un buon inizio di giornata.

«Grosso errore. La colazione è il pasto più importante,» ribatté Nick impassibile; chiaramente il *fabbisogno nutrizionale giornaliero* non era una faccenda da prendere alla leggera per lui.

Perry assaggiò le uova. Erano buone. E come avrebbero potuto non esserlo, ricoperte da quella dose da infarto di burro? Domandandosi quanto fosse alto il colesterolo di Nick, prese una fetta di bacon.

Accomodandosi col suo piatto, l'uomo chiese: «Hai riflettuto su chi avrebbe potuto sapere che saresti stato via questo weekend?»

Dritto al sodo. D'altro canto era gentile da parte sua interessarsi.

«Janie, come ho già detto. E credo di averlo accennato a Mr. Teagle. E a Mrs.MacQueen.»

«Nessun altro?»

«Non qui. Ho informato i colleghi della biblioteca perché ho preso delle ferie.»

35

«Lavori in biblioteca?» Le sopracciglia scure si sollevarono come se Perry avesse appena confessato di fare lo spogliarellista.

«Mi piacciono i libri,» aggiunse Perry con aria di sfida. «Mi piace la gente che legge.» Non c'erano libri in casa di Nick, nemmeno un testo di cucina. Nessuna rivista. C'era il giornale del mattino, ma si poteva dire che contasse?

Le labbra di Nick si arricciarono appena, come se trovasse il mettersi sulla difensiva di Perry divertente. «Qualcuno ha deciso di usare il tuo appartamento come cella frigorifera mentre eri via, questo è chiaro. Quel che non ha senso è tutto questo trascinare in giro il corpo. Perché non lasciarlo nel luogo del decesso?»

«Beh, perché sarebbe stato incriminante.»

«Certo, ma per come è morto o per *dove* è morto? Sapresti dire di cosa è morto? Stabilire se è stato ucciso?»

Perry ripensò alla sfumatura verdastra della faccia, alla bocca aperta, alle guance incavate, agli occhi ridotti a fessure sottili. Sentì la nausea montargli in gola. Ci girò intorno. «Non ho notato sangue, ma non ho guardato con attenzione. Non l'ho toccato.»

«Credi che potesse essere stato strangolato?»

Perry scosse la testa. «No.» Aveva letto abbastanza romanzi gialli da sapere che aspetto dovesse avere un uomo strangolato.

«Suppongo possa essere stato avvelenato. Che odore aveva?»

Perry fissò Nick. Il suo stomaco si torse su se stesso prima di tornare al suo posto. «Odore di... morto.»

L'ex marine non sembrava molto colpito. Il ragazzo riprovò: «Magari è morto per cause naturali, ma visto che non doveva trovarsi in un particolare posto, è stato spostato in casa mia.»

«Perché non scaricarlo nei boschi o sulla strada principale?»

«Forse non ce n'è stato il tempo. Metterlo nel mio appartamento deve essere stata una misura provvisoria.»

«Può darsi. Immagino dovremo concentrarci su chi aveva l'opportunità. Avresti anche potuto esserti inventato l'intera storia, ma io ho visto quella macchia, e i segni di trascinamento, e la scarpa, e tu non hai avuto occasione di fare sparire tutto prima dell'arrivo della polizia. Lo stesso vale per la signorina Bridger. Suppongo sia rimasta con te per tutto il tempo in cui io ero di sopra...»

«Beh, sì,» rispose Perry, sorpreso. «E non l'abbiamo mai persa di vista da quando sei tornato giù.»

«Né la MacQueen né la Dembecki sarebbero in grado di sollevare un uomo privo di conoscenza. Non credo ci riuscirebbero nemmeno insieme, figurarsi da sole. Questo lascia Stein e Center. Cosa sai di quei due?»

«Mr. Stein era un poliziotto,» disse Perry. «Ora è in pensione.»

«È sposato?»

«Divorziato, credo. Di Center non so nulla, eccetto che è un medium. Tiene delle sedute spiritiche. Sa leggere il futuro nei tarocchi.»

«In altre parole, è un ciarlatano.»

Perry si strinse nelle spalle. «Ha fatto le carte a Janie una volta. A suo dire è stato... sconcertante.»

«A cinquanta bigliettoni al colpo, sfido sia stato *sconcertante*.»Nick spazzolò le sue uova e controllò il piatto di Perry. «Mangia, ragazzino.»

Perry ingurgitò un boccone di frittella di patate e ammise: «Di solito non riesco a mangiare quando sono agitato.»

Nick scosse la testa. «Una buona alimentazione è essenziale.»

«Lo hai imparato nei SEAL?»

«In effetti, sì.»

Perry annuì con fare incoraggiante. Sapeva riconoscere un fanatico quando ne vedeva uno e ogni fanatico gradiva l'opportunità di diffondere il verbo. Com'era prevedibile, l'uomo si erse sul pulpito più in fretta di quanto ci volesse a dire *indice glicemico*.

«Una dieta appropriata fornisce il combustibile necessario a tenere in funzione il motore senza problemi. Garantisce energia e favorisce la crescita e la rigenerazione dei tessuti. E regola le funzioni corporee.»

Perry trattenne un sorriso. Sino ad allora Nick Reno non era mai stato così rilassato... In realtà, era quasi cordiale nel suo entusiasmo.

«Carboidrati, proteine e grassi sono i tre elementi nutrizionali che forniscono energia,» concluse l'uomo. «La migliore fonte energetica sono i carboidrati.» Indicò la montagna di patate di Perry e lui, senza rifletterci, si portò alla bocca un'altra forchettata.

«Gli agenti potrebbero essere coinvolti?» domandò con voce impastata prima di deglutire. «Avrebbero potuto ripulire la vasca e scambiare le scarpe.»

«Che motivo avrebbero avuto per farlo?»

«Che motivo avrebbero avuto gli altri?»

«A mio avviso, non si tratta di un'operazione esterna,» disse Nick. «Qualcuno potrebbe aver usato la scala fuori dalla tua finestra, ma avrebbe lasciato segni di pioggia e fango su tutta la moquette. E non avrebbe potuto chiudere la finestra dall'esterno.»

Perry ponderò quelle parole, sbocconcellando un pezzo di bacon. Quanto tempo era passato dall'ultima volta in cui aveva mangiato del bacon, del buon bacon che non era solo cotenna? Un sacco di tempo. Nick mangiava bene, su quello non c'erano dubbi.

«C'è un'altra opzione,» aggiunse l'ex marine. «L'assassino – dando per scontato che di omicidio si tratti – avrebbe potuto trovarsi ancora nel tuo appartamento quando sei arrivato e aver spostato il corpo non appena sei andato via.»

«Spostato dove?»

«Da qualche parte al terzo piano,» rispose Nick. «Non che sia riuscito a trovare delle tracce.»

«Che intendi dire?» Perry ci mise poco a fare due più due. «Hai *controllato*? La notte scorsa? Sei andato da solo?»

«So badare a me stesso.» Nick era divertito dallo sgomento del ragazzo.

Stava implicitamente insinuando che Perry non ne fosse in grado?

«A ogni modo, la situazione sembrerebbe tranquilla adesso.»

«Tranquilla, certo.» Il messaggio era piuttosto chiaro. Perry allontanò il piatto. «Grazie per la colazione e tutto il resto. Immagino sia arrivato il momento di tornare a casa.»

Nick si mordicchiò il labbro. «Stavo riflettendo proprio su questo. Non credo dovresti tornare nel tuo appartamento finché non avrai capito come fa questo tizio a entrare e uscire.»

«Non posso permettermi un albergo,» disse Perry sconfortato. «Ieri ero disperato, ma...» Accennò un buffo sorriso imbarazzato. «Ho a stento i soldi per l'affitto. Ho speso... ho speso troppo questo weekend.»

L'espressione di Nick la diceva lunga.

«Allora chiedi alla MacQueen di assegnarti un altro appartamento.»

«Non ce ne sono. A parte quello di Watson, e la sua roba è ancora tutta lì,» rispose Perry con un brivido.

«Fa' come ti pare, ragazzino, ma fossi in te cambierei la serratura della porta il prima possibile,» disse Nick, cupo. Dopo un istante aggiunse con riluttanza:«Il denaro posso prestartelo io.»

«Grazie,» mormorò docilmente Perry. «Grazie per tutto.»

Nick scrollò le spalle. Stava lavando i piatti della colazione quando Perry recuperò la valigia e si trascinò lungo il corridoio.

Una volta aperta la porta del suo appuntamento, infilò dentro la testa e si guardò intorno con diffidenza.

Sembrava tutto tranquillo e in ordine. Gli eventi della notte precedente avrebbero anche potuto essere un sogno. Ogni cosa era come l'aveva lasciata prima di partire, ebbro di felicità ed eccitazione, per San Francisco. Ricordava di aver chiuso l'appartamento con la sensazione di chiudere la porta su un capitolo della sua vita.

Un'ondata di sconforto lo travolse.

Lasciandosi cadere sulla sedia più vicina, si prese il capo tra le mani e provò a reagire. Era contento di essere riuscito a dormire un po' e di aver fatto colazione, perché altrimenti sarebbe andato in pezzi. Il consueto sferragliare del frigorifero, il ticchettio dell'orologio, quei suoni familiari adesso lo deprimevano. Di solito la pioggia gli piaceva, ma quel giorno non era certo d'aiuto.

Si alzò in piedi e portò la valigia in camera da letto, soffermandosi vicino alla porta del bagno per controllare che non ci fossero cadaveri.

Era tutto lindo e pulito.

Mentre depositava la valigia sul letto, qualcosa catturò il suo sguardo. C'era qualcosa sul suo cuscino. Un uccello. Una tortora, morta.

Con mani tremanti, Perry la raccolse. Era soffice al tatto e fredda. Aveva il collo spezzato.

Capitolo 3

Nick comprese il significato di quel frenetico bussare ancor prima di guardare dallo spioncino. Imprecò e aprì la porta.

Perry Foster era lì con un uccello tra le mani. «È... morto,» riuscì a dire.

Un uccello morto. Nick prese atto della notizia. Valutare e agire, era quello il programma, e avrebbe fatto meglio ad agire in fretta, perché Foster aveva la faccia blu e boccheggiava in cerca d'aria, cosa ben più allarmante del pennuto defunto.

Perché proprio a me? pensò. *Ho già i miei problemi.* Prese il corpicino della creatura in una mano e trascinò il ragazzo dentro casa con l'altra. «Siediti.»

Foster si abbandonò sul divano, appoggiò le braccia sulle ginocchia e lottò per respirare. Non era una scena piacevole da guardare. Nick si sentì impotente e questo lo fece arrabbiare.

«Dov'è il tuo... come si chiama? Inalatore?»

Foster lo ignorò, aprendo e chiudendo la bocca come un pesce fuor d'acqua.

«Merda!»

Il ragazzo alzò lo sguardo verso Nick e lui si rese conto di stare solo peggiorando le cose. La gente moriva ancora d'asma? Lui non ne aveva la più pallida idea. Fece un giro per il soggiorno e si fermò vicino al divano. Imbarazzato, diede dei colpetti tra le scapole ossute del ragazzo.

«Calmati, ragazzino. È tutto a posto adesso.»

Foster annuì. Educato sino all'ultimo respiro.

41

L'attacco continuò per un tempo che a Nick parve eterno. Senza rifletterci, fece scorrere la mano su e giù lungo la schiena di Foster, avvertendo le giunture della spina dorsale attraverso il soffice cotone della maglietta. Che diavolo ci faceva in giro in maglietta con quel tempo?

«Prova a respirare lentamente,» ordinò, ricordi confusi di qualche programma televisivo che gli saltavano alla mente.

Alla fine, il respiro di Foster si calmò. «Era... sul mio cuscino,» disse dopo un po'.

Nick aveva dimenticato l'uccello morto che giaceva sul suo tavolo da caffè. Osservò quel piccolo corpo spezzato. La sua testa pulsava di rabbia.

Era furioso per via di quello stupido volatile, era furioso per via di quello stupido ragazzino ed era furioso per essere stato trascinato in quel casino.

«Riflettici bene,» disse. «Credi che qualcuno abbia motivo di provare rancore nei tuoi confronti?»

«Nei *miei* confronti?» ansimò Foster. «Questo non... non riguarda... me!»

«Non importa ciò che pensi. Hai dei nemici?»

«Certo che no!»

«Hai discusso con qualcuno di recente? Magari per un motivo insignificante, come il volume dello stereo o qualcosa di simile?»

Foster scosse la testa.

«Qualche lite per il parcheggio? Hai tagliato la strada a qualcuno mentre andavi a lavoro?»

Un altro cenno di diniego.

«Hai revocato qualche tessera della biblioteca?»

Sorprendentemente, Foster rise. Era una risata debole, ma autentica.

«Hai accorciato la tua vacanza. Perché?»

Quei grandi occhi castani da cerbiatto guardarono Nick con espressione ferita. «Il mio amico... ha cambiato idea.»

«Il tuo... Oh.» Nick ci rifletté su. «Credi che lui possa averla presa male?»

«No.» Un'unica sillaba roca piena di dolore. Era imbarazzante. Ma subito dopo Foster aggiunse in tono piatto: «A ogni modo, lui vive a San Francisco.»

«Okay, qualcun altro con cui vai a letto?»

Di nuovo lo sguardo da Bambi. Nick provò l'impulso di farlo a pezzi. «Ragazzino, sei dell'altra sponda o sbaglio? Uno stile di vita come il tuo attira guai.»

«Il mio stile di vita è privo di guai. Avevo un amico. È finita,» mormorò Foster.

«Beh, non piangerci su.» Il suo tono brusco fece affiorare di nuovo il colore sul viso pallido di Foster: un buon segno, a parere di Nick. Foster aveva una sorta di fascino alla Christopher Robin e, suo malgrado, l'ex marine era curioso di sapere di più sull'amico che aveva cambiato idea. «Nessuna discussione con nessuno?»

Foster scosse la testa con aria stanca.

«Allora suppongo si possa desumere che questa faccenda abbia a che vedere col corpo che hai trovato. Qualcuno ti sta lanciando un avvertimento.»

«Perché? I poliziotti non mi hanno creduto.»

Nick si strinse nelle spalle – neanche lui capiva bene il motivo – e si alzò. «No, e non ti crederebbero nemmeno questa volta.»

Foster accennò col capo alla tortora senza vita sul tavolo da caffè. «E che mi dici di quella?»

Nick scosse la testa. «Puoi dimostrare quando hai trovato questo uccello morto? Potrebbe essere volato contro il palazzo la scorsa notte ed essersi rotto il collo. Succede. I poliziotti potrebbero pensare che stai cercando di attirare l'attenzione. O che sei uno spostato.»

Foster sembrava spaventato e abbattuto.

Con una gentilezza che lo sorprese, Nick disse: «Anche se ti credessero, che potrebbero fare? Siamo obiettivi. Al massimo potrebbero incriminare qualcuno. E per cosa? Per furto con scasso? Lasciare un uccello morto non è neppure una minaccia specifica.»

Alla fine, Foster annuì.

Nick prese il gesto come un'autorizzazione a liberarsi dell'uccello.

Quando tornò in soggiorno, Foster chiese:« Cosa dovrei fare?»

Sei un adulto. Fa' ciò che ti pare. Nick aprì la bocca con l'intenzione di dire quelle precise parole. Aveva commesso parecchie azioni violente a suo tempo, ma quello sarebbe stato come mollare un pugno a un bambino. Invece rispose: «Andiamo a dare un'occhiata nel tuo appartamento. Puoi fare le valigie.»

«Per andare dove? Te l'ho detto, non posso permettermi di trasferirmi. E in ogni caso non posso recedere dal contratto.»

Il giovane Foster non aveva certo la stoffa del fuorilegge.

«Direi che il fatto che qualcuno si sia introdotto in casa tua è una ragione più che valida per recedere dal contratto. Fatti dare l'appartamento di Watson dalla MacQueen. Può far portar via la sua roba e io ti darò una mano a portar dentro la tua,» disse Nick.

Foster lo guardò come se fosse il suo eroe e Nick avvertì una sgradevole stretta allo stomaco. Foster aveva una bella corporatura, pelle chiara e capelli color del miele che gli ricadevano sugli occhi. Le sue palpebre erano come gusci d'uovo venati di blu e, nel delicato incavo alla base della gola, s'intravedevano le pulsazioni del suo cuore. Nick tossicchiò nervosamente.

*****

Fuori dall'appartamento di Foster trovarono Mr. Teagle che bussava con forza alla porta.

L'uomo, alto e dall'ossatura prominente, li accolse con voce reboante. «Oh, eccoti! Mi chiedevo che fine avessi fatto, figliolo.»

A dispetto del sorriso, sembrava stanco, più grigio del solito, e dimostrava fino all'ultimo dei suoi settanta-e-qualcosa anni.

«Salve, Mr. Teagle,» rispose Foster. «Quando è tornato? Com'è andata la sua vacanza?»

Il moccioso era socievole, su questo non c'erano dubbi.

Il tono di Mr. Teagle si alzò, come accadeva spesso alle persone dure d'orecchi. «Questa mattina. Vorrei non essere mai partito. Una perdita di tempo. La gente dice che l'economia sta migliorando, ma a me non pare proprio.» Scosse la testa. «Questi maledetti democratici.» Guardò Nick di sottecchi con espressione diffidente. «Lei è un democratico?»

«Io sono un Indipendente,» asserì Nick, conciso.

Teagle non si mostrò convinto. «È un ex marine, giusto?»

«Esatto.»

Forse Teagle era stato nell'esercito. Scosse di nuovo la testa e tornò a rivolgersi a Foster. «Figliolo, ho sentito che hai avuto una pessima esperienza ieri notte. Qualcuno è entrato nel tuo appartamento?»

«Proprio così,» rispose debolmente il ragazzo, in apparente difficoltà nel verbalizzare la verità nuda e cruda.

«Questi giovani vandali sono ovunque,» commentò Mr. Teagle. «Non c'è più disciplina, controllo. Colpa di questa società permissiva. Quando ero giovane io...» Mentre Foster apriva la porta e li faceva accomodare nel suo appartamento, l'uomo li allietò con una dissertazione sui bei tempi andati.

Nick sperava che Foster si liberasse del vecchio buffone logorroico, ma il ragazzo era bravo a tenere alla larga le persone invadenti più o meno come lo era con i ladri.

«Posso offrirle del tè, Mr. Teagle? Nick?»

«No,» rispose l'ex marine.

«Lo gradirei molto.» Mr. Teagle si adagiò con tutta la sua stazza su una sedia, mettendosi comodo.

«Non faresti meglio a fare le valigie?» domandò Nick in tono rigido.

Mr. Teagle scrutò Nick da sopra il bordo della sua montatura di corno, ma si rivolse a Perry: «Fare le valigie? Vai da qualche parte, figliolo?»

Foster lanciò a Nick un'occhiata imbarazzata. «Forse. Finché non capirò cosa sta succedendo qui dentro.»

Teagle puntò sul ragazzo gli occhiali con la montatura di corno. «È per via del ladro della notte scorsa?»

«In un certo senso. Non si è trattato proprio di un ladro.»

«Ma dove andrai, figliolo? Non puoi recedere dal tuo contratto.» Studiò di nuovo Nick, come se sospettasse che ci fosse lui dietro quella faccenda. «L'idea è sua, ragazzo?»

«Sì,» rispose Nick, gioviale.

Foster sparì in cucina, ritornando dopo un po' col tè per Teagle. «Andrò a gettare qualcosa in valigia,» si scusò, preparandosi a fuggire in direzione del corridoio.

Mr. Teagle poggiò la tazza sul telo protettivo ed esclamò con entusiasmo: «Ci sono! Che ne diresti di venire a stare un po' da me, Perry? Solo finché non vieni a capo di questo piccolo problema.»

Foster si fermò di scatto. «È un'offerta... molto gentile da parte sua,» disse con riluttanza.

«Allora siamo d'accordo!»

«Foster starà da me per il momento,» annunciò Nick, brusco, meravigliandosi ancora una volta di se stesso. Foster gli rivolse un altro di quegli struggenti sguardi di gratitudine, capaci di gratificarlo e irritarlo al tempo stesso.

«Capisco,» disse lentamente Mr. Teagle dopo un attimo, la voce che vibrava di disapprovazione.

Nick si sentì avvampare all'idea di quello che l'uomo stava senza dubbio pensando. *Beh, lasciagli credere ciò che vuole, in ogni caso non è vero.* E poi... Nick non si fidava di lui. «Chi ha le chiavi di questo appartamento?» domandò a Teagle. «A parte la MacQueen.»

«Tiny, ovviamente. Sa, l'uomo della manutenzione.»

Nick sbatté le palpebre. Come diavolo avevano fatto a dimenticarsi di Tiny? Non solo viveva nell'edificio, ma era abbastanza forte e ben piantato da riuscire a trasportare un corpo su e giù per le scale per un giorno intero. «Qualcun altro?»

«Mi lasci pensare... Mmm. Credo che Miss Bridger potrebbe averne una copia. Mrs. MacQueen conta su di lei per tenere d'occhio le cose quando è via.» Lanciò un'occhiata a Foster che stava trascinando la sua valigia fuori dalla camera da letto. «Ragazzo, potrei parlare un istante con te in privato?»

«Oh, sicuro.» Perry guardò Nick, incerto.

«Mi trovi in fondo al corridoio,» disse Nick che, mentre faceva ritorno al suo appartamento, si sorprese a scuotere la testa, domandandosi in cosa accidenti si fosse cacciato.

***

Mr. Teagle si schiarì la gola. «Siediti un attimo, figliolo.»

Perry obbedì. Aveva la sensazione di sapere cosa sarebbe successo, ma non aveva idea di come evitarlo senza essere maleducato o ferire i sentimenti dell'anziano signore. Mr. Teagle era sempre stato gentile con lui, anche se era un po' una spina nel fianco, sempre a ficcare il naso nella sua posta e a presentarsi all'improvviso per controllare chi veniva a fargli visita... non che Perry ne ricevesse molte di visite.

«Figliolo, sai che non amo impicciarmi. Solo che... Fox Run è una piccola città e, a dispetto di quello che pensano alcuni politici, il Vermont è uno stato conservatore. Sei sempre stato molto discreto riguardo alle tue frequentazioni, scelta saggia. Molto saggia.»

«Non è come crede,» obiettò Perry, rigido. «Nick mi ha solo offerto un posto dove stare mentre decido come muovermi.»

«Sai che impressione può dare una cosa simile, Perry. La gente parlerà e quel genere di chiacchiere può fare molto danno.»

«Mr. Teagle, Nick non è neppure gay. Sta solo cercando di... essere gentile,» ribatté il ragazzo.

Mr. Teagle sussultò nel sentire la parola con la *G* e rispose con dolcezza: «Chi pensi che ci crederà, figliolo?»

«Beh, è un problema loro,» concluse Perry con educazione.

«Non sto cercando di dirti cosa fare, anche se ho vissuto molto più a lungo di te e so bene quanto crudele e maligna sappia essere la gente. Penso dovresti fare attenzione a non prendere decisioni affrettate.»

«Non posso rimanere qui,» disse Perry in tono piatto. «C'era un cadavere nel mio appartamento.»

«Sei un giovane molto sensibile,» ammise Mr. Teagle. «Sei sicuro che la tua immaginazione non ti stia giocando un brutto scherzo?» I suoi occhi acquosi scrutarono Perry.

«Ne sono sicuro.»

«Certo, sta a te decidere.»

«Già.»

Mr. Teagle si tamponò con un fazzoletto da taschino il viso improvvisamente sudato. «Credo che andrò a stendermi: questi viaggi mi sfiniscono. Non sono più giovane come una volta.»

Era del colore della colla per carta da parati e Perry chiese: «Si sente bene? Ha bisogno di aiuto per scendere?»

«No, no. Se non altro, promettimi che rifletterai sulle mie parole. Se hai bisogno di un posto dove stare, la mia porta è sempre aperta.»

L'anziano signore si mise in piedi e si avviò con passo pesante all'uscita. Perry lo seguì in corridoio, richiudendosi la porta alle spalle. Prima di dirigersi verso l'appartamento di Nick, attese che Mr. Teagle fosse sparito giù per le scale.

Bussò alla porta socchiusa e dall'interno gli giunse la voce dell'ex marine.«È aperto.»

Perry entrò. «Eri serio quando hai detto che potevo stare qui, o è meglio che vada subito a parlare con Mrs. Mac?»

La faccia di Nick si contrasse. «Ho immaginato che non volessi il vecchio rompiscatole come compagno di stanza. Se la MacQueen rifiuta di lasciarti stare nell'appartamento di Watson, puoi sistemarti qui da me finché non avrai capito cosa fare. Ma non preoccuparti. La MacQueen ti farà traslocare: ha l'obbligo legale di provvedere alla sicurezza dei suoi affittuari.»

Perry mascherò la propria delusione. Non voleva stare nell'appartamento di Watson, circondato dagli oggetti del defunto; voleva stare con Nick, che dava l'impressione di essere duro e freddo, ma era capace d'insospettata gentilezza.

Scesero fino all'ingresso e Perry bussò alla porta di Mrs. MacQueen. Dall'interno giungeva l'incessante accompagnamento televisivo.

Aspettarono.

Nick bussò più forte. Dall'altra parte del corridoio, Miss Dembecki dischiuse appena la porta per poi richiuderla in fretta.

«Forse non è in casa,» ipotizzò Nick.

«È sempre qui.»

Al suono del lucchetto che scattava, Perry si voltò di colpo. Una folata di fumo di sigaretta e aria viziata sfuggì dall'apertura, seguita da un piccolo cane così grasso che riusciva a stento a camminare nella sua fuga forsennata. Percy tossì nervosamente e lanciò a Nick un'occhiata di scuse.

«Acciuffate quel cagnaccio!» La voce stridula di Mrs. MacQueen giunse attraverso la nuvola di fumo.

Nick si chinò e afferrò la bestiola, le cui lunghe unghie slittarono sul pavimento di legno. La spinse dentro come se stesse facendo scorrere un boccale sopra il bancone di un bar.

Mrs. MacQueen emerse dalla nebbia, agitando la sigaretta davanti alla faccia grassoccia. «Che succede adesso?»

Perry spiegò il motivo della loro visita.

Lo sguardo di Mrs. MacQueen passò da uno all'altro. La sua espressione divenne, se possibile, ancora più sgradevole. «Non può dire sul serio Mr. Foster,» disse. Squadrò Nick come se si stesse domandando cosa avesse a che fare con quella improvvisa insurrezione. «Quei locali sono già in affitto.»

«Sta scherzando?» ribatté Nick. «L'inquilino è morto.»

«Le sue cose sono ancora lì. Non siamo riusciti a definire la questione con i suoi… ehm… eredi.»

Siamo? Lei e i suoi cani?

«Non ho intenzione di toccare la sua roba,» disse Perry. «Voglio solo stare in un posto senza che nessuno possa farvi irruzione da un momento all'altro. Qualcuno è entrato nel mio appartamento per ben due volte.»

Mrs. MacQueen proruppe in una fragorosa risata. «*Due volte*! Adesso sono due!» Scosse la testa. «Mi dispiace, giovanotto, puoi dire a Tiny di cambiare la serratura del tuo appartamento. È il massimo che posso fare.»

«Non sono sicuro che siano entrati dalla porta.» Perry si rese conto di quel che aveva detto e arrossì, ma non si tirò indietro.

Mrs. MacQueen fulminò Nick con lo sguardo. «È stato lei a mettergli in testa queste idee?»

«Senta, signora,» replicò Nick. «Non sono un tipo dotato di grande immaginazione, e ho visto abbastanza da convincermi che qualcuno si sia introdotto nell'appartamento di Foster.»

«Non ha importanza,» tagliò corto Mrs. MacQueen. «L'appartamento di Mr. Watson è più grande. Costa cento dollari in più al mese.»

Il cuore di Perry ricominciò a martellare, scuotendo la sua esile figura. «I locatari hanno dei diritti, Mrs. MacQueen. Se non può garantirmi l'adeguata sicurezza, posso recedere dal contratto. E lei perderà il mio affitto *e* quello di Mr. Watson.»

«Ti farò causa,» minacciò la donna.

«Le farò causa anch'io. E vincerò. Qualcuno è entrato in casa mia. Almeno due volte. Mr. Reno può testimoniarlo. E se mi trascinerà in tribunale, le farò anche causa per danni.»

«Ho visto casi molto più folli di questo vincere in tribunale,» aggiunse Nick in tono asciutto.

Gli occhi di Mrs. MacQueen saettarono da uno all'altro mentre rifletteva sul da farsi. I cani stavano grattando la parte inferiore della porta semichiusa, le loro piccole zampe comparivano e scomparivano da sotto l'uscio.

«D'accordo, come desidera. La scelta è sua,» concluse Perry, voltandosi per andarsene.

«Oh, aspetta un secondo,» protestò Mrs. MacQueen. «Non essere così precipitoso. I giovani sono sempre così impulsivi. Non ho detto che non potevi prendere in affitto l'appartamento di Watson. Ho detto che costava più del tuo, ma è stato pagato sino a fine mese, quindi puoi stare lì, e magari tutta questa faccenda si sarà sistemata per allora.»

Scontro concluso. Perry ribolliva ancora d'energia, ma il motivo del contendere era svanito. Guardando la sua antagonista, si sentì quasi tradito.

«Ma se insorgessero dei problemi, se gli... ehm... eredi si lamentassero che manca qualcosa, sarai *tu* ad assumertene la responsabilità, figliolo.»

«Fantastico,» tagliò corto Nick. «Allora è tutto sistemato. Andiamo, Foster.»

La porta della MacQueen si chiuse con tanta forza che il lampadario sopra di loro tintinnò come vetro rotto. Ma d'altra parte, come molti degli oggetti di quel posto, non funzionava da anni. Nick si diresse a passo svelto verso la scalinata.

«Non posso credere che sia stato così facile,» ammise Perry rivolto alle possenti spalle dell'uomo.

«Mi hai sorpreso, figliolo,» replicò Nick. Mentre salivano le scale, d'improvviso aggiunse: «Non appena ti sarai sistemato nel nuovo appartamento, andremo a parlare con Tiny.» Si sentiva più ottimista. Avrebbe lasciato il ragazzo in un ambiente sicuro e poi si sarebbe concentrato sui suoi problemi, come il fatto di non riuscire a trovare un dannato lavoro perché era "troppo qualificato".

Giunti al ballatoio del secondo piano, Nick si fermò di scatto. Perry portò le braccia avanti per non finirgli addosso, toccando fasci di muscoli duri come rocce sotto la camicia di flanella dell'uomo.

David Center era in piedi davanti a loro, alto e sottile nella sua vestaglia viola. Nick non aveva una gran considerazione degli uomini che se ne andavano in giro con addosso vestaglie viola, anche se in quell'edificio la stranezza era all'ordine del giorno.

«Allora lo avete visto,» proclamò Center.

«Visto chi?» domandò Nick, freddo.

«Il fantasma di WitchHollow.»

Capitolo 4

«Il fantasma di chi?» s'informò Nick.

Center lo ignorò. «I contatti col soprannaturale possono essere un'esperienza spaventosa se non si è preparati. La prima volta che io ho...»

L'ex marine fece per parlare ma, cogliendo la sua espressione, Perry lo anticipò dicendo in tono di scuse: «Non credo che quello che ho visto fosse un fantasma.»

Secondo Nick, il ragazzo passava un mucchio di tempo a scusarsi per le folli aspettative degli altri.

«Ma certo che era un fantasma!» esclamò Center, girandosi in direzione della voce di Perry. «Non crederai davvero che un morto vivente sia apparso e scomparso dalla tua vasca da bagno?»

A proposito di morti viventi... Center somigliava al cattivo di un film degli anni Quaranta. Baffi sottili e capelli neri e lisci come le ali di un corvo. I suoi occhi erano nascosti da occhiali scuri. Non c'era un singolo aspetto di lui che non irritasse Nick... e questo per puro principio. «Se la mette così, un fantasma è di sicuro un'opzione più plausibile,» replicò con ironia. Incrociando lo sguardo di Foster, si rese conto che il ragazzo stava lottando per restare serio.

Il che era un enorme sollievo. Per un istante aveva temuto che potesse bersi quelle sciocchezza come faceva coi romanzi pulp della sua biblioteca.

«Suppongo che lei sia un miscredente,» disse Center rivolto alla fronte di Nick.

«Credo in un sacco di cose,» rispose l'ex marine. «Ma gli spettri non sono tra queste.»

Center gli voltò le spalle, cercando a tentoni la mano di Foster. Nick sentì il ragazzo irrigidirsi accanto a lui e si domandò perché sopportasse tutte quelle idiozie.

«Vieni, devi raccontarmi cosa hai visto,» sussurrò Center. «Nei minimi dettagli. Dobbiamo appurare perché lo spettro ha scelto di manifestarsi a te.»

«Non possiamo farlo dopo?» domandò Perry. «Nick mi sta dando una mano a traslocare.»

«*Traslocare?*» Center era inorridito. «Non te ne starai andando?»

«Solo dalla torretta.»

«Ma non puoi! Sarebbe un errore madornale. Gli spiriti hanno scelto di entrare in contatto con te proprio in quel luogo. Non devi respingerli. Le conseguenze potrebbero essere fatali.»

«Nel senso letterale del termine?» Il tono di Nick fece accendere di rosso il viso diafano di Center. «Foster, non ho tutto il giorno.»

Mentre continuava a salire le scale, notò una delle porte in fondo al corridoio – quella di Stein – chiudersi. L'uomo doveva aver origliato la loro conversazione. Buon per lui se fosse riuscito a venire a capo di quello sproloquio privo di senso.

Perry lo raggiunse sul ballatoio del terzo piano. «Amico, sei stato un po' scortese.»

«Quel tipo è fuori di testa.»

Silenzio.

«Se hai voglia di passare la giornata a chiacchierare del piano astrale, fai pure. Io ho delle cose da fare.»

Per la seconda volta, Foster rimase in silenzio.

Anche l'appartamento di Nick era immerso nel silenzio. Andò a controllare i messaggi della segreteria telefonica e scoprì che Roscoe aveva chiamato come promesso.

Nick compose il numero lasciatogli dall'amico. Aveva i palmi delle mani freddi e sudati, il cuore gli martellava nel petto: tutte sensazioni a lui sconosciute.

Una receptionist lo mise subito in linea con Roscoe.

«Ehi, cazzone,» lo salutò l'uomo, «sarà meglio che tu non abbia accettato nessun altro lavoro!»

Nick riuscì solo a rispondere con calma: «Perché? Cosa mi hai trovato?»

«Paga schifosa, incentivi schifosi, orari massacranti e un mucchio di teste di cazzo come colleghi.»

«E degli svantaggi che mi dici?»

Roscoe ridacchiò. «Ehi, ascolta, il lavoro è tuo se lo vuoi. C'è un problema, però.»

«Spara.»

«Devi fare un colloquio con i soci. Non avrai problemi, ho già garantito per te. È una pura formalità.»

«Quando?»

«È quello il problema. Rick parte per il Sud America l'8 e non sarà di ritorno prima di un mese. Possiamo aspettare sino ad allora, oppure, se sei disponibile, possiamo prenotarti un volo per West Coast oggi pomeriggio. Facciamo il colloquio domattina, pranziamo e ti mostriamo la città, e la mattina seguente puoi prendere il volo di ritorno. Dannazione, potresti anche fermarti qualche giorno, passare un po' ti tempo qui, ricordare i vecchi tempi e studiare l'operazione.»

«Sto solo perdendo tempo qui,» rispose Nick. «Accetto il biglietto d'aereo.»

«Eccolo, il mio ragazzo,» disse Roscoe, compiaciuto. Poi, rivolto a qualcuno dall'altro capo della cornetta, aggiunse: «Che ti avevo detto? Ci sta.»

Roscoe gli illustrò i dettagli e Nick riagganciò. Si rese conto di star sorridendo alla cornetta e si diresse in camera da letto per gettare qualche vestito in valigia.

Si era del tutto scordato di Foster, che era seduto sul divano a fissare la pioggia che gocciolava sulla finestra.

«C'è stato un imprevisto,» annunciò Nick tutto d'un fiato, perché – anche se non ce n'era motivo – si sentiva in colpa. «Ho un colloquio di lavoro a Los Angeles e stasera devo prendere un aereo.»

«Lo avevo intuito,» rispose Foster. Sorrise. Aveva un sorriso attraente, ironico e in un certo qual modo dolce. «Congratulazioni.»

A Nick non piaceva sentirsi in colpa. Soprattutto quando non ce n'era ragione. «Ti aiuterò a portare giù parte delle tue cose nel pomeriggio. Penseremo al resto dopo il mio ritorno,» disse in tono brusco.

«No,» replicò il ragazzo. «Posso cavarmela con quello che ho qui.» Diede un colpetto alla sua sacca. «Posso sempre entrare nel mio appartamento nel caso mi servisse qualcosa.»

Nick era a corto di parole.

Un forte bussare sulla cornice della porta lo salvò dal dover pensare a una risposta. Sulla soglia c'era Tiny, che spostava nervosamente il peso da una gamba all'altra, in stato di disagio. Era un omone, quello che la gente definiva un sempliciotto. Erano trent'anni che lavorava all'Alston Estate, da ben prima che Mrs. MacQueen acquistasse quella fattoria isolata per trasformarla in una pensione.

Nick studiò il tuttofare con estrema attenzione. Con la sua ampia tuta da lavoro indossata su una lisa camicia di flanella, la sua figura appariva imponente. La sua testa grigia era rasata quasi a zero e aveva un leggero tic all'occhio sinistro. Somigliava a Curly de *I tre marmittoni,* solo che non sembrava per nulla dotato di senso dell'umorismo.

«Mrs. Mac ha detto che volete vedere l'alloggio di Mr. Watson.»

«Sì, vogliamo vederlo,» confermò Nick.

Tiny fece un ampio gesto che aveva il chiaro intento di invitarli a precederlo. Nick seguì Foster fuori e insieme tornarono al secondo piano.

Aprendo la porta dell'appartamento del compianto Mr. Watson e facendosi da parte per far entrare Foster, Tiny annunciò: «Mr. Watson è morto.»

«Lo so,» rispose Foster, paziente. Sembrava avere pazienza a palate, il che, a parere di Nick, non faceva che incoraggiare gli spostati.

Foster si aggirò incerto per la stanza, mentre Nick controllava le luci, il termostato e l'acqua calda. Pareva che tutto funzionasse a dovere. La stanza puzzava di stantio, di sigari e polvere. Si sperava che al ragazzo non venisse un attacco d'asma.

Tiny prese un fumetto e lo lasciò ricadere nervosamente. «È morto al villaggio. In pasticceria.»

«Avevo sentito anche questo,» disse Foster.

«Ha comprato una torta di ciliegie e ci è rimasto secco. Le sue cose sono ancora qui. Tutto questo è suo.»

«Non toccherò niente,» assicurò Foster.

C'erano un sacco di "cose". Un'alta cantinetta per i vini in un angolo. Un bel po' di mobili in pelle nera. Un costoso impianto Home Theatre occupava un'intera parete. Su quella opposta c'erano dei poster incorniciati di illustrazioni pulp. Donne dai seni enormi che lottavano contro tigri dai denti a sciabola e nazisti con un occhio solo. Opere interessanti, se ti piaceva il genere.

Un pesce morto galleggiava in un sontuoso acquario.

«Oh, no,» mormorò Foster, rattristato dal piccolo corpo colorato che sembrava un petalo sopra l'acqua verdognola. «Deve essere morto di fame.»

Il tuttofare andò a osservare l'acquario con lui. Tirò su col naso ed estrasse un enorme fazzoletto, soffiandosi vigorosamente il naso. Poi infilò la sua manona nella vasca e agguantò il pesce morto, gettandolo in un posacenere. «Nessuno mi aveva detto di lui,» spiegò a Foster.

Tiny era bravissimo con gli animali, cercava sempre di portare a casa cani e gatti randagi e di riportare gli uccellini ai loro nidi. Roba da gigante buono.

«Sembra sicuro,» disse Nick a Foster, che lo guardò con quei grandi occhi marroni.

Anche Tiny lo fissò. «Le serrature non fermano i fantasmi,» dichiarò.

«Non anche tu,» brontolò Nick. «Sono tutti matti qui dentro?»

«L'ho visto,» ribatté il tuttofare. «L'ho visto. Il fantasma dai calzini gialli.»

«Dove l'hai visto?» domandò Foster con improvviso interesse.

Tiny distolse lo sguardo, evasivo. Scosse le spalle. «Ogni tanto lo vedo.»

«Era morto quando l'hai visto?» domandò Nick, pratico come al solito.

Il tuttofare assunse un'espressione confusa. «È un fantasma,» spiegò.

«Tiny, volevo chiederti una cosa. Sai chi ha le chiavi del mio appartamento oltre a te e a Mrs. Mac?» buttò lì Foster in un tono casuale che sarebbe riuscito a ingannare solo l'ultimo degli sprovveduti.

«Tu,» rispose Tiny, servizievole.

Scuotendo la testa, Nick si girò per dare un'occhiata alla camera da letto.

«Nessun altro?» insisté Foster. «Nessuno ha mai chiesto in prestito la tua copia?»

Tiny parve impaurito. «No.»

«Ne sei sicuro?»

Gli occhi del tuttofare saettarono avanti e indietro, tradendo il suo disagio.

«Chi ha preso in prestito le tue chiavi?» lo incalzò Foster.

Altra esitazione nello sguardo. Tiny si leccò le labbra e cominciò a mormorare tra sé e sé.

«È tutto a posto, puoi dirmelo,» disse Foster. Esibì un sorriso incoraggiante. «Manterrò il segreto.»

«Nessuno,» rispose Tiny, stringendosi nelle sue larghe spalle.

Nick osservò quel cortese interrogatorio con crescente esasperazione. Era ovvio che l'omone stesse mentendo. Sapeva che il suo impulso di sbatterlo contro un muro non avrebbe condotto a nulla di buono, ma l'idea di dover lasciare la città con quella situazione irrisolta lo agitava.

«Le ho perse,» ammise all'improvviso Tiny. «Mrs. MacQueen mi ha sgridato.»

«Le hai *perse*?»

L'occhio sinistro del tuttofare si contrasse in risposta al tono di Nick.

«Quando le hai perse?» continuò Foster.

Tiny fece spallucce. «Non ricordo. Un po' di tempo fa.»

«Ieri? L'altro ieri?» Nick non riuscì a nascondere la sua irritazione nei confronti di quei due.

Tiny scosse la testa. «Mrs. Mac le ha ritrovate.»

«Quando?»

Tiny guardò Nick come se fosse lui quello un po' duro di comprendonio. «Non ricordo,» disse lentamente e scandendo le parole.

***

«Hai bisogno di un passaggio per l'aeroporto?» domandò Foster dopo che Nick aveva insistito per aiutarlo a portare un paio di scatoloni con le sue cose al piano di sotto.

«No, tranquillo.» Nick posò le chiavi del ragazzo bene in vista sul tavolo della sala da pranzo. «Parto dal Burligton International. Lascerò il mio furgone in aeroporto.»

Foster annuì. Aveva un'aria sperduta, accentuata dal fatto che stava facendo di tutto per impedire al suo labbro superiore di tremare.

Nick esitò. «Te la caverai, ragazzino. Al mio ritorno...» Non terminò la frase perché le sue responsabilità finivano lì. Non voleva approfondire quella conoscenza, Foster non era il suo tipo. Per più di un motivo.

«Oh, sono a posto adesso. Grazie per tutto l'aiuto che mi hai dato,» si affrettò a dire Foster.

«Una cosa è certa, la MacQueen deve cambiare le serrature di tutti gli appartamenti. Dal momento che le chiavi sono state smarrite, vuol dire che chiunque potrebbe avere accesso ai locali in qualunque momento.»

«Magari Tiny le aveva solo messe fuori posto,» suggerì Foster speranzoso.

Nick scosse il capo. La gente sapeva essere così ingenua. «È una curiosa coincidenza, non trovi?» Si fermò un attimo a riflettere e poi disse di getto: «Andiamo a parlare subito con Mrs. MacQueen.»

«Non credo che dovrei abusare della mia buona stella,» obiettò Foster. «La necessità di trasferirmi nell'appartamento di Watson verrebbe meno se nessuno degli appartamenti fosse più sicuro.»

L'inaspettata logica di quel ragionamento colse Nick di sorpresa. «Beh, io andrò a parlarle. Non mi piace l'idea che qualcuno possa introdursi in casa mia a suo piacimento.»

Si avviò giù per le scale e si accorse che Foster era con lui. «Pensavo che non volessi abusare della tua buona stella...»

Foster sfoggiò quel suo sorrisetto buffo. «Ti sto offrendo il mio supporto morale.»

«Ah, è di questo che si tratta?»

«Certo.»

Una voce metallica giunse sino a loro.

«Il giudice distrettuale Frank Facey ha dichiarato Mickey "Mannaia" Cimbelli, sospetto capo della cosca Martinelli, idoneo a sostenere il processo. L'avvocato della difesa ha contestato che Cimbelli, che è imputato di quattro omicidi, nonché di cospirazione, estorsione e svariati altri crimini connessi alla corruzione dei sindacati, è mentalmente incapace di affrontare il processo...»

Nell'ingresso, Jane Bridger passeggiava avanti e indietro sul pavimento di legno e ascoltava torva le notizie strombazzate dalla radio antiquata. Il maglione gigantesco e sfrontatamente arancio che indossava creava un interessante contrasto con i suoi capelli rossi e ravvivava la cupa stanza dagli arredi scoloriti.

Scorgendoli domandò: «Voi due avete idea di dove sia Tiny? È in arrivo un monsone e dalle mie finestre sta già cominciando a entrare acqua.»

«Era diretto quaggiù quindici minuti fa,» rispose Foster. «Forse lo hai mancato.»

«Impossibile. Sono venti minuti che aspetto qui nel tentativo di acciuffarlo.»

«È strano,» replicò il ragazzo. «Ci ha mostrato l'appartamento di Watson e poi...»

Guardò Nick, che disse: «Non era il mio turno di tenerlo d'occhio.»

«Ma dove può essersi cacciato? Siete sicuri che non sia ancora di sopra?»

«Abbiamo fatto avanti e indietro da un piano all'altro all'incirca una dozzina di volte. Lo avremmo visto.»

«Probabilmente è andato via prima del tempo,» ipotizzò Nick.

«Se è così, non è uscito dalla porta principale,» ribatté Jane Bridger.

«Sarà uscito dal retro.»

«Allora dovrà riportare qui il culo,» disse Jane. «La mia carta da parati sta cominciando a venir via.»

«Magari è di sotto,» suggerì Foster.

Come scatenare una tempesta in un bicchier d'acqua: ecco cosa avrebbe detto la nonna di Nick. Foster sembrava contento di starsene lì con la signorina Bridger a discutere di tutti i possibili posti in cui poteva essere sparito Tiny; lui perse la pazienza e se la filò, diretto alla fortezza della MacQueen. Sfogò la sua generale frustrazione bussando con forza alla porta graffiata, anche se dubitava che persino quei pesanti colpi potessero essere uditi al di sopra del frastuono della TV.

Alle sue spalle, udì la Bridger commentare: «È un tipo strano. Sono a favore dell'impiego dei diversamente abili, ma a tutto c'è un limite. Ricordi quando ha cercato di tenere quel ratto in una gabbia nel seminterrato? Un ratto da compagnia! E i cosiddetti cani della MacQueen che continuavano a dargli la caccia? Credo che il topo fosse più grande di tutti e due i cani messi insieme.»

«Oggi parlava di fantasmi,» disse Foster.

«Fantasmi! Ne ha parlato anche a me. Penso lo abbia sentito da David. Mr. Center. Sai, lui – Mr.Center – sostiene di essersi trasferito qui solo perché il posto è infestato.»

«Infestato da chi?»

«Non lo so. Qualche principessa indiana, o una pastorella del periodo coloniale o qualcosa di simile.»

«Una pastorella?»

«Non ricordo i dettagli. Ma questo posto era una fattoria in origine, o sbaglio?»

«Tiny ha detto che il fantasma indossava dei calzini gialli, come l'uomo nella mia vasca da bagno.»

«Non ho mai visto una pastorella con i calzini gialli.»

«Non ho mai visto una pastorella.»

La porta della MacQueen si aprì all'improvviso, cogliendo Nick di sorpresa.

«Di nuovo lei!» disse in tono d'accusa, la sigaretta in bocca. «Non posso avere un attimo di pace?»

L'ex marine si ricompose in fretta. «Perché non ci ha informato che le chiavi di Tiny erano state rubate?»

Se aveva sperato di prenderla alla sprovvista, si sbagliava di grosso.

«Non sono state rubate! Sono state smarrite. Per un giorno. Ha idea di quante volte quel maledetto ritardato ha perso le sue chiavi?» Si stava facendo la permanente in casa e il posto puzzava di zolfo... e lei sembrava un piccolo demonio emerso dall'inferno col suo tailleur pantalone verde lime.

«La sicurezza di ogni appartamento di questo stabile è stata compromessa. Non ritiene che sia una sua responsabilità sostituire le serrature delle porte dei suoi inquilini?»

«*Sostituire le serrature?*» sbraitò la donna. «Sa quanto denaro ci vorrebbe? Più di quanto ne ho, a meno che non vogliate tutti un grande, grosso aumento dell'affitto.»

Non arrabbiarti, rammentò a se stesso Nick. Se a Los Angeles va tutto come previsto, tra due settimane potrai comunque togliere le tende da qui.

«Chiamerò subito un fabbro,» la avvertì. «E mi aspetto di essere rimborsato.»

«Ha una gran bella faccia tosta, marinaio!»

Qualcosa che ricordava un cuscino con le frange schizzò fuori dalla porta.

«Lo prenda! Non lo lasci scappare!» strillò Mrs. MacQueen.

«Se lo prenda da sola!» sbottò Nick, che aveva dato fondo a quel briciolo di buone maniere che poteva aver avuto all'inizio del weekend.

Foster emise un violento starnuto non appena il cane piegò verso di lui. Toccò a Jane prenderlo e riconsegnarlo alla padrona, che glielo strappò di mano senza una parola di ringraziamento, ritirandosi nel proprio appartamento e sbattendo la porta in un'unica mossa coreografata.

«Chiamiamo il fabbro,» disse Nick a Foster. «Gli faremo sostituire le serrature di entrambe le stanze già che c'è.»

Foster starnutì ancora e si grattò il naso.

«Dividerò le spese con voi,» si aggregò Jane. «Faremo una cosa a tre,» disse rivolgendo a Nick un sorriso sornione.

***

«Forse dovremmo chiamare la polizia,» esordì Foster, riaccompagnando Nick di sopra. Aveva di nuovo quella voce strozzata, una voce che per Nick suonava come unghie su una lavagna.

«E perché?» chiese in tono secco.

«Forse adesso crederebbero alla storia dell'uomo morto e della gente che si è introdotta in casa mia.»

«Forse.»

«Tu non pensi?»

«Non è che tu abbia il corpo da esibire come prova.»

Foster si fece silenzioso, riflettendo sulle quelle parole. Raggiunto il ballatoio del secondo piano, si fermò e disse: «Beh, suppongo ci vedremo al tuo ritorno.»

Non se ti vedo prima io, pensò Nick. «Già, suppongo anch'io,» rispose.

«Buona fortuna per tutto a Los Angeles.»

«Grazie.»

Foster aveva un naso molto dritto, una bocca delicata e lunghe ciglia quasi fanciullesche che gettavano morbide ombre sulle sue guance. Le alzò e fissò Nick con espressione grave.

Nessuno dei due si mosse, poi Nick sorprese se stesso dicendo: «Prenditi cura di te stesso.»

Le labbra di Perry s'incurvarono. «Lo farò.»

«Okay.» Nick continuò a esitare, ma non c'era davvero nient'altro da dire.

Continuò a salire le scale, sentendo la porta dell'appartamento di Watson chiudersi piano alle spalle di Foster.

Capitolo 5

Il giorno stava cedendo il passo al crepuscolo mentre Perry guardava il pick-up bianco di Nick allontanarsi.

Era stupido sentirsi così... abbandonati. Dopotutto, conosceva Nick a malapena. E quel poco che sapeva era stato sufficiente a fargli capire che rischiava di esaurire la pazienza dell'uomo.

Quando il rumore del motore del furgone si fu spento, la casa gli sembrò troppo silenziosa. Dalla finestra al secondo piano dell'appartamento di Mr. Watson, Perry rimase a contemplare gli alberi del frutteto, fiamme accese contro il cielo color ardesia. La nebbia si levava dal terreno umido e serpeggiava come un fantasma attraverso i boschi.

A ogni modo, non c'era nessun reale pericolo. La casa aveva un che di spettrale, d'inquietante, ma era sempre stato così.

Scorse qualcosa che si muoveva nei meandri del giardino incolto sotto di lui. La piccola figura sembrava quella di un bambino, ma Perry riconobbe il parka rosa e il berretto da sci a pois.

Miss Dembecki?

Qualcosa nei movimenti furtivi dell'anziana signora catturò la sua attenzione, destò il suo sospetto, e dato che non aveva nulla di meglio da fare – e aveva bisogno di qualcosa che lo distogliesse dai suoi problemi – Perry afferrò la giacca e corse di sotto.

Jane e Mr. Teagle stavano appendendo delle ghirlande sbrindellate alla ringhiera della scala. Mr. Teagle si lamentava dei "Democratici che avevano rubato il Natale" e Jane, in un raro momento d'indulgenza, lo stava incoraggiando.

«Qual è stato il miglior regalo di Natale che abbia mai ricevuto, Mr. Teagle?»

«Beh, quando ero ragazzo non avevamo molti soldi. Non come i giovani d'oggi...»

Nessuno dei due fece caso a Perry quando sgusciò fuori in giardino dalla porta sul retro. Il vento gli strappò l'uscio di mano, mandandolo a sbattere contro l'edificio. Attese per assicurarsi che il suono non avesse allarmato la sua preda, ma Mrs. Dembecki continuò a farsi largo tra felci lussureggianti ed erbacce come una talpa rosa. Sembrava muoversi bene sul terreno fangoso, ma d'altra parte, per quanto ne sapeva lui, viveva all'Alston Estate da quasi una vita.

Mentre pedinava Miss Dembecki, si rese conto che il suo comportamento sarebbe potuto apparire ben più sospetto di quello della donna. Che credeva di fare, spiando una vecchietta? Cosa pensava di scoprire? Quali oscuri segreti poteva nascondere quella signora? Forse aveva coltivato un giardino segreto di pomodori, o stava andando a visitare la tomba del suo defunto parrocchetto.

Eppure... c'era qualcosa nel modo furtivo e clandestino in cui si stava aggirando tra gli alberi, ed era tutto così strano in quel periodo. Senza rifletterci, Perry accelerò il passo, sforzandosi di muoversi tra i cespugli spruzzati di pioggia evitando di far rumore e senza avvicinarsi troppo al suo obiettivo.

Fermandosi accanto a un acero da zucchero, scrutò l'oscurità densa di ombre che odorava di terra bagnata e muffa. Riusciva a sentire Miss Dembecki, la pericolosa pensionata, calpestare le foglie secche a diversi metri di distanza.

Non molto lontano, si udiva la corrente del fiume. Il gazebo, pensò all'improvviso. Era diretta al gazebo. Perché? Doveva incontrare qualcuno? Un ramoscello scricchiolò sotto il suo piede. Si acquattò dietro al ceppo di un albero morto.

Con cautela, sbirciò da dietro il tronco.

Miss Dembecki si era fermata e si stava guardando intorno con apprensione. Perry si riabbassò, in attesa, coprendosi la bocca con entrambe le mani per evitare che la condensa del suo alito potesse tradirlo.

Trascorsero dei lunghi istanti. Perry aspettò mentre le ginocchia dei suoi Levi's si inzuppavano d'acqua. A pochi centimetri dal suo naso, delle formiche si arrampicavano pigramente sulla corteccia senza vita.

Poi giunse un gemito di ingranaggi arrugginiti e il colpo di una porta di legno che sbatteva. Dando un'altra occhiata, si accorse che Miss Dembecki era scomparsa all'interno del gazebo.

Grandioso. E adesso? Sarebbe stato rischioso attraversare la radura che portava al gazebo senza essere visto da una delle finestre. Il suo sguardo cadde sulla vicina betulla, i cui rami gialli si allungavano sull'edificio ottagonale.

Sfruttando la copertura dei cespugli di rose selvatiche, Perry sgattaiolò sino all'albero e si arrampicò sui rami, le scarpe che scivolavano sulla corteccia chiara, per poi trovare appiglio.

Dal suo punto d'appoggio, aveva una libera visuale sulle sudicie finestre del gazebo. Un leggero raggio di luce rischiarava appena la stanza dagli angoli smussati.

Era impossibile vedere più di tanto nell'oscurità. Che diamine ci faceva lì la donna? Perry tese le orecchie per sentire, ma anche quello era impossibile con il fruscio distante del fiume e le foglie che schioccavano, sferzate dalla gelida corrente.

I minuti passavano lenti.

Che stesse nascondendo qualcosa? Non ci avrebbe messo così tanto. E se invece fosse stata in cerca di qualcosa… beh, cambiava poco, a dire il vero. Dopotutto, era un'eternità che abitava in quel posto. Perché avrebbe dovuto trascorrere venti minuti a cercare qualcosa che aveva avuto tutto il tempo di trovare nella passata decade?

Le mani di Perry erano intorpidite dal freddo. Le sue gambe si stavano addormentando. Stava cercando di ricordare se fosse mai stato peggio in vita sua, quando la pioggia ricominciò a cadere, scivolandogli giù per il collo. Cominciò a preoccuparsi che il freddo e l'umidità potessero aggravare la sua asma... Di sicuro Sam Spade[1] non aveva mai avuto a che fare con quel genere di contrattempi.

Si massaggiò distrattamente le gambe, osservando la luce fioca percorrere la stanza ancora una volta. Magari avrebbe dovuto correre il rischio di scendere dall'albero e sbirciare da una delle finestre a livello del suolo. O forse gli sarebbe bastato entrare e fingersi sorpreso di trovare lì Miss Dembecki... Avrebbe potuto studiare la sua reazione.

Sotto di lui, la porta si aprì con uno schianto e l'anziana signora lasciò l'edificio facendo quasi cadere Perry dall'albero per lo spavento.

Ritrovò l'equilibrio e, attraverso il reticolo di foglie, osservò la sagoma da folletto di Miss Dembecki affrettarsi verso casa. Intravide che teneva qualcosa in mano, ma era abbastanza sicuro che si trattasse della sua torcia.

Perry lasciò passare qualche minuto. Nessun altro uscì dal gazebo, quindi aveva indovinato. Non si era trattato di un incontro. Miss Dembecki stava cercando qualcosa.

Ma cosa?

Chi avrebbe utilizzato come nascondiglio un edificio abbandonato? E perché?

Scendendo con cautela attraverso il groviglio di ramoscelli e fronde, Perry atterrò sul suolo bagnato. Entrò nel gazebo.

Girando per la stanza, fu costretto a riconoscere la lampante mancanza di nascondigli: qualche vecchio mobile di vimini, i cuscini sbiaditi squarciati da tempo. Era tutto lì.

---

[1] Personaggio immaginario, di professione detective, protagonista del romanzo poliziesco di Dashiell Hammett, *Il falcone maltese*.

Nessun'asse che scricchiolava sotto i suoi passi. Bussò sui muri, ma sia al tatto che all'udito apparivano abbastanza solidi.

Dopo una decina di minuti, Perry si diede per vinto e tornò a casa.

***

La casa stava ascoltando.

Era in attesa.

Perry riusciva a percepirlo nel silenzio tra un'esplosione di risate artificiali e quella successiva nell'episodio di *Scooby-doo*. Era seduto sul lungo divano di pelle nera del compianto Mr. Watson a mangiare cereali e a guardare la TV del precedente inquilino.

Ogni tanto, per rassicurarsi, gettava un'occhiata alle serrature nuove di zecca della porta. Serrature di tutto rispetto. Resistenti. Nessuno sarebbe potuto entrare da quella porta… a meno di non buttarla giù. Lui era l'unico a essere in possesso della chiave: aveva chiesto al fabbro di farne una finta copia ed era quella che aveva consegnato a Mrs. MacQueen.

Quindi era perfettamente al sicuro. Non aveva nulla da temere. Eppure non riusciva a scrollarsi di dosso l'impressione di non essere da solo.

Di essere osservato.

L'appartamento era tranquillo. Troppo tranquillo. Al piano superiore, nell'isolata torretta, quel silenzio era normale; lì al secondo piano, Perry si era aspettato dei segnali di vita.

Dov'era l'accogliente odore di cibo dell'ora di cena? E il confortevole e rumoroso ribollire di attività delle abitazioni attigue? Da quel che sentiva, avrebbe potuto essere l'unica persona a quel piano o nell'intero edificio.

Finta la seconda ciotola di cereali, la abbandonò nel lavandino e fece un altro, nervoso giro delle stanze di

Mr. Watson. Si trovò quasi a desiderare di poter far ritorno alle sue cose e a un ambiente che gli era familiare... peccato che non sarebbe mai più riuscito a usare il bagno del suo appartamento.

Passò in rassegna la cantinetta dei vini accanto allo stereo di Watson: un mucchio di merlot e cabernet. Marchi noti, per lo più californiani. Niente di importato e inestimabile, a quel che poteva vedere. Non che fosse un esperto, non era un gran bevitore. Il vino rosso in genere gli dava il mal di testa, e quello bianco – stando a quel che diceva suo padre – era da femminucce. Anche se avesse avuto abbastanza fegato da avventurarsi al terzo piano adesso che era deserto, la sua dispensa era vuota. Quindi, perché no? A Watson non sarebbe importato, e gli sconosciuti parenti non avrebbero certo sentito la mancanza di una bottiglia di vino. Avrebbe potuto lasciare dei soldi sul bancone come risarcimento.

Andò in bagno, tirò a lucido la vasca di Watson e, mentre l'acqua scorreva, stappò una bottiglia di cabernet.

Due bicchieri di Salmon Creek e un lungo e caldo bagno aiutarono in modo considerevole a rilassare Perry che, quando uscì dalla vasca, si sentiva piacevolmente intorpidito e assonnato.

Sollevò le coperte del letto appena fatto e si infilò tra le lenzuola. Watson aveva una coperta elettrica. Perry aumentò la temperatura.

Sfogliò uno dei fumetti accatastati accanto al letto. Altre donne poco vestite, questa volta impegnate a combattere contro gli alieni. Controllò la data sulla copertina del volume. Settembre 1950. Watson doveva essere un collezionista.

Le persone erano un mistero. Le poche volte in cui si era trovato a parlare con Watson, avevano conversato soltanto di sport e del mercato azionario, entrambi argomenti per cui Perry non nutriva un grande interesse. Al contrario, lo avrebbe affascinato sentirgli raccontare di tutti quei fumetti e quelle graphicnovel. Adorava i disegni, anche se le donne discinte non erano il suo soggetto preferito.

Curiosamente, rivolse di nuovo la sua attenzione sulla battaglia intergalattica.

Dopo un po', tette e palloni aerostatici si confusero tra loro. Allungò la mano e spense la luce.

***

Cos'era stato a svegliarlo? Non ne era sicuro. Per un minuto, Perry rimase disteso in quell'oscurità sconosciuta cercando di orientarsi.

Da qualche parte di fianco al letto giunse il leggero scatto dei numeri luminosi che giravano. Dal soggiorno arrivava il ticchettio dell'orologio. Più vicino c'era il grattare dei rami degli alberi contro la finestra. Una volta identificati, scartò quei suoni. Ma c'era ancora qualcosa…

Poi lo sentì. Un suono strano, simile a uno… sfregamento. No, era più come se qualcuno stesse trascinando un grosso peso lungo il corridoio.

Gettando di lato le coperte, avanzò a tentoni al buio sino alla porta d'ingresso e sbirciò dallo spioncino. Dalla piccola fessura intravide della moquette scolorita, austeri pannelli di legno e una luce sbiadita che conferiva all'ambiente un'atmosfera antica. Persino i granelli di polvere sembravano vecchi.

Il corridoio era deserto.

Tese l'orecchio, agitato. Il suono pareva essersi fermato.

Perry rimase fermo a tremare per qualche altro minuto, poi decise di lasciar perdere e tornò tra le lenzuola ancora calde. Poco alla volta sentì l'adrenalina abbandonarlo e scivolò in una vellutata oscurità, solo per ridesterai bruscamente quando qualcosa sbatté contro il muro della stanza da letto.

«Chi c'è?» chiamò.

Silenzio. Quel silenzio vigile che aveva imparato a riconoscere.

Perry accese la lampada del comodino.

La stanza sembrava tutta angoli profondi e ombre scure.

Lo sguardo gli cadde sui romanzi polizieschi che aveva portato dal suo appartamento. Un uomo in Fedora con un ghigno stampato in faccia che affrontava un trio di malviventi. L'uomo in Fedora ricordava un po' Nick. *Non fare lo sfigato*, si disse Perry. *Come si comporterebbe Nick in una situazione simile?*

Nick sarebbe andato a controllare.

Perry valutò mestamente quell'opzione. Ma si rallegrò quando gli sovvenne che era più probabile che Nick gli dicesse che il rumore era solo frutto della sua immaginazione e di tornare a dormire.

Spense la lampada e ascoltò.

Niente.

Si girò su un fianco. Pian piano si lasciò cullare dal sonno.

Quando i rumori di trascinamento ricominciarono, Perry era addormentato troppo profondamente per sentirli.

***

Il lunedì pomeriggio sorprese Perry seduto in una piccola stanza della "Gazzetta di Fox Run", intento a studiare le immagini proiettate di vecchie pagine di giornale che apparivano e scomparivano dal sudicio muro.

STUDENTI NEGRI SIEDONO AL BANCONE DELLA TAVOLA CALDA DEI MAGAZZINI WOOLWORTH, recitava il titolo dell'edizione del 2 febbraio 1960 della gazzetta.

Perry sospirò. Mandò avanti il proiettore. Non aveva altro da fare. Era ufficialmente in vacanza e senza un posto dove andare. Il sogno intorno al quale la sua vita aveva ruotato negli ultimi mesi era svanito. Il ricordo di quegli immaginari brunch domenicali e delle passeggiate sulla spiaggia, le tanto attese visite ai musei e alle gallerie d'arte... rievocare quelle preziose fantasie era persino più doloroso dell'umiliante realtà.

Il che la diceva lunga.

A essere onesti, non si era mai sentito di umore meno vacanziero. Non riusciva nemmeno a trovare gioia nella pittura, l'unico rifugio che non lo aveva mai tradito. Era troppo teso per lavorare. Troppo irrequieto. Tra Marcel e la sua tutt'altro che rosea situazione finanziaria... aveva bisogno di qualcosa che gli occupasse la mente e, in qualche strano modo, gli inquietanti avvenimenti alla pensione gli offrivano unutile svago.

Quella mattina, Jane era passata dal suo appartamento per colazione. Ufficialmente, era andata a chiedergli in prestito una tazza di latte, ma Perry sospettava che la vera ragione fosse tirargli su il morale. Alla fine, però, forse era lei ad aver bisogno di essere tirata su di morale, perché dopo essersi accomodata sul divano non aveva detto una parola, limitandosi a passare da un canale all'altro col telecomando.

«Non lavori oggi?» aveva domandato Perry, sorpreso. Non aveva mai visto Jane chiamare l'agenzia immobiliare in cui era impiegata per darsi malata.

Lei aveva alzato una spalla con fare incurante. «Possono cavarsela anche senza di me per uno o due giorni. Quelle nuvole non mi convincono. Non vorrei rimanere bloccata dall'altra parte del ponte. Anzi, se fossi in te, ci penserei due volte prima di andare in città, a meno che non sia proprio necessario.»

Aveva ragione. Di tanto in tanto, il ponte veniva inondato, ma il pensiero di starsene tutto il giorno seduto in casa di Watson... no, grazie. Avrebbe preferito dormire in macchina.

Osservando Jane che pigiava nervosamente i tasti del telecomando, aveva chiesto d'impulso: «Hai mai sentito parlare del fantasma di WitchHollow?»

Jane aveva staccato lo sguardo da truTV. «Fantasmi prima di pranzo? Oh, dolcezza!»

«Ma non avevi detto che questo posto era infestato?»

«Che irresponsabile sono stata,» aveva mormorato la ragazza. «Non crederai mica a tutto quello che dico?»

«Solo a un terzo.»

Jane aveva riso. «Ragazzo sveglio.» Aveva premuto di nuovo sul telecomando e un canale di passaggio aveva strillato qualche idea regalo per Natale. I suoi occhi erano tornati su Perry. «Mi sembra di ricordare di aver letto qualcosa sul giornale lo scorso anno. Uno di quegli articoli in ambito locale.»

«Menzionava esplicitamente l'Alston Estate?»

Aveva strizzato le palpebre, come se stesse guardando verso un passato lontano. O magari erano solo i postumi di una sbornia. A ben vedere, non aveva un bell'aspetto. Forse non si sentiva bene, ma non voleva ammettere di aver bisogno di una giornata di riposo. C'era un mucchio di gente così; gente irritante che aveva fatto del non assentarsi mai dal lavoro una crociata e finiva con l'infettare tutti i colleghi con qualche virus. Perry era molto sensibile al problema, essendo una di quelle persone che prendevano qualunque malanno ci fosse in circolazione.

«Direi di sì,» aveva riflettuto Jane. «Erano gli anni Venti. O forse negli anni Quaranta. C'è stato un omicidio o qualcosa di simile. Ma è una vecchia casa, è ovvio che abbia una storia.»

«Non ho mai sentito niente a proposito di un delitto,» aveva detto Perry, scettico.

«La MacQueen non vuole che si sappia. Teme che possa spaventare gli eventuali affittuari, suppongo. Sai come sono le vecchie generazioni.»

Se il termine di rifermento era Mrs. Mac, la vecchia generazione era capace di far fuori la nuova bendata e con un braccio legato dietro la schiena.

«È diverso per le persone dei suoi tempi,» aveva chiarito Jane. «Ai tempi, un omicidio faceva molto scandalo.»

«Giusto,» aveva risposto Perry, sconcertato all'idea che l'omicidio non facesse più molto scandalo.

Jane aveva ammaccato di nuovo il telecomando. «Dovrai fare dei controlli, dolcezza. I miei ricordi sono un po' vaghi.»

Ed era quello che Perry aveva deciso di fare. Controllare. Dopotutto aveva letto abbastanza romanzi polizieschi da sapere che nessuno aveva mai risolto un mistero standosene seduto a guardare la pioggia che strappava via le foglie dagli alberi.

Premette un'altra volta il bottone del proiettore e un'altra pagina dai contorni confusi si materializzò sul muro. Ci sarebbero potute volere ore o persino giorni per trovare ciò che stava cercando, sempre che esistesse davvero. La memoria di Jane era notoriamente difettosa. Esaminò l'immagine ingrandita in cerca di ogni possibile riferimento all'Alston Estate, o ad altre case storiche del luogo, e poi pigiò di nuovo il bottone.

Era un lavoro noioso, ma gli dava qualcosa da fare. Qualcosa a cui pensare a parte Marcel.

Si domandò come se la stesse cavando Nick a Los Angeles. Se avesse già fatto il colloquio. Si chiese se avrebbe ottenuto il lavoro e se si sarebbe trasferito in California.

Raggiunta la fine della bobina, Perry si alzò e inserì il nastro successivo di microfilm nel proiettore. Mettendosi seduto, rimise a fuoco l'immagine sul muro e la guardò accigliato. Il lavoro del detective era molto più interessante tra le pagine di autori come Dashiell Hammett e Raymond Chandler. Certo, era lieto di non dover avere a che fare con energumeni dalla mascella squadrata che volevano picchiarlo a sangue, o con gentildonne con gli occhi da cerbiatte che tentavano di rifilargli un Mickey Finn[2].

Premette il bottone.

Cominciava a sospettare che l'ultimo evento di reale interesse che aveva avuto luogo a Fox Run fosse stata la Guerra d'Indipendenza. Cliccò ancora.

E poi, proprio quando cominciava ad averne piene le tasche, Perry s'imbatté in un articolo sugli sforzi fatti dalla Società per la Conservazione dei Beni culturali per recuperare gli edifici del luogo. Nello stesso numero c'era un pezzo sugli yuppie che si trasferivano nella valle e compravano case antiche. Il giornale risaliva a circa cinque anni prima.

Perry si puntellò sui gomiti, leggendo avidamente.

"La lunga e vivace storia del Vermont si riflette nel microcosmo di Fox Run, cittadina del Northeast Kingdom. Alcuni dei più antichi edifici della zona sono preservati per i posteri all'interno della proprietà precedentemente nota come fattoria Hennesey. A oggi parte dell'Alston Estate, la casa colonica risalente al XII secolo vanta una ghiacciaia, una colombaia e un solarium."

Bingo, pensò Perry, mettendosi a prendere appunti.

"L'edificio fu costruito nel 1780 dal colonnello Geoffrey Hennesey come regalo di nozze per la sua futura moglie. Hennesey, comandante dell'Esercito Continentale, morì un mese dopo che la casa era stata completata. La sua vedova visse lì in solitudine sino alla sua morte, nel 1800. Leggenda vuole che lo spirito solitario della bella e giovane vedova limiti le sue escursioni notturne alla struttura originaria."

---

[2] Termine gergale usato per indicare un drink addizionato di sostanze psicotrope, somministrato all'insaputa della vittima con l'intento di farle perdere conoscenza.

Quale parte della casa faceva parte della struttura originaria? si domandò Perry.

"Durante il Proibizionismo la casa fu acquistata dal banchiere Henry Alston, che apportò dei considerevoli rinnovamenti alla struttura. L'edificio fu scenario di innumerevoli eventi di gala. Nel 1923, Alston sposò una delle Ziegfeld Girls, la stella del grande schermo Verity Lane, e la vecchia ricchezza incontrò la nuova in uno scontro tra Titani. Generalmente, la maggior parte degli intrattenimenti pomeridiani per i ricchi e illustri amici degli Alston includevano hot jazz, alcolici di contrabbando e gioco d'azzardo clandestino. La dimora salì alla ribalta delle cronache nell'inverno del 1932, quando il noto gangster Shane Moran e i suoi scagnozzi fecero irruzione durante un ricevimento privato, rubando più di un milione di dollari in gioielli e beni di valore ai facoltosi ospiti."

Perry fece un muto fischio. Difficile credere che le polverose, tetre stanze della vecchia casa un tempo avessero risuonato di risate e musica.

"Moran perse la vita nel corso di una sparatoria con alcuni agenti governativi meno di una settimana dopo la rapina. La collocazione del bottino rimane a tutt'oggi un mistero."

Perry ripensò a Miss Dembecki che si aggirava intorno al gazebo. Possibile che...? Moran era fuggito con la refurtiva, incontrando una fine violenta solo alcuni giorni più tardi. Eppure... Era indubbio che l'anziana signora fosse a caccia di qualcosa. E il modo in cui si comportava sembrava indicare la volontà di non far sapere a nessuno della sua ricerca.

"Inutile dire che anche il fantasma di Shane Moran è stato visto vagare per i corridoi dell'Alston Estate. Per informazioni su questo e altri spettri, si consiglia di consultare *Celebri spiriti e allegri fantasmi del New England.*"

Perry trascrisse le date sul suo taccuino e rilesse l'articolo.

Dunque… la casa era presumibilmente stregata? Restava il fatto che, a dispetto delle convinzioni di David Center, quello che Perry aveva visto nella sua vasca non era certo un ectoplasma. *Center.* Perry rabbrividì al pensiero delle mani fredde e sudaticce dell'uomo che cercavano la sua.

Abbandonata la minuscola e soffocante stanzetta, si recò alla caffetteria in fondo alla strada per una cioccolata e un boccone veloce.

Stava finendo di consumare un toast al formaggio e delle patatine al banco, quando notò un uomo robusto in giacca blu che mostrava una foto alla cameriera. La donna scosse il capo e Perry gettò un'occhiata alla foto con blando interesse. Era troppo distante per vedere bene.

L'uomo col giaccone blu si guardò intorno con calma e scorse l'espressione incuriosita di Perry. Il suo sguardo si assottigliò, il viso s'indurì.

Hai qualche problema?

Non fu necessario che pronunciasse quelle parole ad alta voce. Il suo cipiglio parlava chiaro. Perry abbassò gli occhi sul piatto. Scelse con cura una patatina, quasi stesse pensando di conferirle il premio per la miglior forma.

Che si trattasse di un poliziotto? Perry valutò l'ipotesi e la scartò. L'uomo non aveva l'aria del poliziotto. Sembrava un ex giocatore di football. Nessuno nasceva con un naso così schiacciato, e quegli occhi ridotti a fessure riflettevano un atteggiamento del tipo sto-meglio-da-solo. Altro che giocatore di football, sembrava un malvivente. Un malvivente con uno scarsissimo gusto nel vestire. Il suo giaccone era brutto come quello che aveva addosso il cadavere nella vasca da bagno di Perry.

Il ragazzo ebbe una folgorazione. *Magari era un investigatore privato.*

O magari quel pensiero era solo un corto circuito nel suo cervello. Anche se lo sconosciuto ricordava molto uno dei detective male in arnese dei romanzi pulp che tanto amava, dubitava che un vero investigatore privato potesse essere così stereotipato. In ogni caso, *poteva* esistere una connessione tra i due uomini dagli orrendi giubbotti? Era possibile che quel tizio stesse cercando l'uomo morto che era sparito dalla sua vasca?

Di sicuro qualcuno lo stava cercando.

Che quella situazione stesse diventando un po' troppo *à la* Walter Mitty? Non c'era ragione di credere che lo sconosciuto defunto fosse un poliziotto o un criminale. E per quanto riguardava il colosso in giaccone blu, la spiegazione più plausibile era che fosse un potenziale acquirente in cerca di una specifica casa in zona.

Ogni altra teoria era abbastanza forzata, giusto? Non tutti quelli con un senso della moda criminale erano delinquenti di professione. Mentre continuava a fissare il proprio piatto come se stesse contando le patatine rimaste, Perry ritornò sull'idea di una possibile connessione.

Alla fine, il colosso in giaccone blu pagò il conto e uscì dalla porta a vetri accompagnato da un tintinnare di campanelle. Perry si girò per osservare dalla vetrina il forestiero che spariva lungo la strada a tre corsie.

«È parecchio lontano da casa,» commentò la cameriera, rivolta a nessuno in particolare.

«Da dove veniva?» domandò Perry.

La donna si strinse nelle spalle. «Dall'accento avrei detto New York. O forse Buffalo.»

«Cosa cercava?»

«*Chi,*» precisò la cameriera. «Una ragazza scappata dal marito. Nessuno di qui, questo è sicuro.»

Capitolo 6

Tornato all'ufficio del giornale, Perry chiese al giovane orientale dall'aria annoiata dietro la scrivania dei microfilm che risalissero agli anni Trenta.

«Li sta già visionando,» rispose il giovane, come se Perry avesse dovuto saperlo senza bisogno di perder tempo a domandare.

«Chi?»

Con un sospiro, il ragazzo spinse verso di lui il registro. In lettere oblunghe e inclinate era scritto: *R. Stein.*

Quella giornata diventava ogni minuto più strana. Mr. Stein non aveva mai dato a Perry l'impressione di essere un appassionato di storia, figurarsi uno che credeva nel soprannaturale. Il fatto che stesse esaminando microfilm di giornali degli anni Trenta doveva essere più che una semplice coincidenza.

Magari la linea d'indagine di Perry non era così campata in aria?

«Sapresti dirmi se esiste ancora il cartaceo di questa roba?» domandò al ragazzo, che nel frattempo aveva ricominciato a giocare col suo Game Boy.

«Intende i vecchi quotidiani?»

«Sì.»

Il giovane scrollò le spalle. «Non qui.» Poi, con una certa impazienza, aggiunse: «È per questo che esistono i microfilm.»

«Sai se le copie originali sono state donate alla biblioteca? O a un college?»

«No. Non ne ho idea.»

Perry ci pensò su. «Potresti informarti con qualcuno?»

«Non c'è nessuno qui a cui domandare. Sono tutti *impegnati.*» Scuotendo la testa di fronte alla sfrontatezza di certa gente, tornò al salvataggio degli eroi di Golden Sun.

Perry farfugliò un grazie e andò via. Attraversando il parcheggio semideserto, cercò di venire a capo di quel che aveva scoperto. Rudy Stein era un ex poliziotto, dunque poteva avere un motivo per fare delle ricerche su una storia collegata a un crimine, ma il periodo che aveva scelto collocava la sua indagine nella categoria delle coincidenze-più-che-sospette.

Ma fino a che punto? Magari Stein era *davvero* un appassionato di storia. Magari stava scrivendo un libro sulla storia di Fox Run. La verità era che Perry sapeva ben poco dei suoi coinquilini. Da quando si era stabilito all'Alston Estate, poco più di un anno prima, la sua vita aveva ruotato intorno alla pittura e poi al suo innamoramento virtuale per Marcel.

Stein poteva essere impegnato nella scrittura di un libro sulla folkloristica storia locale. Miss Dembecki poteva essere in cerca di un orecchino smarrito. Oppure erano entrambi a caccia del perduto bottino di Shane Moran.

O forse Perry aveva solo letto troppi romanzi polizieschi. Forse Stein stava solo seguendo un corso alla scuola serale. Forse anche lui era incuriosito dalle storie di fantasmi? Forse il suo istinto di ex poliziotto si era ridestato? Perché non c'era dubbio che all'Alston Estate stesse succedendo qualcosa di strano.

Perry si bloccò di colpo quando gli sovvenne che Stein doveva aver visto il suo nome sul registro quando aveva firmato per prelevare i microfilm.

Non che lui avesse qualche particolare motivo per nascondere il proprio interesse nei confronti della storia della casa. Dopo l'esperienza che aveva vissuto, aveva tutte le ragioni di essere incuriosito da ogni singola storia di fantasmi legata all'edificio in cui viveva.

Ciononostante, Perry avrebbe preferito che nessuno alla pensione sapesse che stava indagando sul passato della casa.

Visto che la presenza di Stein per il momento intralciava la sua ricerca, montò in macchina e guidò per un isolato sino alla biblioteca.

Poiché in teoria avrebbe dovuto essere a San Francisco a godersi le ferie accumulate con tanto impegno, il suo arrivo fu accolto da una generale sorpresa. Perry si sentì obbligato a inventare una storia sull'improvvisa malattia di un familiare del suo amico e i suoi colleghi mostrarono un opportuno rammarico per un paio di minuti, prima di essere distratti dalle consuete attività lavorative. Perry fu lieto di non aver confidato l'intento romantico del suo viaggio. Era già abbastanza doloroso senza che tutti sapessero che era stato scaricato.

Rifiutò l'offerta di riprogrammare le ferie e andò in amministrazione per controllare le sue mail. Si registrò al computer dello staff con una sgradevole sensazione d'ansia che gli stringeva lo stomaco.

Come previsto, trovò un'e-mail di Marcel.

Perry la lesse sullo schermo del computer, il cuore che martellava e sudori freddi in tutto il corpo come se avesse l'influenza.

Mi dispiace, aveva scritto Marcel. *Non so che altro dire. Pensavo fosse finita con Gerry – e forse è così – ma devo dare alla nostra storia un'altra possibilità. Spero che possiamo continuare a essere amici. Sei una figura importante nella mia vita e so che troverai presto qualcuno speciale come te.*

Perry restò seduto a respirare piano e in maniera appena udibile, dimentico del quieto lavoro che aveva luogo intorno a lui.

Era finita. Lo sapeva già, ma in qualche modo vederlo scritto nero su bianco in carattere Times New Roman dimensione 10 rese il tutto più reale. Aveva sperato che, una volta superata la fase del sesso riparatore, Marcel e Gerry si

84

sarebbero resi conto di quanto fossero sbagliati l'un per l'altro. Ma evidentemente non era così. Magari in quel preciso momento stavano facendo un brunch prima di andare a passeggio sulla spiaggia e al MOMA di San Francisco.

Era sorprendente la quantità di dolore che potevi sopportare senza smettere di respirare…

All'improvviso Perry sentì di averne avuto abbastanza per quel giorno. Si disconnesse dal computer, salutò i suoi indifferenti colleghi e andò alla macchina.

Mentre guidava attraverso i boschi, cominciò a calare la sera. Di solito gli piaceva quella parte del pomeriggio, l'imbrunire. Gli alberi si stagliavano come sagome d'inchiostro contro un cielo freddo e misteriosamente privo di colore. I contorni del fogliame rosso acceso erano neri e frastagliati nella luce morente.

Per la prima volta, Perry si rese davvero conto di quanto fosse isolato l'Alston Estate. Il bosco di WitchHollow separava la tenuta e il terreno circostante dalla fattoria più vicina, il villaggio di Fox Run distava una trentina di chilometri. La nebbia saliva dalle acque scure mentre guidava sul lungo ponte coperto. Il suono delle ruote contro l'asfalto risuonava nel silenzio funereo.

***

Dal momento che per tutto il giorno Marcel era stato al centro dei suoi pensieri, mentre entrava dalla porta principale della vecchia casa, Perry si sorprese nello scoprire che gli mancava Nick.

Si chiese ancora una volta se l'ex marine avrebbe accettato il lavoro in California. Non riusciva a immaginare che non avrebbe passato il colloquio, di qualunque cosa si trattasse. Era difficile pensare a qualcuno più capace di Nick. Ovviamente, non aveva – o non avrebbe dovuto avere –

alcuna importanza per lui, in un caso o nell'altro, ma il pensiero di vederlo andare via lo deprimeva.

Chiuse la porta e inserì il chiavistello. Verdi ghirlande festive sciupacchiate erano state attaccate alla rifusa lungo la ringhiera. Altre ghirlande pendevano storte dal lampadario. Avrebbero rischiato di fare scoppiare un incendio se il lampadario, come la maggior parte degli impianti elettrici originali, non fosse stato fuori uso. In sostituzione, erano state istallate delle orride luci moderne. Risplendevano nella stanza vuota mettendo in risalto la polvere, la tappezzeria consunta, le sedie malconce e la scala a pioli in disuso che giaceva ancora accanto alla scalinata.

Dal fondo del corridoio riusciva a sentire la televisione di Mrs. Mac che strombazzava le notizie locali della sera: incidenti stradali e risultati sportivi, a volte era difficile stabilire la differenza. Da sotto la porta di Jane s'intravedeva della luce e Perry prese per un istante in considerazione l'idea di farle visita.

Il pensiero di Mr. Fluffy lo scoraggiò, il petto che si contraeva alla sola idea di tutto quel pelo e quella forfora di gatto. E poi non aveva davvero la forza di fare conversazione. Proseguì su per le scale, riflettendo che, prima di quel disastroso weekend, c'erano stati i suoi piani per il futuro a tenergli compagnia.

Ora non aveva nulla a cui guardare con aspettativa.

Prima che il pensiero fosse del tutto formulato, lo rigettò con irritazione. Sarebbe stato bene non appena avesse ricominciato a dipingere. Era la casa a fargli quell'effetto. Gli sembrava silenziosa, più vuota del solito.

Quando raggiunse il secondo piano, udì qualcuno bussare in fondo al corridoio. Scrutando nell'oscurità, intravide Jane che, con indosso un paio di jeans e un maglione blu acceso, picchiava alla porta di David Center. Come se avesse sentito il suo sguardo, si girò e sussultò vistosamente.

«Non ti avevo sentito!» disse in tono d'accusa.

«Scusa, stavo solo andando verso l'appartamento di Wa... il mio appartamento.» La osservò perplesso. Aveva l'aria... agitata. Non esattamente arrabbiata ma di sicuro non era rilassata e allegra come al solito. Forse non andare a lavoro era stato uno sbaglio. Sembrava che quell'atmosfera stesse cominciando a dare sui nervi anche a lei, nonostante fosse sempre stata immune ai condizionamenti esterni.

Assestò un ultimo colpo alla porta di Center e chiese: «Dove sono finiti tutti?»

«La TV di Mrs. Mac è accesa. Riuscivo a sentirla dall'ingresso.»

«Intendevo gli esseri umani,» ribatté Jane in tono astioso. «Non ho visto né la Dembecki né Teagle. Stein è stato fuori tutto il giorno. Suppongo che David – Mr. Center – sia ancora a lavoro.»

«Ammesso che leggere i tarocchi si possa definire un lavoro.»

Jane ridacchiò, ma non replicò con l'abituale battuta. Perry aveva notato che, nell'ultimo paio di settimane, l'atteggiamento della ragazza nei confronti di David Center si era ammorbidito. E Jane era così autonoma e indipendente che Perry non aveva mai preso in considerazione l'idea che potesse sviluppare dei sentimenti romantici, soprattutto nei confronti di qualcuno come David Center, che a lui non piaceva affatto. La cosa lo faceva sentire ancora più solo.

«Gli basta per coprire le spese, che è più di quanto si possa dire del mio lavoro di merda.» Abbandonando la sua postazione, Jane lo raggiunse di fronte alla porta di Mr. Watson. «Maledizione a questo posto,» disse poi con una certa veemenza.

«È tutto a posto?» chiese Perry. Era chiaro che qualcosa non andava, ma non voleva essere invadente.

Lei lo guardò con la coda dell'occhio e mormorò: «Sì, tutto bene. È questa casa. Mi dà sui nervi.»

Perry poteva capirla. Ma quella Jane stanca e tesa era così diversa dalla persona che conosceva. Tutti sembravano diversi negli ultimi giorni. Da quando lui era tornato dalla sua vacanzamancata.

O le stranezze di tutti gli erano semplicemente sfuggite nelle settimane che aveva passato a cullarsi nel sogno di un futuro con Marcel?

«E Tiny è scappato di nuovo,» aggiunse Jane, come se quella fosse stata la goccia che aveva fatto traboccare il vaso. «Quando sarà di ritorno G.I. Joe, il tuo nuovo amico?»

«Cosa ti fa pensare che Tiny sia scappato?»

Lei emise un suono disgustato. «Se n'è andato. È da ieri che nessuno lo vede.»

Era scomparso il giorno prima, dopo aver aperto l'appartamento di Watson, essersi liberato del pesce morto ed essersela svignata prima che Jane riuscisse a reclutarlo per sistemare la finestra che perdeva nel suo appartamento? La sua sparizione poteva essere collegata agli altri misteriosi avvenimenti che avevano avuto luogo in quella casa? Perry non vedeva come. «Non è la prima volta che va via», osservò.

«Non ho detto che è insolito, ho detto che è fastidioso.» Jane lo seguì nell'appartamento di Watson, passando in rassegna con una certa curiosità la collezione di CD e DVD dell'uomo. Perry le aveva già esaminate entrambe. A Watson piacevano classici del cinema come *Dietro la porta verde*, e la musica di gruppi come i Bread, i Turtles e i Bee Gees.

«Non trovi inquietante stare in questo posto? Ha persino un odore inquietante,» commentò Jane.

«L'intero edificio ha un odore inquietante.»

«Vero.» Jane studiò con attenzione il poster incorniciato di una bionda formosa e nuda che cavalcava un dinosauro dal sorriso compiaciuto.

«Il mio appartamento è ancora più inquietante.»

Lo sguardo di Jane si spostò dalla stampa sul muro. «Dolcezza, non sarai ancora convinto di aver visto un uomo morto nella tua vasca?» Stava ridendo di lui, pur senza cattiveria.

«Non credo di aver visto un fantasma.»

«Un *fantasma*?» Jane aveva un'espressione pensierosa. «Un fantasma,» ripeté lentamente. Poi, mettendo da parte le sue preoccupazioni, disse: «Allora, che hai fatto oggi?»

Perry scrollò le spalle. «Ho guardato vecchi giornali. Sono stato per un po' in biblioteca.»

«Se hai intenzione di passare il tuo tempo in biblioteca, tanto vale che torni al lavoro.» Lo stava guardando in modo strano. Avrebbe potuto raccontarle qualcosa di Marcel, ma neppure Jane sapeva quanto avesse investito in quella relazione virtuale.

Andò nel cucinino di Watson e agitò la scatola di FrootLoop che aveva lasciato sul bancone. «Ne vuoi un po'?»

«Sarebbe quella la tua cena?»

«Certo. Contengono anche un'aggiunta di ferro.»

«Dolcezza, dovresti mangiare in modo più sano. Quella roba è per gente che sta risparmiando i soldi per un Nintendo DS.» Osservò Perry versare del latte in una ciotola. «Quindi la cosa in California è finita?»

Lui annuì.

«Mi dispiace.»

Perry fece spallucce.

Jane ciondolò in giro, ficcando distrattamente il naso tra la roba di Mr. Watson. «Dovresti prendere di nuovo in considerazione l'idea di parlare con David... Mr. Center. Dopotutto questa è la sua area di competenza. Magari potrebbe tenere una *séance*.»

«Mh?» rispose Perry, la bocca piena di cereali.

«Una *séance*, una seduta spiritica,» spiegò Jane. «Non hai mai visto...»

«Come credi che una *séance* potrebbe aiutarmi con Marcel?»

«*Marcel*? Oh.» Jane cambiò di colpo espressione. «Non stavo pensando a Marcel. Stavo pensando al fatto che la casa potrebbe *davvero* essere infestata.»

«Ma io non credo che la casa sia infestata.»

«Io sì.»

Perry la guardò sconvolto. «Tu *sì*?»

«Certo,» rispose lei, un pizzico di sfida nella voce.

Jane gli era sempre sembrata così ragionevole, coi piedi per terra. Non riusciva a credere a ciò che aveva appena detto. «*Perché*?»

«Ho sentito cose. Ho visto cose. Perché non potrebbe trattarsi di un fantasma?» disse, ancora sulla difensiva.

«Perché i fantasmi non esistono?»

«Stai ragionando col paraocchi.» Cogliendo la sua espressione basita, sembrò cambiare idea sull'aggiungere altro, invece si avviò alla porta. «Beh, goditi la tua cena.»

«Non devi andartene.» Non aveva una gran voglia di restar solo e il pensiero che Jane credesse al soprannaturale aveva un che d'intrigante.

Il sorriso di Jane era enigmatico. «Mi piacerebbe restare, ma ho alcune cose da sbrigare. Notte-notte, dolcezza.»

Sta andando di nuovo a bussare a Center, pensò Perry. Quando era cominciata tra quei due? Forse c'era sempre stato qualcosa. Era stato così preso dai sui sogni da non notare quel che stava accadendo proprio sotto il suo naso.

Sedendosi davanti all'home-theatre con la sua ciotola di cereali, cominciò a fare zapping tra i canali. A casa non aveva la televisione, quindi quello era una specie di lusso. Con un certo stupore, si rese conto di non aver più guardato la TV da quando era andato via di casa nove mesi prima. Alla fine optò per *Piccolo Cesare*, del 1931.

Quel film doveva essere stato girato all'inizio della Grande Depressione, all'incirca nel periodo in cui Henry Alston e la sua Ziegfeld Girl organizzavano feste per i loro ricchi amici dell'alta società, mentre il resto del paese moriva di fame. Non c'era da sorprendersi se i gangster come Shane Moran non erano sempre visti come i cattivi della situazione.

Assorto, Perry assistette all'ascesa e alla caduta di Rico Bandello come se fossero fatti realmente accaduti, ridendo senza contegno quando Edward G Robinson ringhiò: «Già, ecco cosa ho ricavato dall'affezionarmi troppo a un altro uomo!»

Quando Rico trovò la sua fine in una tempesta di proiettili, Perry si sentiva già molto meglio. Decise di prendere un po' d'aria fresca prima di ritirarsi per la notte, una veloce passeggiata lo avrebbe stancato per bene prima di andare a letto. L'ultima cosa che voleva era starsene disteso ad ascoltare la vecchia casa che scricchiolava e crepitava sotto il peso di passi invisibili.

Presa la giacca, scese di sotto e uscì nella notte umida e fredda. Sopra il giardino zuppo di pioggia, nuvole bianche prendevano lentamente la forma di cavalli spettrali, montagne e draghi, poi si aprivano come fiocchi di cotone rivelando lo scintillio di stelle lontane.

Perry si chiese come fossero le stelle a Los Angeles. Si riusciva a vederle in quel cielo denso di smog? Si interrogò sul perché la sua mente fosse corsa ancora una volta alla Città degli Angeli... e a Nick. Magari perché non riusciva a sopportare di pensare a San Francisco e a Marcel.

Seguì lo stretto sentiero di mattoni attraverso il labirinto di siepi e cespugli incolti che si erano trasformati in rovi, finché il percorso non cedette il passo a gradini rotti e poi a terra e fango.

La vecchia torre sbilenca della colombaia s'innalzava davanti a lui. Nell'evanescente luce delle stelle ricordava la casa di una strega. Era uno dei suoi soggetti preferiti. Ne aveva fatto diversi schizzi e l'aveva dipinta due volte, vendendo persino uno dei quadri. Studiò la struttura.

Quella torre cilindrica di medie dimensioni con le sue pareti interne ricoperte di *boulin*, o piccionaie, sarebbe stata

91

un posto perfetto per nascondere qualcosa... sempre che uno non soffrisse di allergie o asma. Solo l'idea di quella malsana oscurità gli dava una sgradevole stretta al petto.

Ma non c'era ragione di presumere che Shane Moran e i suoi scagnozzi si fossero disfatti del bottino ottenuto illecitamente prima di fuggire nei boschi. Che senso avrebbe avuto?

Dai cespugli alle sue spalle giunse un fruscio e lui si girò di scatto, la testa che martellava per lo spavento. Quando i suoi occhi verificarono che c'era *davvero* qualcuno – un'imponente figura nera immersa nel buio – pensò di essere sul punto di svenire.

«Cosa diavolo ci fai qui?» domandò Rudy Stein. Sembrava scosso quanto Perry.

Il cuore del ragazzo riprese a battere non appena riconobbe l'altro uomo. «Una passeggiata.»

«Strano momento per una passeggiata!» replicò Stein in tono aggressivo, cercando di dissimulare il proprio spavento.

Perry raddrizzò le spalle. «Potrei dirle lo stesso.»

C'era qualcosa di strano nel silenzio di Stein. Alla fine, si lasciò andare a una risata divertita. «Già, beh, faresti meglio a fare attenzione a dove metti i piedi,» lo ammonì, indicando verso il basso.

Perry guardò giù e si rese conto di essere nel bel mezzo di una pozzanghera.

Stein fece un'altra breve risata. «Buonanotte,» disse, allontanandosi in direzione del fiume.

Perry lo tenne d'occhio, ma la sagoma del suo coinquilino fu presto ingoiata dalle ombre.

La notte gli si strinse di nuovo intorno e lui rabbrividì. Aveva preso abbastanza aria fresca per quella sera.

Fece ritorno alla pensione, salì all'appartamento di Watson – ancora una volta turbato dal silenzio teso per i corridoi – e si preparò per andare a letto.

Mentre si passava il filo interdentale tra i denti, valutò le sue alternative per il giorno seguente. L'incontro con Stein sembrava confermare il sospetto che stesse accadendo qualcosa nella vecchia casa e, anche se non era proprio affare suo, il fatto che un cadavere fosse stato scaricato nella sua vasca da bagno aveva in qualche modo solleticato il suo interesse.

Decise di visitare l'organizzazione che si occupava di storia locale il giorno dopo e vedere cosa sarebbe riuscito a trovare sulla casa. Avrebbe anche potuto controllare i registri della chiesa: tornavano sempre utili nei romanzi polizieschi, anche se non era sicuro di cosa avrebbe dovuto cercare in quel caso. I certificati di nascita e di morte erano la soluzione più ovvia; magari Shane Moran era un ragazzo del luogo. Una simile scoperta avrebbe potuto fornirgli qualche idea su dove il gangster avesse nascosto la refurtiva.

Perry batté stancamente le palpebre, rendendosi conto della piega che avevano preso i suoi pensieri.

La refurtiva di Moran? Non stava mica pensando di trascorrere il resto delle sue vacanze andando a caccia di tesori? Com'era passato dalla curiosità sul passato della casa a porsi domande sull'ultimo colpo di Moran?

Si sciacquò la bocca e sputò l'acqua nel lavandino, chiuse i rubinetti e si diresse verso la sua nuova camera da letto, montando sul gigantesco materasso. Accese la coperta elettrica, spense la luce e si mise a fissare il soffitto. Ombre tremolavano sulla pallida superficie quando i rami degli alberi fuori dalla casa erano scossi da raffiche di vento.

L'incombente fronte piovoso si stava muovendo in fretta.

Per un po' restò sdraiato al buio, ascoltando il vento e gli scricchiolii e gli assestamenti notturni della casa.

Inevitabilmente, i suoi pensieri tornarono a Marcel. Marcel, che con tutta probabilità si era dimenticato di *lui* subito dopo avergli mandato quel contrito addio. Come aveva potuto sbagliarsi a sino a quel punto su di lui? Si era convinto di aver stabilito una conoscenza autentica, una conoscenza persino più profonda, perché non viziata da componenti di natura fisica. Le loro comunicazioni erano state una condivisione aperta e onesta di ciò che avevano nel cuore e nella mente. Per mesi avevano parlato di tutto: dalle cose più frivole a quelle più intime e personali. Sapeva che Marcel si sentiva sessualmente discriminato sul lavoro e che detestava quella "megera" del suo capo, che era allergico ai molluschi e all'ambrosia, che adorava i bagel con mele e uvetta della pasticceria all'angolo, ma non li mangiava spesso perché aveva la tendenza a prender peso, che aveva diciassette anni la prima volta che aveva fatto sesso con un uomo.

Perry era un vero esperto di tutto ciò che riguardava Marcel. Ma gli era sfuggito un particolare: Marcel era ancora innamorato di Gerry.

Non era solo in imbarazzo per quello che aveva rivelato a Marcel,tutte quelle confidenze fatte nella convinzione di condividere un'intimità unica. A Marcel aveva confessato cose di cui non aveva mai parlato a nessuno. E non c'entrava neanche la consapevolezza di essere stato uno sciocco, anche se quella faceva parecchio male.

Stava soffrendo – soffrendo davvero – per la morte di un sogno. A volte aggrapparsi con tutte le sue forze a quel sogno era stata l'unica cosa a tenerlo a galla. E adesso era svanita: quella piccola, sciocca fantasia di una confortevole dimensione domestica, lui e Marcel che vivevano insieme. Ora, era quasi troppo doloroso ripensare a quelle istantanee che sino a poco tempo prima avevano portato solo gioia e conforto: fare la spesa insieme da Whole Foods, sfiorarsi mentre preparavano cene sopraffine nella cucina troppo piccola, svegliarsi nello stesso letto… sorridersi a vicenda mentre si giravano per fare l'amore…

Sapeva dalle foto che Marcel sarebbe stato bello, e lo era. Alto e con l'aria da ragazzino, forse un po' in carne – ma in modo carino – capelli castani ribelli. Aveva luminosi occhi blu, un blu molto diverso da quello cupo di Nick Reno. Perry aveva capito che avrebbe amato Marcel dall'istante in cui l'aveva trovato ad aspettarlo al gate, in viso un'espressione contrita e imbarazzata che aveva un non so che di stropicciato e affascinante.

Perry si trovò a osservare i poster di Armando Drechsler, che ritraevano principesse Maya e danzatori tribali sulle pareti della camera di Watson. Alla luce della luna, ricordavano gigantesche carte dei tarocchi, o poster di viaggio di un posto misterioso e sconosciuto.

Era finita adesso. E anche se sapeva che era sciocco e melodrammatico, Perry aveva l'impressione che anche la sua vita fosse finita. Non avrebbe mai più trovato nessuno. Come la minuscola Miss Dembecki, avrebbe trascorso tutti i suoi giorni all'Alston Estate e, alla fine, anche lui sarebbe diventato uno dei suoi fantasmi.

**

Click. Click. I luminosi numeri verdi della sveglia girarono segnando le 12.01 antimeridiane.

Dove si trovava? E poi ricordò. Era nell'appartamento di Mr. Watson.

Ancora intorpidito, stava facendo il punto della situazione per capire se il bisogno di fare pipì fosse abbastanza impellente da giustificare una traversata della stanza non riscaldata, quando lo udì: un gemito soffocato.

Che diavolo…?

Doveva aver sentito male. O averlo del tutto immaginato. Le sue orecchie si tesero nel silenzio.

Niente, a parte il pulsare del sangue che gli affluiva alla testa.

Continuò ad ascoltare, in allerta.

Avrebbe preferito non essersi svegliato. Ora percepiva tutti i suoni della casa: strani scricchiolii come di tavole di legno che fremevano sotto piedi incerti, il sibilo del vento che penetrava nella canna fumaria come il sussurro di una voce.

Riusciva a immaginare cosa avrebbe detto Nick di quelle fantasie. Il pensiero dell'uomo diede impeto al suo coraggio fiaccato. Nick non credeva ai fantasmi e nemmeno Perry.

Certo, l'idea che un essere umano in carne ossa stesse fuori dalla porta della sua camera a fare suoni inquietanti non era proprio rassicurante. Qualcuno stava forse cercando di metterlo in fuga dall'Alston Estate?

Sarebbe bastato chiedere.

Beh, non proprio. Non aveva nessunaltro posto in cui andare e poche sistemazioni avevano un affitto economico come quello del suo appartamento nella vecchia casa isolata. E non era davvero *così* codardo, anche se nessuno avrebbe potuto prenderlo per un duro.

Qualcosa si mosse all'interno del ripostiglio.

Perry si paralizzò. Si disse che era solo la sua immaginazione.

Ma la porta sbatteva come se qualcuno la stesse prendendo a calci. Saltò su a sedere. Andò a tentoni in cerca della lampada, facendo cadere l'orologio dal comodino.

Balzando giù dal letto, un piede s'impigliò nelle coperte e per poco lui non cadde. I suoi occhi non lasciarono mai la bianca, immobile porta del ripostiglio.

La raggiunse. Il suo petto si alzava e abbassava, la mano gli tremava, eppure qualcosa lo convinse ad andare avanti, le dita che sfioravano il pomello di vetro.

Aprì la porta.

Capitolo 7

Nick buttò giù il resto del suo Seven and Seven e passò il bicchiere di plastica all'assistente di volo che arrancava per il corridoio, il sacchetto dei rifiuti in mano. Lei gli sorrise e Nick rispose a sua volta con un sorriso ampio e vuoto.

Devo essere pazzo, pensò, fissando la sconfinata, nera distesa del cielo notturno attraverso il piccolo finestrino squadrato.

Roscoe gli aveva chiesto di rimanere e festeggiare... e finalmente aveva qualcosa da festeggiare. Dopo Marie, dopo il suo congedo, dopo la monotonia della vita da civile senza lavoro né prospettive, finalmente aveva un motivo per festeggiare.

E lui che aveva fatto? Aveva preso il primo volo di ritorno per il Vermont, un posto che odiava e che non vedeva l'ora di lasciarsi alle spalle una volta per tutte. Che diavolo di problema aveva?

Ma non riusciva a smettere di pensare a Foster. A Perry. C'era qualcosa di strano alla pensione e quel ragazzo fragile non aveva gli strumenti per affrontarlo da solo. Non che fosse un problema di Nick, sebbene adesso fosse entrato in maniera ufficiale nel business nell'investigazione privata. O almeno, ci sarebbe entrato presto. Una volta completato il suo addestramento.

Intorno a lui, nell'aereo affollato, gli altri passeggeri erano seduti a leggere o a riposare. Nick stese il più possibile – che non era poi molto – le lunghe gambe sotto il sedile davanti a sé. Gli sarebbe piaciuto alzarsi e muoversi un po', ma c'era una donna con un bambino sul sedile vicino al corridoio e avrebbe preferito la pubblica fustigazione piuttosto che correre il rischio di svegliare quella boccuccia urlante. Era sorprendente che una creaturina così avesse una tale potenza polmonare.

Si sistemò sulla poltrona, cercando di assumere una posizione più comoda, e gettò uno sguardo al suo orologio. Ancora due ore all'atterraggio. Ne avrebbe persa almeno un'altra per ritirare il suo bagaglio e recuperare il furgone, e un'altra ancora per tornare nel Kingdom. Sospirò e chiuse gli occhi. Tanto valeva riposare. Non avrebbe fatto ritorno a Strambopoli prima della mezzanotte.

***

C'era un camion dei vigili del fuoco davanti alla pensione Alston quando Nick accostò. Auto del dipartimento dello sceriffo erano parcheggiate lungo il sentiero e sull'erba. Luci rosse e blu fendevano la notte nebbiosa come laser. A pochi metri dalla porta principale c'era un'ambulanza.

Nick smontò dal pick-up, infilandosi la giacca di pelle. La sensazione di disagio che lo aveva tormentato sin da quando aveva lasciato l'edificio si trasformò in puro panico.

Attraversò a passo veloce l'erba resa scivolosa dalla pioggia. Un agente tentò di fermarlo. Nick lo superò con un qualche rapida parola di spiegazione. Il suo cuore martellava in modo sgradevole; un brivido premonitore gli serpeggiò lungo la schiena.

Nel ventoso ingresso principale, gli inquilini si erano raccolti nelle loro tenute da letto: quel variegato complesso di camicie da notte e pigiami che la gente era solita indossare durante i disastri.

«Cos'è successo?» domandò.

Una Mrs. MacQueen dal viso cinereo, che somigliava più che mai a James Cagney nella sua vestaglia di lana scozzese, scosse la testa.

98

Nick si rivolse agli altri. Stein si stava mordicchiando l'interno della guancia in un gesto nervoso. Teagle era seduto su una sedia vicino al caminetto spento, la testa che tremava, le sue grandi mani apparivano esangui sotto le lentiggini. Il cadavere ambulante, Mr. Center, era accanto alla Bridger, la mano ossuta stretta intorno alla manica verde del kimono che copriva il braccio della donna. La Bridger esibiva un'espressione stoica. Ma Nick conosceva il tipo. Anche se fosse caduto il cielo, era improbabile che lei mostrasse segni di panico.

Al secondo piano apparvero dei paramedici che spingevano una barella. La figura sulla barella era coperta.

«Perry,» sussurrò Miss Dembecki.

Il mondo sembrò fermarsi.

Nick fu costretto a schiarirsi la gola per parlare. La voce venne fuori strana e rauca. «Perry è morto?»

Dunque il suo presentimento si era rivelato corretto. Guai. Guai seri.

«Perry non è morto!» intervenne Jane Bridger. «Che sta dicendo, Miss Dembecki? Quello è *Tiny*. Perry ha trovato Tiny morto nel ripostiglio della camera da letto di Watson.»

«Tiny?» mormorò Miss Dembeckifrastornata. Fece scorrere lo sguardo sul circolo di facce che la fissavano. «Ma allora…?»

La barella e i paramedici stavano scendendo a fatica lungo la scala stretta, sbattendo rumorosamente contro il corrimano. La pesante carcassa di Tiny non era un carico semplice da trasportare.

«Dov'è Perry?» domandò Nick a Jane.

Lei distolse lo sguardo dal lugubre spettacolo che si offriva ai loro occhi. «Di sopra.Immagino lo stiano interrogando.»

Nick attese che i paramedici arrivassero con calma in fondo alla scalinata, poi fece i gradini a due a due.

Un agente lo fermò fuori dall'appartamento di Watson. Attraverso la porta aperta riuscì a vedere Perry che parlava a un uomo più anziano in uniforme. Lo sceriffo? Perry era seduto sul divano. Indossava dei jeans e una maglia del pigiama a righe, alcune ciocche dei suoi capelli chiari erano sparate in aria come se si fosse appena alzato dal letto. Stava parlando a voce così bassa che Nick non riusciva a sentirlo. Vide che il ragazzo stringeva il suo inalatore.

«Ascolti, deve tornare giù con gli altri,» lo ammonì l'agente.

Nick ci pensò su, mentre il poliziotto cominciava a irritarsi. Si rese conto che non avrebbe ottenuto nulla se avesse insistito nel restare: Perry sembrava scosso, ma illeso, ed era improbabile che persino la polizia locale fosse stupida al punto da considerarlo un sospetto in un caso di omicidio.

Tornò di sotto ad aspettare con gli altri.

«Che diavolo sta succedendo lassù?» chiese la MacQueen, rannicchiata sulla sua sedia dall'altro lato del camino. «*Zitti!*» urlò all'improvviso.

Ci fu un silenzio attonito e poi, dal fondo del corridoio, giunse il suono dei suoi cagnacci che uggiolavano e grattavano la porta chiusa del suo appartamento.

«Stanno ancora interrogando Perry?» domandò Jane Bridger dopo un'educata pausa di pochi secondi.

«Così pareva.»

«Non ha alcun senso,» commentò David Center in tono preoccupato. «Gli spiriti non farebbero mai del male a un animo semplice come Tiny.»

A proposito di animi semplici. Nick lo studiò, torvo. Center aveva addosso un'assurda vestaglia di cachemire blu e viola che, a suo modesto parere, attestava il fatto che l'uomo fosse daltonico.

La Bridger diede un colpetto alla mano di Center, come a volerlo rassicurare.

«Beh, io me ne torno a letto,» annunciò Mrs. MacQueen, alzandosi.

Stein rise. «Ah, buona fortuna.»

«Signora, lo sceriffo vorrà interrogare tutti gli abitanti del palazzo,» disse l'agente che stazionava davanti alla porta principale.

«Se è così, può venire a svegliarmi!» Mrs. MacQueen si allontanò con andatura spavalda e il poliziotto si guardò intorno con aria impotente prima di seguirla lungo il corridoio.

Perry apparve in cima al ballatoio. «Vogliono te, Janie,» annunciò con voce spenta.

«Me? Perché sono *io* la prossima?» protestò la Bridger.E stavolta toccò a Center rassicurarla con sussurri e colpetti sulla mano.

Borbottando tra sé, Jane si avviò per le scale, la vestaglia di seta che frusciava, incrociando Perry mentre scendeva.

Nick fu sconvolto dal sobbalzo che fece il suo cuore quando gli occhi stanchi di Perry incontrarono i suoi. *Sei solo sollevato che il ragazzo stia bene*, si disse. Si sarebbe sentito in colpa da morire se fosse successo qualcosa a Foster sotto quella che sarebbe dovuta essere la sua tutela.

Perry gli andò vicino. «Sei tornato.» Lo accolse in tono mesto, riuscendo ad accennare un sorriso nervoso.

Nick fece un brusco cenno affermativo del capo. «Come ti senti?»

«Bene.» Gli puntò addosso gli occhi da Bambi. «Hanno detto che potevo tornare nel mio appartamento. Il *mio*. Stanno mettendo i sigilli a quello di Watson.» Deglutì vistosamente.

«Puoi stare con me,» disse Nick. Perry sembrò lottare per mantenere la sua espressione impassibile, ma appena sotto la superficie si scorgeva la sua ardente gratitudine e, se fossero stati soli, Nick con tutta probabilità avrebbe fatto qualcosa di stupido come mettere un braccio intorno alle sue esili spalle.

L'agente tornò indietro. «Quella donna ha perso la testa,» sentenziò.

«Non saprei come darle torto,» concordò Stein.

Teagle abbandonò la sua cerea preoccupazione abbastanza a lungo da emettere un suono di biasimo.

La Dembecki pigolò ancora tra sé e sé. Nick non si sarebbe stupito di vederla volar via da quel nido del cuculo.

«Sono stato via nelle ultime quarantotto ore. Sono tra i sospetti o posso andare a letto?» chiese all'agente.

«Lo sceriffo vuole parlare con tutti quelli che vivono qui.»

Nick porse le sue chiavi a Perry. «Va' a riposare un po'.»

Senza una parola, il ragazzo prese le chiavi e scomparve su per le scale.

Nell'attesa, Nick si appoggiò alla porta, studiando con discrezione gli altri. Jane Bridger tornò giù d'umore peggiore rispetto a quando era salita. David Center era il successivo. La Bridger si offrì di accompagnarlo, ma lui declinò bruscamente.

Con aria imbronciata, Jane si ritirò nelle sue stanze.

Poco dopo, fu chiamato il nome di Nick.

Trovò il capo della polizia nell'appartamento di Watson. Lo sceriffo Butler era un uomo basso e magro, con ordinati baffi d'argento e penetranti occhi verdi. Secondo Nick aveva tra i cinquantacinque e i sessantacinque anni: era uno di quei tipi che invecchiavano bene.

«Un ex Navy SEAL, eh? Un lavoro piuttosto duro.»

Gli occhidi Nick si assottigliarono. La situazione sarebbe potuta andare in un paio di modi. Certi uomini ammiravano l'impegno e la disciplina necessari a diventare un SEAL. Altri ne erano intimiditi e cercavano di dimostrare l'opposto.

Facendo cenno a Nick di sedere, Butler procedette col chiedergli nome, età, occupazione, dettagli sul volo e ragioni del suo recente viaggio prima di cominciare a fare sul serio.

«Dunque, Mr. Reno, se ho ben capito lei ha lasciato la città...» Non ebbe bisogno di controllare i suoi appunti. «Domenica notte.»

«Ha capito bene,» rispose Nick con chiarezza.

«Qual è stata l'ultima occasione in cui ha visto Jasper Bryant?»

«Chi?»

«Il tuttofare. Tiny.»

«Domenica mattina. Ha fatto entrare me e Perry Foster in questo appartamento.»

«E?»

«E cosa? Ha tirato un pesce morto fuori dall'acquario ed è andato via. Non l'ho più visto da allora.»

«Dov'è andato quando ha lasciato questo appartamento?»

«Deve avermi confuso col sensitivo della porta accanto,» ribatté Nick, brusco. Gettò uno sguardo agli appunti dello sceriffo: Butler annotava tutto in una grafia piccola e scura, che avrebbe potuto essere scambiata per un testo battuto a macchina. «Non ho idea di cosa abbia fatto una volta uscito di qui. Desumo non sia morto per cause naturali.»

«Gli hanno sparato.»

Nick pensò alla calibro 45 attaccata – almeno, sperava lo fosse ancora – alla parete dello stipetto sotto il lavello della sua cucina. «Non è stato ucciso in questo appartamento, questo posso dirglielo subito. Sono dannatamente sicuro che non fosse nel ripostiglio quando sono andato via da qui.»

«Lo sa per certo?»

«Sì. Ho aiutato il ragazzo a portare alcune cose giù dal suo appartamento. Ha appeso un paio di camicie nel ripostiglio della stanza da letto. Gliel'ho visto fare. Dentro non c'erano altro che vestiti, scarpe e fumetti.»

«Come sa che il deceduto è stato trovato nel ripostiglio della camera da letto?»

«Lo ha accennato la signorina Bridger.» Nick incontrò lo sguardo sveglio dello sceriffo. «Non mi dica che crede che il ragazzo abbia passato di proposito la notte in questo appartamento con un cadavere?» disse in tono secco.

La bocca dello sceriffo si contrasse in un'espressione che avrebbe potuto essere ironica. «Non lo ritengo probabile.»

Nick rimase in silenzio, ripensando al commento di Tiny sul fantasma dai calzini gialli... e a quelle chiavi smarrite.

Lo sceriffo lo stava osservando con attenzione. «Ha una teoria?» chiese.

«Sono sicuro che Foster le abbia raccontato del corpo che ha trovato nella sua vasca da bagno,» disse l'ex marine.

«Abbiamo saputo tutti del corpo nella vasca da bagno,» replicò lo sceriffo, cupo.

«Magari adesso ci crederete.»

Butler fece una smorfia. «Non mi pare ci sia una connessione diretta tra questo omicidio e la storia del ragazzo.»

«Forse no,» disse Nick. «Ma la sua vittima andava blaterando di un fantasma dai calzini gialli poco prima che qualcuno decidesse di farla fuori.»

Lo sceriffo lo studiò con quei suoi occhi brillanti. «Ma non mi dica,» commentò infine.

«Il ragazzo deve avergliene parlato.»

L'uomo sospirò. «Sì, ha detto qualcosa del genere e ha raccontato una storia confusa su un mazzo di chiavi smarrito. Ma non so se considerarlo un testimone attendibile.» Alzò le sopracciglia. «Credo che giochi per l'altra squadra, se capisce cosa intendo.»

«Sta scherzando,» disse Nick in tono strascicato. «Da quel che ho visto io, ha un buon occhio per i dettagli. È un pittore. Nota le cose.»

«Può darsi,» concesse lo sceriffo con scarsa convinzione. «Il punto è che è il tuttofare quello che abbiamo trovato morto. Non c'è ancora traccia del corpo nella vasca.»

Quando Nick non replicò, l'uomo aggiunse: «Grazie, Reno. La contatteremo nel caso avessimo altre domande. Nel frattempo mi faccia un favore: non lasci la città senza prima avercelo comunicato.»

***

Perry si era addormentato sul divano, ma quando Nick aprì la porta di casa, si tirò su a sedere, i capelli in aria, le palpebre pesanti. «Nick?»

«Aspettavi qualcun altro?»

Perry ridacchiò e si stropicciò gli occhi. «Non pensavo ti avrebbero trattenuto così a lungo.»

Nick si diresse in cucina. «Vuoi qualcosa da bere?»

«Oh. Mi sono già lavato i denti...»

Nick lo guardò con aria spazientita e prese una birra dal frigo. Stava guardando fuori dalla finestra sopra il lavello, quando il riflesso di Perry apparve sul vetro scuro: uno spettro un po' stropicciato che fluttuava alle sue spalle.

«Sono contento che tu sia tornato,» disse il ragazzo. «E non soltanto perché preferirei dormire nel gazebo piuttosto che nel mio appartamento.»

Nick fece un cenno del capo in direzione del frigorifero. «Serviti pure.»

Perry camminò a piedi nudi sino al frigo e Nick dovette resistere alla tentazione di dirgli di mettersi dei calzini. Non aveva mai pensato a se stesso come a un tipo paterno, ma... qualcuno doveva prendersi cura di quel ragazzo. Ancora una volta si chiese cosa fosse andato storto col suo amico a San Francisco.

Perry prese una birra, trovò l'apribottiglie, e tolse il tappo. Studiò il disegno sull'oggetto, la fronte corrugata, poi bevve un sorso.

«Allora, cos'è successo?» domandò Nick. «Hai trovato Tiny nel ripostiglio di Watson?»

«È più o meno tutto, sì. Ho sentito questo strano rumore. E poi una specie di tonfo. Ho aperto la porta ed è... è caduto fuori.»

Nick gli lanciò un'occhiata. Le sue dita erano bianche sul tappo, lo sguardo perso in qualunque cosa avesse visto. Doveva esserci voluto un fottuto coraggio per aprire quella porta. Suo malgrado, Nick era impressionato. Certo, la cosa responsabile da fare sarebbe stata correre in cerca d'aiuto.

Non che ci fossero molti posti in cui trovarlo in quella gabbia di matti.

«Entrambi lo abbiamo visto lasciare l'appartamento domenica,» commentò Nick. «E hai fatto cambiare la serratura, quindi non può essere rientrato.»

«In qualche modo deve esserci riuscito. Noi lo abbiamo visto andare via, ma nessuno lo ha più visto dopo, ricordi? Jane lo stava cercando. Non è arrivato al piano di sotto.»

Nick inghiottì della birra, valutando quelle parole.

«Ma non era lì la notte prima, perché ho controllato il ripostiglio,» aggiunse Perry. «Voglio dire, la porta era aperta, così l'ho chiusa... ma, prima di farlo, ho guardato dentro.»

«Perché?»

Un delicato rossore affiorò alle guance del ragazzo. «Oh, sai...» rispose vago.

E Nick lo sapeva. Soppresse un sorrisetto. C'era da augurarsi che Foster non guardasse molti film dell'orrore. «Quindi è sparito domenica mattina ed è ricomparso – morto – nel ripostiglio di Watson martedì notte?»

«Esatto.»

«Allora qualcuno lo ha ucciso e in qualche modo – per motivi a noi sconosciuti – ha trascinato il suo corpo nell'appartamento di Watson.»

«Non era morto,» disse Perry.

Lo sguardo di Nick si assottigliò. «Che intendi con "non era morto"?»

«Quando l'ho trovato, era ancora vivo,» rispose Perry, a disagio. «È... morto mentre aspettavo l'ambulanza.»

Nick mise da parte il desiderio inappropriato di offrirgli conforto e si concentrò sull'accaduto. «Ha detto qualcosa? Ha nominato il colpevole?»

Il ragazzo scosse il capo. «Ha detto: "Siamo noi i buoni".»

«Siamo *noi* i buoni? Tu e lui? O lui e qualcun altro?»

«Non ha specificato.»

«Ma che diavolo significa?»

Perry si strinse nelle spalle.

«Sembra la battuta di un pessimo film.»

Il ragazzo fece una risata stanca. «Lo so. Ma è quel che ha detto. O almeno, quella è l'unica cosa che sono riuscito a capire. Ha detto dell'altro, ma non ho afferrato le parole.»

«Nessuna? Come suonava?»

Perry emise un violento gorgoglio e Nick per poco non si soffocò con la birra. «Mi stai prendendo per il culo?»

Perry accennò un sorrisetto buffo, ma rispose in tono serio:«Non sembravano parole. Erano solo... i suoni di una persona morente.»

«Già. Beh...» Ancora una volta Nick avvertì quell'inaspettato impulso di offrire conforto. Se non avesse saputo che incoraggiare il ragazzo sarebbe stato un errore madornale, avrebbe...

Ma *sarebbe* stato un errore, così non fece nulla.

Foster si stropicciò gli occhi con il dorso della mano. «Accidenti, sono distrutto. Non dormo da due notti.»

Nick lo ascoltò senza sentirlo. «Quel che ancora non capisco è come abbia fatto qualcuno a trascinare il corpo di Tiny in casa di Watson dopo che la serratura era stata sostituita,» disse lentamente.

«Forse c'è un passaggio segreto,» suggerì Perry.

«Sì, come no.» Ma mentre Nick rifletteva su quell'ipotesi, le sue sopracciglia scattarono verso l'alto. «Pensi sia possibile?»

«Non saprei, non ho mai sentito parlare di passaggi segreti.» Il ragazzo sbadigliò, coprendo troppo tardi un invitante scorcio di denti privi di otturazioni e tonsille sane.

«Esistono delle planimetrie di questo posto da qualche parte?»

Perry sbatté le palpebre come se non avesse capito la domanda.

«Va' a letto,» suggerì Nick. «Sembri sul punto di svenire.»

«'Notte, allora,» disse Perry, arrancando verso il divano. Stava per crollare, quando un pensiero lo ridestò. Si puntellò su un gomito e chiese ad alta voce: «Com'è andato il colloquio?»

«Benone,» rispose Nick. «Ho avuto il lavoro.»

«Wow, questa *sì* che è una gran notizia,» disse Perry in tono forzato, sprofondando la testa nel cuscino.

Nick finì la sua birra, buttò la bottiglia e andò a sua volta a letto.

***

Perry si svegliò e rimase disteso a sbattere le palpebre davanti alle ombre bluastre della pioggia che ondeggiavano sul soffitto.

Si stiracchiò e le coperte scivolarono verso l'alto, lasciando i suoi piedi nudi esposti al freddo. Rabbrividendo, tornò a raggomitolarsi. Nick teneva il termostato troppo basso; Perry era intirizzito e contratto dopo una nottata sul divano.

A dire il vero, non riusciva a ricordare l'ultima volta in cui aveva dormito bene. Prima di Frisco. Prima che Marcel si rivelasse poco più che un prodotto della sua immaginazione.

Una volta in piedi, trovò una pentola nel mobiletto della cucina di Nick, la riempì d'acqua e la lasciò a scaldare sul fornello mentre correva nel suo appartamento per prendere un cambio di vestiti e una confezione di cioccolata calda.

Gettando uno sguardo oltre il corrimano, vide un agente che saliva per le scale. Lo riconobbe come uno dei due che si erano presentati la notte in cui aveva trovato il corpo nella vasca da bagno. Era il più giovane. Il partner più anziano lo aveva chiamato "Abe".

«Buongiorno,» lo salutò l'agente Abe, laconico. La sua espressione suggeriva che anche lui ricordava Perry piuttosto bene e che la cosa lo lasciava altrettanto freddo.

«Buongiorno,» rispose Perry, tirandosi indietro. Aveva avuto una mezza idea di recuperare parte della sua roba dall'appartamento di Watson, ma avrebbe dovuto aspettare.

Una volta entrato in casa, usò il suo spirometro e annotò i risultati sul grafico per l'asma attaccato al congelatore – lieto di scoprire che, a dispetto dello stress e degli sforzi della settimana passata, rientravano ancora nella zona verde di sicurezza – agguantò dei vestiti puliti e la lattina di Nesquik e tornò in tutta fretta nell'appartamento dell'ex marine.

La porta della camera da letto dell'uomo era chiusa, Nick doveva essere ancora distrutto dopo il lungo e frenetico viaggio di andata e ritorno da Los Angeles. Perry fece una doccia, si rasò e indossò un paio di Levi's puliti e una Henley termica di un cupo verde bosco. Sapeva che il colore gli donava: l'aveva comprata per la vacanza con Marcel. Studiò il proprio riflesso nello specchio. Nonostante la nottataccia, aveva un aspetto migliore di quello degli ultimi giorni. D'altra parte si *sentiva* meglio, soprattutto perché Nick era tornato.

109

La sera precedente era stato troppo stanco per raccontargli ciò che aveva scoperto sulla storia della casa –la cosa non gli era sembrata rilevante –, ma quella mattina non vedeva l'ora di scoprire cosa ne pensasse Nick.

Dopo essersi versato una tazza di cioccolata, si accomodò a tavola e riesaminò gli appunti che aveva preso in libreria il giorno prima. Era ancora intento a leggere, quando Nick ciabattò in cucina.

Con un'ombra di barba, lo sguardo offuscato, si diresse verso il piano cottura. «'Giorno,» grugnì.

«Buongiorno,» rispose Perry, allegro. «Ho scaldato dell'acqua.»

«L'ho notato. Prendo del caffè con l'acqua calda.» Guardò con sdegno la tazza di Perry. «Dimmi che quelli non sono marshmallow a forma di coniglietto.»

Perry arrossì.

«Non bevi caffè?» Nick sembrava incredulo. «Non potresti almeno prepararlo per quelli che non gradiscono dei conigli nella loro bevanda mattutina?»

«Non so come si faccia,» ammise Perry.

Nick puntò i suoi occhi arrossati sul ragazzo. «Non stai scherzando,» disse infine.

«No. Non lo bevo, quindi non ho mai imparato.»

Nick rabbrividì. Aprì il rubinetto e riempì la caffettiera d'acciaio inossidabile. «Come hai dormito?» chiese al di sopra dello scroscio dell'acqua.

«Bene,» rispose Perry, provando a trattenere un sorriso. Gli piaceva la compagnia di Nick, anche quando brontolava.

L'uomo finì di riempire la caffettiera e si mise a sedere a tavola. Fece un cenno verso gli appunti. «Che stai facendo?»

«Sono stato all'archivio del giornale ieri. Ho scoperto alcune cose sulla casa.»

«Tipo?»

«Beh, pare che sia stregata...» Davanti all'espressione di Nick, si affrettò ad aggiungere: «Ma non è quella la parte interessante.»

L'uomo si strofinò il viso con le mani. «Dimmi la parte interessante.»

Aveva mani squadrate e capaci. Erano abbronzate: nonostante fosse tardo autunno, ogni parte di Nick lo era, per quel che Perry aveva potuto vedere. Gli sarebbe piaciuto scoprire se la pelle di Nick era ambrata anche sotto quelle camicie di flanella e i jeans; gli sarebbe piaciuto sentire quelle mani squadrate e capaci sul proprio corpo. Allontanò quei pensieri in tutta fretta, un po' scioccato dalla sua stessa superficialità. Eccolo lì, due giorni dopo aver perso l'amore della sua vita, a fantasticare su un altro uomo.

Un uomo eterosessuale.

Anche se... a volte il modo in cui lo osservava gli faceva venire dei dubbi. Perry non aveva una grande esperienza, ma sapeva cogliere il significato di quell'espressione vigile, di quella consapevolezza nello sguardo di un'altra persona. Era stato in grado di farlo sin dall'asilo e non aveva mai smesso.

Si rese conto che Nick lo stava guardando, in attesa di essere aggiornato, e si affrettò a dire:«Negli anni trenta in questa casa c'è stata una grossa rapina, un mucchio di soldi e gioielli furono rubati agli ospiti da un gangster di nome Shane Moran. Nessuno ha mai ritrovato la refurtiva.»

«E quindi... i fantasmi degli ospiti derubati infestano i corridoi della tenuta Alston?»

«No. Si presume sia Shane Moran a infestare la casa. Fu ucciso in una sparatoria nei boschi di WitchHollow.»

«Lasciami indovinare. Gli hanno sparato perché indossava un giaccone sportivo giallo acceso?» bofonchiò Nick.

Perry rise. «Può darsi. Ma il tipo nella mia vasca non portava un costume d'epoca, scommetto che quel giaccone veniva da Big and Tall World.»

«La collezione Soprano,» aggiunse Nick.

«Ehi,» disse Perry con espressione pensosa. «In effetti somigliava a un gangster, più o meno.»

«Non tutti quelli a cui piacciono i tessuti a scacchi e scozzesi sono dei criminali, anche se posso capire il tuo punto di vista.»

Ancora una volta, Perry rise.

«Gesù, sei allegro la mattina,» si lamentò Nick, ma la cosa non sembrava disturbarlo troppo. «Uova e bacon vanno bene?»

Perry stava meditando sul primo commento dell'uomo. Sua madre diceva sempre che aveva un "temperamento solare" e immaginava avesse ragione. Gli ultimi giorni erano trascorsi sotto un velo di tristezza dopo il fiasco con Marcel, ma il suo naturale ottimismo stava cominciando a riaffiorare. Lo sorprese rendersi conto che aveva pensato a stento a Marcel quel giorno. «Suppongo di essere una persona mattiniera,» comunicò a Nick.

«Lo terrò a mente,» rispose l'uomo. «Fritte o strapazzate?»

«Penso che prenderò solo dei cereali.»

«Non credo proprio,» ribatté Nick. «Hai bisogno di mangiare del cibo vero. Non mi meraviglia che tu abbia l'asma.»

«L'asma non ha niente a che vedere con l'alimentazione.» Perry era vagamente divertito e un po' sulla difensiva.

«No? Beh, non sono un dottore, ma direi che più in forma sei, meno problemi dovresti avere con la respirazione. Fai mai esercizio fisico?»

«Passeggio molto. Nei boschi.»

«Devi fare palestra,» spiegò Nick. «Pesi. Devi metter su massa muscolare. È importante che tu sia in grado di prenderti cura di te stesso a questo mondo.»

Mentre l'ex marine teneva la sua lezione sul fitness, aprì le uova, tagliò le cipolle, grigliò il formaggio. Il bacon sfrigolava in padella. Il caffè cominciò a uscire dalla macchinetta. L'atmosfera era domestica. Confortevole. Perry ricordò a se stesso di non farci troppo l'abitudine.

«Hai parlato di questa cosa ai poliziotti?» domandò Nick.

«Non ho pensato ai passaggi segreti finché non ne ho discusso con te.»

«Non *quello*,» disse Nick, accantonando l'idea del passaggio segreto. «Mi riferisco alla storia dei gioielli scomparsi. È questo che credi stia succedendo qui, giusto? Qualcuno sta cercando la refurtiva perduta di Shane Moran.» Qualsiasi cosa vide sul viso di Perry, lo spinse a inarcare un sopracciglio. «Ragazzino, non era così difficile capire dove stavi andando a parare.»

Perry non poteva farci niente. Nick era così dannatamente acuto e sveglio. Non riusciva a nemmeno a immaginare come ci si potesse sentire nei panni di qualcuno come lui. Qualcuno che sapeva sempre cosa fare... e il modo migliore per farlo. «Ho tentato,» disse. «Lo sceriffo continuava a interrompermi e a domandare di Tiny.»

Nick gli mise il piatto davanti. «Mangia.»

Perry mise di lato i suoi appunti e prese la forchetta. «Sei un bravo cuoco.»

«È stata mia nonna a insegnarmi a cucinare. Pensava fosse importante che un uomo riuscisse a prepararsi un pasto caldo all'occorrenza. Grazie a Dio lo ha fatto. Mia moglie era la cuoca peggiore mai nata. Faceva sembrare appetitoso il rancio dell'Esercito.»

«Non sapevo fossi sposato.»

113

«Divorziato. I documenti sono arrivati sabato,» aggiunse, brusco.

«Per quanto tempo sei stato sposato?»

«Troppo.» Il suo tono indicava che l'argomento era diventato off-limits.

Perry consumò la sua colazione in silenzio mentre Nick guardava fuori dalla finestra. Squillò il telefono e l'uomo andò a rispondere. Perry lo sentì sollevare la cornetta e poi, dopo un momento di silenzio, concludere sbrigativamente: «Arriviamo subito.»

La testa di Nick fece capolino in cucina. «Era Stein. Ha detto di aver sentito qualcuno camminare nel tuo appartamento, così ha provato a suonare. Nessuno ha risposto. Ha chiamato qui per sapere se fossi tornato a casa o no. Ho risposto che lo avremmo raggiunto.»

«Perché non lo ha detto all'agente?»

«Non lo ha trovato.»

«Probabile che sia nel mio appartamento.» Perry spalancò gli occhi quando Nick si accovacciò, aprì il mobiletto sotto al lavello e ne tirò fuori una pistola. La sistemò dietro la schiena, assicurandola alla cintura dei suoi Levi's con una naturalezza che rivelava una certa familiarità con le armi. Il padre di Perry le maneggiava allo stesso modo.

Nick lo guardò, le linee del viso marcate e severe. «Perché dovrebbe?»

A Perry occorse un attimo per ricordare il suo commento sull'agente. «Immagino di essere un sospetto.»

«Darei più credito di così alla polizia.» E con quelle parole, Nick si rimise in piedi e uscì dalla porta.

Con riluttanza, Perry si alzò da tavola per seguirlo.

Capitolo 8

L'appartamento nella torretta di Nick era a un minuto di tragitto da quello di Perry. Raggiunta l'abitazione del ragazzo, trovarono la porta leggermente aperta.

Nick estrasse la pistola, mise una mano sul petto di Perry e sussurrò: «Resta qui.»

Il giovane fu lieto di accontentarlo. Guardò Nick avanzare. L'uomo si voltò per lanciargli un'altra occhiata e un'espressione esasperata attraversò il suo viso serio. Fece un cenno col capo, lasciando intendere a Perry che avrebbe dovuto spostarsi dalla potenziale linea di tiro.

Lui si schiacciò contro il muro alle spalle di Nick, il cuore che batteva all'impazzata. Avvertì il familiare senso di costrizione e fastidio al petto. *Dio, ti prego, non adesso...* Lottò contro l'impulso di tossire.

Nick aprì la porta con un calcio e scivolò nell'ingresso, pistola spianata. Stando in allerta, ruotò a sinistra, poi si girò a destra: la pistola era secondaria, l'uomo era di per sé un'arma, pensò Perry, osservando la sua avanzata attraverso la fessura della porta.

Nick uscì dalla sua visuale.

Il ragazzo restò in attesa. Il suo sguardo cadde su qualcosa che gli era sfuggito seguendo l'ex marine. Da sotto il bancone da cucina sbucava un paio di piedi. C'era qualcuno steso sul pavimento.

Ebbe un capogiro, chiuse gli occhi e si appoggiò al muro.

Un altro corpo. Avrebbero dovuto cambiare il nome di quel posto in Casa Omicidi.

Quando aprì gli occhi e guardò di nuovo, Nick stava muovendosi con circospezione lungo il corridoio, diretto in camera da letto.

Un istante dopo, fece capolino da dietro l'angolo. «Vieni dentro Foster, qualcuno ha colpito Stein alla testa.»

«*Stein*? Come ha fatto ad arrivare quassù così in fretta?»

«Non lo so. So solo che è qui e che è privo di sensi.»

Stein stava cercando di mettersi seduto quando Perry e Nick lo raggiunsero sul pavimento di linoleum della cucina.

«Che diavolo è successo?» farfugliò.

«Qualcuno le ha dato un colpo in testa,» rispose Nick. «Ha visto chi è stato?»

Stein si toccò il capo. «Merda, con cosa mi ha colpito? Una mazza da baseball?»

Un vistoso bernoccolo faceva capolino tra i suoi capelli di un grigio metallico.

«Probabilmente con quello,» disse Perry, indicando l'attizzatoio avvolto in uno straccio macchiato di pittura.

«Immagino dovrei essere grato che non stesse cercando di uccidermi.»

«Si trattava di un uomo?» domandò Nick.

«Non ne sono sicuro.»

«Cosa è successo?»

«La porta era aperta, così sono entrato.»

«*Perché*?» chiese Perry.

«Ho dato per scontato che dentro ci foste voi due. A ogni modo, ho avvertito un movimento alle mie spalle. Doveva essere nascosto dietro la porta. Mi sono girato e mi ha colpito alla testa.»

«Ma non ha visto chi fosse?» insistette Nick.

Stein scosse il capo, poi fece una smorfia di dolore.

«La finestra della camera da letto era aperta,» li informò Nick.

«Dev'essere uscito da lì,» ipotizzò Perry, incontrando il suo sguardo. «Altrimenti lo avremmo visto scendere per le scale.»

Nick annuì piano. «A meno che non sia corso di sotto prima che uscissimo dal mio appartamento. Deve essersi mosso molto in fretta. Vedi se riesci a trovare l'agente di polizia. Deve essere qui da qualche parte.»

«Forse è scomparso come Tiny,» mormorò Stein.

Perry si girò verso Nick, gli occhi sgranati, e lui scosse la testa. «No. Non preoccuparti. Sarà nell'appartamento di Watson, o a ficcare il naso in giro al piano di sotto.»

Perry balzò in piedi e corse da basso. Aveva raggiunto il ballatoio e stava per inforcare la seconda rampa quando qualcuno chiamò: «Ehi, Foster! Dov'è l'incendio?»

Era il vice-sceriffo Abe, di nuovo al suo posto sulla poltrona fuori dall'alloggio di Watson.

Perry si fermò di scatto e si avviò lungo il corridoio. «Dov'era finito?»

L'agente sollevò una tazza da caffè. «Al piano di sotto. A prendere qualcosa di caldo da bere. Questo posto è come un obitorio.»

«Qualcuno ha colpito Mr. Stein in casa mia.»

«Chi? Stein? Che ci faceva in casa tua? Tu dov'eri?»

«Io ero da Nick. Mr. Reno.»

«Il *SEAL*?» Lo stupore nella voce dell'agente era tutt'altro che lusinghiero.

Perry arrossì. Non che ci fosse nulla per cui essere imbarazzati... purtroppo. «Mr. Stein ha sentito dei passi. È salito a indagare,» spiegò brevemente.

«Perché non mi ha chiamato?»

«Non è riuscito a trovarla.»

L'agente sembrava a disagio. «Oh, già. Stavo... ehm... parlando con Miss... ehm... Bridger.»

117

Miss Scarlett in cucina. Perry pensò a Cluedocon cupo divertimento. Attese che il poliziotto mettesse da parte la sua tazza e poi fece strada verso il piano di sopra.

«Succedono un mucchio di cose strane in questa casa,» commentò l'agente.

«Non lo dica a me,» mugugnò Perry.

Trovarono Stein in piedi, anche se un po' frastornato, che rifiutava le offerte di chiamare i paramedici.

«Un sacchetto di ghiaccio, un paio d'aspirine e sarò come nuovo,» disse.

«Potrebbe avere una commozione cerebrale,» obiettò Nick. «Fossi in lei, mi farei dare una controllata.»

«No che non lo farebbe,» rispose Stein, caustico.

E le guance di Nick s'incresparono in un sorriso riluttante. «Forse no,» ammise.

L'agente fece tutte le domande di rito mentre Stein diventava più insofferente e cinereo di minuto in minuto.

«Come altro devo spiegarglielo?» sbottò infine. «Non ho visto un accidenti.»

«Sto solo cercando di svolgere il mio lavoro,» ribatté il poliziotto, risentito. «È per questo che mi pagano.»

«Ah, davvero? Beh, non sono particolarmente impressionato dal modo in cui vengono spesi i soldi delle mie tasse. Quando ero nelle forze dell'ordine…»

A quel punto tutti smisero di ascoltare e l'agente Abe osservò con occhio critico l'improvvisata galleria di dipinti di Perry. Quando le reminiscenze di Stein si spensero, chiese: «Valgono qualcosa?»

Perry fece spallucce.

L'agenteaggrottò la fronte davantial dipinto di un campo di bacche che maturavano sotto il sole autunnale. «Non vedo il motivo di dipingere una cosa del genere quando potresti scattare una foto.»

«Non è la stessa cosa,» replicò Perry.

«No, perché una foto è più precisa.»

«L'arte non ha solo a che vedere con la precisione. Ha a che vedere con l'interpretazione. Con…»

«Non credo sia stato un critico d'arte a introdursi qui,» lo interruppe Nick, con l'aria di chi stava cercando di essere paziente.

Il poliziotto scrollò le spalle come se non fosse del tutto convinto.

«Questa è l'ultima volta che mi comporto da buon vicino,» borbottò Stein. Si stava dirigendo lentamente alla porta. Fece un cenno a Nick. «La prossima volta tocca a te. Mi sembra che tu ne abbia la stoffa.»

Quelle parole ridestarono l'attenzione dell'agente. «A proposito, ha un porto d'armi per quel cannone?» Stava guardando Nick con aria sospettosa.

«Sì.» Nick accennò un sorrisetto. «Sono un tipo rispettoso della legge.»

Il poliziotto sostenne il suo sguardo, poi si rivolse a Perry. «Manca qualcosa?»

«No.»

«Non hai controllato,» gli fece notare Nick.

Perry gli lanciò un'occhiata tutt'altro che grata e si diresse di gran carriera verso la camera da letto.

«Credo che guarderò un po' in giro. Chissà che non salti fuori qualcosa,» disse l'agente.

«Può verificare la presenza d'impronte sulla finestra della stanza da letto,» suggerì Nick.

«Sono lieto che ci abbia pensato,» ribatté l'agente con voce strascicata. «Come farebbe il dipartimento dello sceriffo senza di lei?

Perry tornò. «Non credo manchi nulla. Non sembra neanche che sia entrato qualcuno.»

«Andiamo,» disse Nick. «Lasciamo lavorare i professionisti. Non vogliamo rendergli la vita più difficile di quanto non sia già.»

***

«Basta,» annunciò Perry quando raggiunsero l'appartamento di Nick e la porta si fu chiusa alle loro spalle. «Quella è stata l'ultima goccia. Non posso restare qui. Non mi sentirò mai più al sicuro in questo posto.» Cominciò a camminare avanti e indietro, strofinando i palmi delle mani sulle gambe.

«Ehi. Qual è il problema?» Nick si protese verso di lui e lo afferrò per le spalle, obbligandolo a fermarsi.

Perry lo guardò con quei suoi occhi da cerbiatto. Sembrava spaventato e arrabbiato, e la sua voce tremò mentre diceva: «Non so quale sia il problema. È questo il punto. C'è qualcosa di *sbagliato* qui. Tu non lo senti?»

Nick sentiva qualcosa, sì – e non c'era dubbio che fosse sbagliato – ma questo non gli impedì di attirare lentamente Perry a sé, finché le loro bocche non furono così vicine da riuscire a percepire il respiro accelerato del giovane sulle labbra.

La bocca di Perry era rosa e trepidante. Sollevò lo sguardo per incontrare quello di Nick e poi abbassò le ciglia, rilassandosi sotto il suo tocco. Non fece alcuna mossa verso di lui, si limitò ad attendere, docile, che accadesse ciò che doveva accadere.

Cristo, era giovane. Nick provò a ricordare come fosse essere così giovani, non pensava di essere mai stato *tanto* giovane. Troppo giovane, troppo sottomesso, troppo inesperto.

Un vero frocetto. Ma carino.

Nick lo lasciò andare, tirandosi indietro. Guardò altrove, così da non dover leggere la delusione negli occhi del ragazzo.

Perry fece un profondo respiro e sollevò lo sguardo. Non disse nulla. Il silenzio si fece teso.

«Ascolta,» esordì Nick all'improvviso. «Per quando me ne sarò andato da qui, sarà tutto risolto. Una soluzione dovrà pur esserci, giusto?»

Perry si era girato e stava fissando la finestra screziata di pioggia. Aveva le spalle tese. «Davvero? Quando andrai via?» chiese, la voce strozzata.

«Ho alcune cose da sistemare. Ci vorranno un paio di settimane.» Nick restò sorpreso nell'udire quelle parole dopo aver assicurato a Roscoe e ai ragazzi che non c'era nulla a impedirgli di togliere le tende quanto prima.

Eppure non poteva andarsene e lasciare Foster in quel casino. Non ci pensava proprio ad abbandonarlo prima che la crisi fosse risolta.

Perry sospirò. Le sue spalle si rilassarono e si voltò a fronteggiare Nick. «Beh, io credo che, se vogliamo che questa faccenda si risolva, dovremmo essere noi due a farlo. Pensavo di andare alla Società di Storia, oggi. Proverò a scoprire qualche altra informazione sul passato di questa casa.»

Quell'approccio pratico e deciso colse Nick alla sprovvista, cozzando con l'immagine di Perry Foster in veste di fanciulla in ambasce che si era creato. In ogni caso era oltremodo sollevato che il ragazzo stesse vivendo la sua partenza con serenità. Si era preparato a una crisi di nervi. Il tranquillo ripiegare di Perry sul problema in oggetto era inatteso e gradito.

«Che ne pensi di recuperare una copia della planimetria?» suggerì Nick.

«Non troveremo planimetrie della struttura originale,» rispose il ragazzo. «Prima del '900, i costruttori non disegnavano piantine elaborate come si fa adesso. Non con il tipo di specifiche che gli architetti forniscono al giorno d'oggi. Potrebbero esserci delle piante risalenti alla ristrutturazione che Alston fece quando acquistò la casa negli anni Venti.»

«Credi che Mrs. Mac potrebbe averle?»

«Può darsi. Ma vogliamo che sappia che stiamo scavando così a fondo nel passato della casa?»

Ancora una volta, Nick rimase sorpreso dall'inaspettata scaltrezza dimostrata da Foster.

«Che altre alternative abbiamo?»

Foster si soffermò a riflettere. «Potremmo provare all'ufficio dell'ispettorato edilizio al Municipio. Devono aver chiesto dei permessi quando hanno apportato le ultime modifiche, e l'interno della casa è stato buttato giù per ricavare gli appartamenti. Quei lavori sono stati fatti negli ultimi vent'anni o giù di lì. Non sono sicuro di quando tutto sia passato in mano a Mrs. Mac.»

«L'edificio è suo o lo amministra per conto di qualcun altro?»

«Ora che mi ci fai pensare, non lo so.» Perry ci rimuginò su. «Tutti danno per scontato che sia lei la padrona. Ma forse non è così. Dovremmo scoprirlo. E potremmo anche controllare le mappe dell'assicurazione antincendio già che siamo al municipio. Alcune risalgono al 1800. A volte si riesce a ottenere una buona visione tridimensionale. Qualcosa che indichi i contorni dell'edificio, l'ubicazione di porte, finestre, porticati...»

«Stai ancora pensando ai passaggi segreti,» disse Nick. Non trovava più l'idea ridicola come prima.

«Già. Qualcuno è salito all'ultimo piano senza essere visto dall'agente.»

«Quell'uomo potrebbe essersi trattenuto al pian terreno più a lungo di quanto ha detto... o di quanto si sia reso conto.»

«Vero.» Ma era chiaro che Perry stava solo fingendo di assecondarlo, perché aggiunse: «Potremmo tentare anche all'archivio cittadino, o magari in biblioteca. Di sicuro alla Società diStoria. L'edificio è sempre stato uno dei più importanti della zona, anche quando era ancora conosciuto come fattoria Hennesey. Sono sicuro che esista una qualche versione delle piante tra i registri storici.»

«Sembri intenderti parecchio di questa roba,» commentò Nick, incuriosito.

Perry assunse un'espressione distante. «Per un po' ho studiato per diventare architetto. Ma non faceva per me.»

«La pittura è quello che fa per te,» disse Nick, guardandolo.

«Già.» Il ragazzo cambiò argomento. «Un'altra possibilità sono quelli che venivano chiamati campionari. Buona parte dei costruttori degli inizi del secolo prendevano le loro idee da raccolte di progetti pubblicate da altre compagnie. Ma non credo che quelli ci darebbero degli indizi su eventuali passaggi segreti e tunnel nascosti. Cose del genere sono peculiarità della casa.»

«D'accordo,» disse Nick, prendendo la giacca. «Sembra che abbiamo un piano. Cominciamo dalla Società di storia e proseguiamo da lì.»

***

Quando raggiunsero l'ingresso, Jane stava ritirando una consegna di pizza a domicilio. Pagò la ragazza con l'uniforme dai colori accesi e chiuse la porta per ripararsi da vento e pioggia, sobbalzando nel vedere Nick e Perry.

«La colazione dei campioni,» commentò l'ex marine, notando il familiare logo sulla sottile scatola della pizzeria.

«Ehi, è mezzogiorno passato,» ribatté Jane. «E poi adoro la pizza a colazione.»

«Non vai a lavoro nemmeno oggi?» s'informò Perry.

«No.» Jane abbassò la voce. «Ho sentito che qualcuno ha steso Mr. Stein nel tuo appartamento.»

«Ha detto di aver sentito qualcuno camminare su da me,» spiegò Perry.

«Ed è salito a controllare? Che esempio di senso civico.»

Nick la fissò con attenzione. «Perché credi sia salito?»

«Non ne ho idea,» rispose Jane. «Magari ha davvero sentito dei passi, ma stanno tutti cominciando a comportarsi in modo strano qua dentro. Ho visto Miss Dembecki aggirarsi per il giardino un po' di tempo fa, ho dovuto chiamarla quattro volte prima che si decidesse a rientrare. Spero non stia iniziando a perdere colpi. Non credo abbia familiari.» Tornò al suo tono abituale. «Allora, dove state andando voi due?»

«In città,» tagliò corto Perry.

«Forse dovreste ripensarci. C'è un'altra tempesta in arrivo.» Rabbrividì. «Mr. Teagle è certo che il ponte verrà inondato.»

«Accidenti, sarebbe terribile se non riuscissimo a tornare indietro,» replicò Perry, sarcastico.

«Oh, ma lo sarebbe!» esclamò Jane. «Vi perdereste la *séance*!»

Perry, che aveva una mano sulla maniglia della porta, si fermò. «Quale *séance*?»

«D... – Mr. Center – ha accettato di condurre una *séance*in questa casa stasera.»

«È uno scherzo,» disse Nick.

Nello stesso istante, Perry domandò:«Una*séance*? *Perché*?»

«Perché la casa è infestata, ovviamente!» rispose Jane sulla difensiva, evitando di guardarlo negli occhi.

«È ridicolo,» commentò Perry con inusuale veemenza. «Non è stato un fantasma a colpire Stein alla testa. E non è stato un fantasma a sparare a Tiny.»

«Non ho mai detto che sia stato un fantasma a colpire Stein. Anche se non mi sentirei di biasimarlo.»

«Di chi è stata l'idea della *séance*?» chiese Perry, il viso pallido che si accendeva di un rosso acceso. «Con quale spirito dovreste mettervi in contatto?»

Jane sembrava insofferente. «Con il tuo fantasma, è evidente.»

Le labbra di Perry si schiusero e sembrò far fatica a respirare. Nick gli mise con discrezione una mano sul braccio. Il ragazzo stava tremando. «Non è mio! E comunque *non era* un fantasma.»

«David dice di sì.»

«Lui non era lì! Io sì.»

Anche Jane era rossa in volto adesso. «Beh, dolcezza, a volte serve un esperto per capire la differenza.»

La bocca di Perry si mosse, ma le parole non sembravano intenzionate a venir fuori. Non sapeva cosa dire, o forse era la rabbia ad averlo privato della capacità di espressione.

«Non avrai la meglio in questa discussione,» disse Nick, la sua mano che si stringeva intorno al braccio teso. «Andiamo.» Aprì la porta e spinse Perry fuori.

«Tornerete in tempo per la *séance*, vero?» chiese Jane prima che si allontanassero. «Devi esserci, Perry. David dice che la tua presenza è necessaria.»

«Non restate in piedi ad aspettarci,» rispose Nick, chiudendo la porta sulla faccia indignata della donna.

«Sono tutti impazziti in quella fottuta casa,» strillò Perry mentre attraversavano il prato incolto e zuppo d'acqua. «Perché nessuno capisce cosa sta succedendo davvero qui?»

Raggiunsero il pick-up di Nick. L'uomo aprì lo sportello sul lato del passeggero e fece il giro per andare al posto di guida. Perry ribolliva ancora di rabbia quando l'ex-marine mise in moto.

«Calmati,» lo blandì Nick con una punta di divertimento. «Nessuno può costringerti a fare una cosa che non vuoi.»

Perry lo guardò con evidente stupore. «Lo credi davvero?»

Nick valutò la domanda. «Beh, la cosa non vale per la morte e per le tasse, ma sì. Per molti versi è così. Di sicuro nessuno può obbligarti a partecipare a una sottospecie di tè spiritico se non vuoi.»

Il ragazzo si lasciò sfuggire un piccolo, amaro, suono di sdegno, girando il viso verso il finestrino velato di condensa.

«E questo cosa vorrebbe dire?» Nick gli lanciò una rapida occhiata incuriosita.

«Niente.»

Nick tornò a guardarlo mentre sobbalzavano lungo il ponte coperto, ma l'espressione di Perry era eclissata dall'oscurità del tunnel. Il ronzio delle sue emozioni, però, era palpabile come un campo elettrico. «Che hai?»

«Niente.»

«Cosa c'è che non va?»

«La gente ha molti modi di costringerti a fare qualcosa che non vuoi,» rispose Perry in tono sommesso.

«Non so di cosa tu stia parlando,» disse Nick. «Non permetterò a nessuno di costringerti a prendere parte a qualche stronzata spiritistica. Puoi contarci.»

Silenzio.

Il furgone riemerse dal buio del ponte coperto e Nick azzardò un altro sguardo verso il suo passeggero. Perry stava ancora guardando fuori dal finestrino, l'espressione insolitamente fredda e assente.

***

«Verity Lane,» disse Mrs. Bartlett con un barlume di ricordo nello sguardo. «Credo stiano proiettando uno dei suoi film in fondo alla strada.»

Perry si domandò se l'anziana Mrs. Bartlett, curatrice del circolo di storia di Fox Run, stesse – per usare le parole di Jane – perdendo colpi, ma la donna lo rassicurò precisando: «Stanno tenendo una di quelle rassegne di film d'epoca al

126

PlayersTheatre su Dove Street. Lo spettacolo della mattina costa solo due dollari. Le chiamano "le matinée da due soldi".»

«Noi eravamo più interessati a Shane Moran,» intervenne Nick. Stava esaminando l'esibizione di armi da fuoco in disuso del XVII secolo.

«Oh, ma non potete comprendere Shane senza discutere di Verity,» replicò Mrs. Bartlett, divertita. «Erano amanti, sapete?»

«Pensavo che lei fosse sposata con Henry Alston,» obiettò Perry con l'ingenua sorpresa di chi era il prodotto di una solida unione borghese.

«Lo era! Fu un terribile scandalo. Alston era un noioso originario del New England, ma era ricco come Creso quando acquistò la casa all'inizio del Proibizionismo e cominciò a rinnovarla. Si era innamorato di una delle Ziegfield Girls, Verity Lane, e si dice che avesse acquistato la fattoria Hennesey per lei, anche se è difficile immaginare perché avesse pensato che una creatura sociale come Verity potesse voler vivere nei boschi del Vermont...»

Per tenerla solo per sé, pensò Perry. Ma non disse nulla, lasciando libera Mrs. Bartlett di proseguire.

«La storia vuole che Verity lo avesse respinto all'inizio – più volte e anche con un certo clamore – ma lui continuò a insistere e alla fine riuscì a conquistarla. Si trasferirono qui nel 1923 e diventarono alquanto popolari per i loro ricevimenti sfrenati. Non dovrei usare il plurale, perché immagino che quella fosse tutta farina del sacco di Verity, con Harry che lottava per starle dietro.»

«Ho letto un articolo sulla casa,» intervenne Perry. «Hot jazz, alcolici di contrabbando. E gioco d'azzardo clandestino.»

«Ed è qui che entra in scena Shane Moran,» annunciò Mrs. Bartlett. «Erano gli anni del Proibizionismo, come ben sapete, e il commercio, il trasporto e la produzione di alcolici erano illegali negli Stati Uniti.»

«Incredibile che siano riusciti a far passare una legge simile,» commentò Nick.

«Il movimento della temperanza aveva una lunga storia nel Vermont,» spiegò Mrs. Bartlett. «Ma lei ha ragione. Il Diciottesimo Emendamento non fu visto di buon occhio dalla stragrande maggioranza delle persone di questo Paese, creò un ampio mercato per il contrabbando e servì a legittimare la criminalità. Cittadini perbene cominciarono a fare affari con gangster come Shane Moran. A causa della sua vicinanza al confine canadese, il Vermont era una via di passaggio per corrieri e trafficanti di liquori.» Mrs. Bartlett li condusse lungo un corridoio, passando davanti a una serie di litografie che ritraevano la vita dei primi abitanti del villaggio e utensili domestici per poi giungere a un collage di vecchie foto. «Questo era Shane Moran.»

Perry si era aspettato un tipo alla Al Capone – o se non altro alla Humphrey Bogart – ma Moran era un giovane uomo dall'aspetto distinto con degli squadrati lineamenti scozzesi. Osservò la foto con attenzione. Una cosa era certa: quello non era l'uomo morto nella vasca da bagno.

«Quindi Henry Alston cominciò a comprare alcolici per le sue grandi feste da Shane Moran e... cosa? Tentò di fregarlo?»

«Noto che lei ha una visione cinica della natura umana,» osservò Mrs. Bartlett. Il suo sguardo era di nuovo acceso, dunque apparentemente approvava la disincantata concezione del mondo di Nick.

«Ne ho viste parecchie», ribatté l'uomo.

«A quando pare, *sì,* Henry cercò di giocare un brutto tiro a Moran, ma forse non fu solo colpa sua. La storia che ho sentito da mia nonna, che era una domestica dell'Alston Estate, è che Verity si innamorò di Shane Moran.»

«Oh-oh,» disse Perry.

«Immagino che quelle furono le esatte parole di Henry,» convenne Mrs. Bartlett. «Henry voleva far uscire di scena Moran, così, a quel che si dice, provò a tendergli una trappola con degli agenti dell'immigrazione. Moran riuscì a scamparla.»

«E poi fece irruzione al ricevimento privato di Henry e derubò lui e i suoi facoltosi ospiti,» concluse Nick. «Mi sorprende che Moran non si sia limitato a sparare ad Alston.»

«Oh, Moran non era un assassino. Almeno non uno a sangue freddo. E, in ogni caso, il vero motivo per cui era tornato era Verity.» Mrs. Bartlett la indicò con la mano nodosa, la fede matrimoniale che brillava appena.

«*Questo* non lo avevo letto,» disse Perry.

«Non è giunto agli onori della cronaca locale, ma è cosa abbastanza risaputa da queste parti. Moran si presentò e implorò Verity di scappare con lui, ma suppongo che il ruolo di "pupa del gangster" non fosse molto appetibile per lei. A ogni modo, lui se ne andò con una fortuna in gioielli preziosi... ma senza Verity. Fu intercettato nei boschi di WitchHollow qualche giorno dopo e ucciso a colpi d'arma da fuoco da un poliziotto che, così narra la storia, era stato corrotto da Henry Alston per essere sicuro che Moran non fosse catturato vivo.»

«E la fortuna in gioielli e preziosi non è mai stata ritrovata?» domandò Perry.

«Esatto. Circolano un mucchio di storie su quella. Ma l'ipotesi più probabile è che i complici di Moran abbiano portato la refurtiva con loro. Anche se, a quanto si dice, non è mai saltato fuori neppure un anello da mignolo.»

«Ma come si fa a dirlo?» chiese Perry. «Forse i gioielli sono stati smontati e venduti oltre confine?»

«Verity portava gli zaffiri degli Alston quella sera. Una collezione rinomata e di gran valore. C'erano una collana, due bracciali e un anello. Sarebbe stato difficile ricettare un qualsiasi pezzo di quella parure senza che qualcuno riconoscesse le pietre… La rapina aveva ottenuto una grande attenzione sui media. E diversi ospiti avevano perso pezzi di valore oltre ai soliti accendini d'oro e portacipria d'argento.» Mrs. Bartlett fece uno dei suoi affabili sorrisi, le guance rosse come mele mature. «Penso si sarebbe saputo se parte del bottino fosse saltata fuori.»

«Perché Moran non andò via?» si chiese Nick ad alta voce, corrugando la fronte mentre studiava la foto del defunto gangster. «Perché restare qui dopo che quella Lane lo aveva rifiutato?»

«Forse pensava che avrebbe cambiato idea,» ipotizzò Perry.

Nick gli rivolse un'occhiata neutra. «Mi sembra fosse stata abbastanza chiara riguardo ai suoi sentimenti.»

«Questa è un'altra di quelle cose che non sapremo mai,» intervenne Mrs. Bartlett. «Certo, Mrs.MacQueen gestisce la proprietà – se così si può dire – da quasi vent'anni, ma la casa è passata di mano molte volte da quando Alston perse la sua fortuna nel marzo del '33. Adesso appartiene alla famiglia Dustan, di Barre. Ora che ci penso, uno degli affittuari è un loro lontano parente.»

«Chi?» domandò Perry.

«Jim Teagle,» rispose Mrs. Bartlett.

Capitolo 9

«Non è proprio una coincidenza strabiliante,» commentò Nick, portandosi alla bocca una bottiglia di Sam Adams. «Abbiamo qualcuno che ha deciso di disfarsi di quella spina del fianco del parente anziano sistemandolo gratuitamente o quasi in una delle loro proprietà. Teagle può tenere d'occhio in maniera non ufficiale il posto – e Mrs. MacQueen – e i suoi familiari sono sollevati dall'incombenza di occuparsi di lui. Non abbiamo sentito nulla che lasci presupporre un legame con Alston o con Shane Moran.» Bevve un sorso.

«È strano che lui non ne abbia mai parlato,» replicò Perry, alzando la voce così da farsi sentire oltre il suono della Tv con mega schermo al plasma nell'angolo, che trasmetteva l'incontro fra due squadre di football studentesco.

«Tu racconti tutto agli altri coinquilini?» domandò Nick. «Gli hai detto perché sei andato a San Francisco?»

«Beh, no», ammise il ragazzo.

Stavano mangiando un boccone alla MooseheadTavern su Bank Street. Separé rivestiti di pelle, un tavolo da biliardo nella stanza a fianco e una testa d'alce con un cappello da Babbo Natale sul bancone del bar: non era il genere di locale di Perry, ma si sentiva a suo agio con Nick seduto dall'altra parte del tavolo. L'uomo sorseggiava la sua birra, gli occhi blu scuro che di tanto in tanto saettavano verso lo schermo.

«Di che lavoro si tratta?» chiese Perry.

«Hmm?» Lo sguardo di Nick incontrò il suo.

«A Los Angeles. Il tuo nuovo lavoro.»

«Oh.» Con gran sorpresa di Perry, il colore degli occhi di Nick si fece più cupo. «Investigatore privato.»

Il viso del giovane si accese d'interesse. «Sul serio?»

131

«Già.» L'uomo sembrava imbarazzato. «Un mio ex commilitone nei SEAL ha avviato l'impresa con alcuni suoi amici.» Scrollò le spalle.

«Te la caverai alla grande,» disse Perry.

Le sue parole parvero mettere Nick ancora più a disagio. «Non ha niente a che vedere coi film... o con quei libri che leggi. Per lo più si tratta di ricerche e di localizzazione di veicoli.»

«Frodi assicurative? Persone scomparse?» suggerì Perry in tono speranzoso.

«Sì, può darsi,» concesse Nick. «Ma comunque non è come nei film.»

«Come lo sai?»

«*Spero* non lo sia,» rispose l'uomo, strappando una risata a Perry.

La cameriera arrivò al loro tavolo, ordinarono da mangiare e un altro paio di birre. La ragazza tornò poco dopo con un panino al pollo e formaggio per Perry e del chili di maiale affumicato con sopra cheddar del Vermont e cipolle per Nick. L'uomo pensò che quella era una delle cose di cui avrebbe sentito la mancanza in California: il chili, il miele e la focaccia di granturco al peperoncino.

Alzò lo sguardo e si accorse che Foster gli stava sorridendo. Ecco un'altra cosa che gli sarebbe mancata in California, ma era meglio non pensarci. Invece, disse: «Ascolta, ci ho riflettuto un po'...»

Il ragazzo assunse quell'espressione incuriosita, come se reputasse i pensieri di Nick degni di tutta la sua attenzione.

«Qualcuno era al corrente che i tuoi piani per il weekend erano cambiati? Che saresti tornato prima?»

«No.»

«Perché sei tornato prima?»

Perry lo fissò. «Te l'ho detto. Non ha funzionato col mio amico.»

«Okay, che mi dici di questo tuo amico? Dove lo hai conosciuto?»

«Su Internet.»

«Su *Internet*? Cioè in una chat room?»

«Sì.» Perry alzò il mento in un'inattesa espressione di sfida. «E allora? Un sacco di gente si conosce in questo modo. Abbiamo cominciato a mandarci delle e-mail ed è venuto fuori che avevamo un mucchio di cose in comune. Marcel era...»

Nick mise giù la birra. «*Marcel*?»

«Sì, Marcel,» rispose Perry, irritato.

«Avevi una storia virtuale con un tizio che si chiama *Marcel*?»

«Lo fai sembrare stupido e strano. Non era così. Avevamo un'amicizia autentica. Una relazione autentica. Ci scrivevamo ogni giorno, a volte anche un paio di volte al giorno. Così alla fine ci siamo sentiti al telefono. Abbiamo parlato a lungo e abbiamo deciso d'incontrarci per vedere...»

«E sorpresa, sorpresa... lui era alto un metro scarso, grasso, pelato e quasi sessantenne,» concluse Nick con cinismo.

«Era *esattamente* come mi ero aspettato che fosse. Come avevo sperato che fosse. Era *perfetto*,» ribatté Perry, furente.

La bocca di Nick si curvò in un sorriso sprezzante, ma disse soltanto: «Allora, cos'è successo con Mr. E-mail? *Tu* non corrispondevi alle sue aspettative?»

Perry lo guardò ferito. Alla fine ammise: «Il suo ex-ragazzo voleva tornare con lui.»

Davanti a quella rivelazione, persino l'ex-marine non riuscì a nascondere la sorpresa. «Gesù. Non poteva scegliere un'altra settimana?»

La rabbia del ragazzo si era già dissolta. Fece un sorriso storto. «Immagino sarebbe stato carino da parte sua rendersene conto prima che spendessi tutto quel denaro in

133

biglietti d'aereo e camicie nuove. C'avevo messo un secolo a metterlo da parte.»

«Quindi adesso non hai i soldi per l'affitto perché li hai sprecati per un viaggio e dei vestiti?»

Perry annuì.

Nick lo osservò con piglio grave ma non scortese. «Non ti è venuto in mente che…?»

«Tu non capisci,» disse Perry. «Ero convinto di conoscerlo. *Lo conosco.* È… è intelligente e divertente e sensibile. È un architetto. Un giorno costruirà qualcosa di grandioso come… Frank Lloyd Wright. Avevamo *tanto* in comune. Avevamo lo stesso film preferito al liceo – *Quasi niente* – e la stessa canzone preferita, *Human* dei Killers. A entrambi piacevano le pannocchie cotte al barbecue, e la cannella e la noce moscata nella cioccolata. E nessuno dei due aveva mai guardato *Queeras Folk* e tutti e due avevamo un goldenretriever da piccoli.»

Tecnicamente, era più di quanto avessero mai avuto in comune lui e Marie, pensò Nick. «Non ti ha mai parlato del suo ex?» chiese.

Quella domanda banale fece fermare Perry di colpo. «In un certo senso, sì. Sapevo che aveva avuto una storia. Non l'hanno avuta tutti?»

«Tu l'hai avuta?»

«Non ho *vissuto* con nessuno,» rispose il giovane con gran dignità.

Nick scosse la testa.

«Non è facile incontrare gente da queste parti,» continuò Perry. «Il Vermont non è… voglio dire, alcune zone sono conservatrici. Soprattutto nel Kingdom. Questa è una piccola città.»

«Allora trasferisciti.»

«Dove?» Persino in quella luce fioca, Nick riusciva a intravedere il delicato rossore sulla pelle chiara di Foster. «Servono soldi: due mesi d'anticipo d'affitto e io non ho denaro sufficiente nemmeno per quello di questo mese. E dovrei cercare un altro lavoro. Non ho nessuna qualifica specifica.»

Nick valutò la situazione. «Per il lavoro non posso aiutarti, ma ti dirò una cosa. Il mio affitto è pagato per i prossimi due mesi. Ho pagato sei mesi in anticipo. Quando andrò via, potrai stare da me. Così avrai il tempo di rimetterti in pari.»

Il giovane rimase a fissarlo senza parole.

«Non farne una questione di stato,» lo avvertì Nick.

«No. D'accordo.» Perry abbassò le ciglia. Sembrava lottare per reprime un sorriso, concentrando la sua attenzione sulle patatine fritte.

«Okay, allora è deciso,» concluse l'uomo in tono sbrigativo. «Ora dobbiamo solo scoprire chi ha scaricato un cadavere nella tua vasca da bagno.» Non era del tutto serio. In realtà, sperava sarebbero riusciti a portare alla luce delle informazioni che tornassero utili agli uomini del dipartimento dello sceriffo per la loro tutt'altro che brillante indagine, e pensava che al ragazzo avrebbe fatto bene tenere la mente occupata. Ma non era affatto sicuro che sarebbero venuti a capo del caso del cadavere scomparso.

«È stata la stessa persona che ha ucciso Tiny,» asserì Perry, apparentemente convinto che avrebbero fatto luce sull'intera vicenda.

«Può darsi.»

«Dev'essere così. Tiny se ne andava in giro blaterando di aver visto un fantasma dai calzini gialli e questo deve aver allarmato qualcuno.»

«Ma ti rendi conto che ne ha parlato con noi mentre eravamo nell'appartamento di Watson?» gli fece notare Nick.

Quelle incredibili ciglia si sollevarono. «Vuoi dire che qualcuno ci stava ascoltando?»

Quella era una delle caratteristiche che Nick apprezzava maggiormente di Foster: sapeva fare due più due senza che si dovesse spiegargli ogni singolo passaggio.

«Già. Ho qualche perplessità riguardo ai passaggi segreti, ma sono convinto che qualcuno stesse ascoltando Tiny mentre parlava con te, o che il poveretto abbia menzionato "il fantasma" una volta di troppo.»

«Sia Center che Stein abitano a quel piano. L'appartamento di Center è proprio davanti a quello di Watson... e pare che le persone cieche compensino con gli altri sensi. Magari ha un udito straordinario.»

«Ah-ah,» disse Nick.

Mangiarono in silenzio con la musica in sottofondo. Musica natalizia. Era ancora novembre, ma alla radio suonavano già Bing Crosby. Nick lo trovò un po' deprimente.

«Dopo possiamo provare agli archivi della biblioteca,» propose Perry.

L'uomo annuì. Il pensiero di passare l'intera giornata in biblioteca non lo esaltava, ma d'altronde non aveva altre idee. Quel caso era ormai freddo, quindi non era possibile percorrere le piste d'indagine più ovvie. Peccato non fosse saltato fuori dopo aver maturato qualche mese di addestramento nel campo dell'investigazione privata.

Certo, di lì a pochi mesi sarebbe stato in California, e Perry sarebbe stato soltanto un altro ricordo di un periodo della sua vita che non vedeva l'ora di lasciarsi alle spalle.

«*Oppure* potremmo andare a vedere il film di Verity Lane al PlayersTheatre,» suggerì il giovane all'improvviso, con aria speranzosa.

«Suona tanto come una perdita di tempo.»

«Non abbiamo molti spunti,» gli fece notare Perry. «Conoscere meglio una dei protagonisti della storia non può farci male, giusto?»

Stranamente, Nick scoprì di non voler deludere il ragazzo... non che vedesse il sensodell'assistere a un vecchio film. Anche se era piuttosto incuriosito da Verity Lane.

«Magari potremmo andare in biblioteca e poi al cinema?»

Quando Nick non rispose, Perry disse in tono casuale: «Se ti preoccupa che la gente possa pensare che sei gay se vieni con me, non ce n'è motivo.»

L'uomo guardò Perry dritto negli occhi. «No?»

«No.»

«E come mai?»

«Non sei il tipo.»

«Così c'è un tipo? Pensavo fosse un luogo comune. Che mi dici dei body builder gay?»

Perry scrollò le spalle. «Non ne ho mai incontrato uno.»

«Conosci molti body builder?»

«No, ma conosco altri ragazzi gay. Sai, non ho trascorso tutta la mia vita a Fox Run.»

«Lo immaginavo. Di dove sei?»

«Rutland.»

La seconda città per grandezza del Vermont e un polo commerciale, dunque Foster doveva essere abbastanza navigato. Ma Nick pensava di essersi fatto un quadro di come stavano le cose. Un bambino cagionevole e iperprotetto... L'unico figlio di una coppia di genitori anziani, ci avrebbe scommesso. «E che ci fai nella remota provincia?»

«Pensavo sarebbe stato divertente vivere in una piccola città.» La spensierata ingenuità di quell'affermazione tolse quasi il respiro a Nick. «Sai, un posto dove tutti conoscono il tuo nome e non devi chiudere a chiave la macchina o le finestre. E mi sono detto che vivere in un centro rurale tranquillo avrebbe giovato alla mia pittura.»

«Non ti è venuto in mente che avrebbe potuto rivelarsi un po' solitario per qualcuno del tuo orientamento?»

Perry rimase in silenzio. «Non stavo pensando molto a quell'aspetto. Volevo solo fuggire.»

«Da cosa?»

«Da tutto. Da tutti quelli che conoscevo. Da tutto quello che conoscevo.»

«Suona un po' drastico,» replicò Nick con gentilezza.

Perry guardò fuori dalla finestra, verso le strade che scintillavano nella pioggia come in un quadro di Thomas Kincaid. I colori sfocati delle luci dei negozi, dei lampioni delle strade e dei fari delle macchine si riflettevano sull'asfalto bagnato. Nick si augurò che non stesse per raccontargli la storia della sua vita.

«Quando ho detto ai miei genitori di essere gay, mi hanno sbattuto fuori,» disse Perry in tono neutro.

Il suono di sottofondo della TV crebbe e si abbassò. Nick bevve qualche altro sorso di birra e mise giù il bicchiere con deliberata accortezza. «Perché glielo hai detto?»

Il ragazzo sembrò confuso. «Sono i miei genitori.»

«Esatto. Avresti dovuto conoscerli abbastanza da sapere come la pensavano a riguardo.»

«Ma credevo… che il fatto che si trattasse di *me* avrebbe dovuto fare la differenza.»

«Hai pensato che avrebbero reagito diversamente a qualcosa che li scioccava e disgustava se il loro adorato bambino avesse confessato di essere uno di *quelli*? Sei davvero ingenuo.»

Perry arrossì. «Mi vogliono bene. Io ne voglio a loro. *Dovevo* essere onesto.»

Quel concetto era alieno a Nick. Era entrato in marina quando aveva diciotto anni, cinque anni meno di quanti ne aveva Foster adesso. Non avrebbe discusso il proprio orientamento sessuale con i suoi genitori più di quanto non avrebbe mangiato il cane di casa. Certo, sua madre e suo padre erano stati occupati a provvedere ai bisogni di sei figli e della nonna. Le confessioni a cuore aperto non avevano

138

giocato un gran ruolo nella vita della famiglia Reno. Più in generale, i suoi genitori non avevano il tempo o le energie per discutere. Facevano del loro meglio per mettergli dei vestiti addosso e del cibo in tavola.

Inoltre, Nick aveva sposato Marie prima di prendere servizio, per lo più perché era così che si usava a Island Pond. Non gli era mai passato per la testa di fare le cose in modo diverso, non subito almeno.

Buffo. A seconda di come la si guardava, Foster era ben più avanti di quanto Nick fosse stato alla sua età.

Con la massima fiducia, Perry disse: «Cambieranno idea quando capiranno che...»

«Non si tratta solo di una fase?»

Il giovane annuì.

«Sei sicuro che non lo sia?»

Gli occhi di Perry si fecero più cupi. «Certo che ne sono sicuro.»

«Voglio dire, non sei mai stato con nessuno, giusto?» Nick non ci girò intorno. «Uomo o donna? So che molti ragazzi sono intimiditi dalle ragazze.»

Con sua sorpresa, Perry si rilassò, ridacchiando. «Non sono intimidito dalle ragazze. Le mie migliori amiche sono sempre state ragazze. I ragazzi non avevano mai tempo per me al liceo... a parte gli altri emarginati.»

Nick gli lanciò un'occhiata infastidita.

«Le ragazze non mi interessano,» spiegò Perry, come se stesse chiarendo i fatti della vita. «Mi interessano i ragazzi come te.»

Nick si lasciò sfuggire la focaccia di granturco di mano.

«A ogni modo,» proseguì Perry con disinvoltura, «i miei genitori mi hanno cacciato di casa e la mia laurea in architettura è andata a farsi benedire, il che non è stato un male. Volevo comunque fare la scuola d'arte. Così ho deciso di tentare. Di seguire il mio sogno e diventare un pittore.»

Rivolse a Nick un sorriso gioviale. «Certo, non è molto remunerativo.»

L'ex marine sentì che stava per venirgli il mal di testa. Era colpa sua. Non poteva proprio evitare di aprire la sua boccaccia e fare domande, vero?

***

La pioggia si stava trasformando in nevischio quando fermarono la macchina nel parcheggio della biblioteca. Perry si coprì il naso e la bocca con la sciarpa, ma cominciò a tossire non appena raggiunsero la cima delle scale che conducevano all'edificio di mattoni.

«Non segui qualche tipo di cura permanente per tenere sotto controllo il tuo disturbo?» chiese Nick, accigliandosi nel vedere il ragazzo che faticava a riprendere fiato.

Perry scosse la testa. «Lo facevo, ma non ho più l'assicurazione sanitaria.»

«Cristo Santo.»

Nick lo stava fissando esasperato. «Non va così male d'estate. E nemmeno in primavera, a dire il vero. È solo quando fa davvero freddo che tendo ad avere problemi,» assicurò Perry.

«Fantastico, allora. Non fosse che vivi nel Vermont.»

Perry ignorò il commento. Il suo respiro stava già tornando regolare. Si girò e fece strada all'interno dell'edificio silenzioso.

«Non riesci proprio a stare lontano da questo posto, eh?» Una ragazza rotondetta dai capelli scuri apostrofò Perry da dietro il banco delle informazioni. Poi si rese conto che Nick era lì con lui e che non stava solo attendendo in fila. Il suo sguardo si fece curioso. «Oh, *salve.*»

«Ciao.»

«Dobbiamo solo dare un'occhiata agli archivi,» spiegò Perry, vagamente irritato dall'improvviso interesse di Patty nei confronti di Nick. L'uomo non sembrò neppure farci caso, forse era abituato a essere una sorta di calamita per ragazze. Forse stava pensando ad altro: aveva di nuovo quello sguardo oscuro e meditabondo mentre osservava la stanza ben illuminata, le decorazioni in cartoncino colorato e i volantini degli eventi locali.

«Non è granché come vacanza, eh?» commentò Patty.

Perry fece un sorriso educato, ma si trovò a pensare che, da quando era comparso Nick, la sua vacanza era migliorata in modo considerevole.

Passarono le tre ore successive a sfogliare libri e vecchie copie rilegate in plastica della «Gazzetta». Difficile dire se ne avrebbero ricavato qualcosa; era evidente che Nick non avesse una gran fiducia in quel genere di lavoro investigativo. Avrebbe preferito essere fuori a cercare indizi sul campo... o magari a fracassare qualche testa. Di tanto in tanto, spingeva indietro la sedia e andava alla finestra incorniciata dalle luci natalizie, lo sguardo perso in quel pomeriggio uggioso e bagnato.

Non era difficile immaginare Nick con indosso un fedora che affrontava un branco di sicari prezzolati. Un viso come il suo sarebbe stato perfetto sulla copertina di un romanzo pulp anni '40.

«Che stai guardando?» chiese l'uomo all'improvviso, riscuotendo Perry dalle sue fantasie. Non si era reso conto di averlo fissato e arrossì.

Lo sguardo duro di Nick continuò a sostenere il suo – qualcosa di strano passò tra di loro – poi l'ex marine tornò a scrutare fuori dalla finestra e chiese: «Trovato qualcosa d'interessante in quei giornali?»

«Beh, qualcosa,» rispose lentamente Perry, ancora immerso nella lettura. «L'Underground Railroad[3] era attiva da

---

[3] L'Underground Railroad era una rete informale di itinerari segreti e luoghi sicuri, utilizzati nel XIX secolo dagli schiavi neri negli Stati Uniti per fuggire verso gli stati

queste parti e Oswald Hennesey era un fervente abolizionista.»

«Oswald, il discendente degli Hennesey della fattoria Hennesey?»

Perry annuì. «Hai mai letto un libro intitolato *The House of DiesDrear*?»

«Non mi dice nulla.»

«Io l'ho letto alle medie. Parla di un ragazzo che si trasferisce in una casa che era utilizzata nell'Underground Railroad. Tutti credono che la casa sia infestata dal fantasma di un abolizionista di nome DiesDrear, ma poi viene fuori che i vicini stavano cercando di far scappare la gente per rubare il tesoro sepolto nei passaggi sotterranei.»

«Oh, cielo. So già dove stai per andare a parare,» replicò Nick.

«Era solo un'idea …» Perry sorrise, tornando alle sue letture.

Purtroppo, non trovò nulla che indicasse che la fattoria Hennesey facesse parte delle rotte dell'Underground Railroad, né tantomeno che contenesse dei passaggi segreti, e risultò che OswandHennesey non aveva mai abitato nella tenuta. Dopo l'iniziale eccitazione, la ricerca di Perry diventò alquanto noiosa finché non s'imbatté in un paio di ritagli di giornali del 1920 che riguardavano l'acquisto della fattoria da parte di Henry Alston. «C'è una foto di Verity Lane,» annunciò, offrendo uno degli album a Nick.

L'uomo studiò le foto macchiate e scolorite. La Lane era una donna biondo platino senza seno, con una bocca ben disegnata e occhi enormi. Leggermente somigliante a Jane Harlow, Verity Lane aveva incarnato la tipica bellezza del suo tempo.

Perry stava ancora leggendo i ritagli. «Questo fascicolo è quasi tutto sugli Alston.» A quanto sembrava, i giornali

---

liberi e il Canada con l'aiuto degli abolizionisti, che erano solidali con la loro causa.

avevano intrattenuto con regolarità i lettori del periodo della Depressione con resoconti delle feste sfrenate all'Alston Estate, cui prendevano parte le celebrità e i VIP dell'epoca. Com'era normale che fosse, la rapina a opera di Shane Moran aveva meritato le prime pagine. «Qui c'è qualcosa sulla sera del colpo.»

Nick mise da parte la foto di Verity Lane e sbirciò da sopra la spalla del ragazzo.

Perry cominciò a leggere: «Era un evento di gala. Lampade cinesi decoravano la terrazza. Gli ospiti hanno mangiato piccioni arrosto e ballato sulle note dell'orchestra di TedOlsen. Poco prima di mezzanotte, il gangster Shane Moran ha fatto irruzione con la sua banda, derubando i gentiluomini e privando le signore dei loro gioielli. Alla padrona di casa sono stati sottratti i celebri zaffiri Alston, inclusa una collana dal valore di oltre ventimila dollari.» Il ragazzo s'interruppe per commentare: «Mi domando quanto potrebbe valere adesso quella collana...»

«Un mucchio di soldi,» rispose Nick.

Gli articoli successivi riguardavano la caccia ai gangster da parte della polizia. Alla fine,due dei complici erano stati arrestati in un bar clandestino di Sugarbrush, ma gli altri erano scomparsi. Moran, com'era ben noto, aveva eluso la cattura per un paio di giorni prima di essere accerchiato nei boschi che circondavano lo Stato. Secondo il resoconto ufficiale, aveva rifiutato di arrendersi pacificamente ed era stato colpito a morte dalla polizia locale.

Non c'erano spiegazioni – e stranamente neppure speculazioni – sul perché Moran avesse cercato di tornare sulla scena del crimine. Dei gioielli e dei preziosi rubati quella sera di mezza estate di tanti anni prima non era mai stata trovata alcuna traccia.

Sovrappensiero, Perry richiuse il raccoglitore.

«Che c'è?» domandò Nick, osservando la sua espressione.

143

«Credi che qualcuno dei partecipanti a quel fatidico ricevimento potrebbe essere ancora vivo? Se avesse avuto vent'anni all'epoca, oggi ne avrebbe una novantina, no?»

«Un po' in là con gli anni per fare scherzi nella vecchia proprietà,» convenne Nick, intuendo il pensiero di Foster.

«Nessuno alla pensione è così anziano. Mr. Teagle è sulla settantina, e anche Miss Dembecki dovrebbe avere quell'età. Mrs. Mac ne avrà più o meno… » Strizzò gli occhi, cercando di stabilire quanti anni potesse avere la donna.

«Una sessantina,» disse Nick senza esitazioni. «Stein forse è un po' più giovane. Ma non di tanto.»

Perry capì subito che l'uomo stava cominciando a essere insofferente.

Finirono di esaminare i registri degli immobili della zona e Perry trovò una mappa che mostrò a Nick.

Si chinarono a guardarla, le teste vicinissime, e con la coda dell'occhio il giovane intravide l'ombra blu sotto la guancia accuratamente rasata dell'uomo, lo sfarfallio delle sue ciglia, la linea forte e severa del mento e in naso arrotondato.

Lo sguardo dell'ex marine saettò nella sua direzione, come se avesse avvertito lo scrutinio di Perry, poi tornò alla mappa.

«Non sembra che la struttura originaria sia cambiata all'esterno. Per lo più hanno aggiunto dei muri all'interno, ricavando più stanze.»

Terminarono le ricerche in biblioteca e uscirono in strada. Erano circa le quattro e stava già facendo buio. Nick diede un'occhiata all'orologio, poi a Perry che – la sciarpa rossa di tartan avvolta intorno a naso e bocca – lo stava fissando con aria speranzosa. «Vuoi andare a vedere quella dannata matinée, vero?» domandò rassegnato.

«A meno che tu non abbia altri piani,» rispose Perry con garbo attraverso gli strati di lana.

Nick sospirò.

Recuperarono il furgone e guidarono sino a Dove Street, Perry che guardava in silenzio dal finestrino le case addobbate per Natale. Sagome luminose di renne fingevano di brucare radi prati marroni. Ghiaccioli colorati pendevano dai cornicioni e Babbi Natale gonfiabili fluttuavano sotto la pioggia e il nevischio.

Perry non era mai stato meno eccitato in vista delle feste. L'anno precedente aveva avuto tante speranze per il futuro. Si era appena trasferito nella sua ariosa torre all'Alston Estate e gli piaceva avere finalmente un posto tutto suo. La sofferenza non era arrivata che dopo. Aveva trovato lavoro alla biblioteca, la pittura andava bene, e aveva appena conosciuto Marcel online. Aveva sognato che magari l'anno seguente, in quello stesso periodo, lui e Marcel sarebbero... beh, non aveva senso pensarci adesso.

Santi e Peccatori con Jack Okie e Verity Lane, annunciava l'insegna luminosa in cima al PlayersTheatre.

Nick fermò il pick-up nel parcheggio semideserto sul retro. «Non azzardarti a dire che non ho fatto mai niente per te,» avvertì.

«Non lo farei mai,» replicò Perry con una certa serietà, tirandosi di nuovo su la sciarpa.

Entrarono nel vecchio cinema, Nick comprò un gigantesco secchiello di popcorn con l'aria di chi stava cercando di affogare i propri dispiaceri nel burro fuso, poi presero posto nella sala deserta.

Il film era cominciato da cinque minuti, ma non aveva importanza. A quanto aveva intuito Perry, la storia aveva a che fare con un'ereditiera che fuggiva per stare col suo fidanzato addestratore di cavalli. L'addestratore si rivelava un poco di buono, ma il padrone della stalla era uno di quei bravi ragazzi dalla mascella squadrata – e aveva l'approvazione della famiglia dell'ereditiera – quindi pareva che tutto sarebbe andato per il meglio.

A intervalli regolari, Nick gli offriva il suo secchiello di popcorn e, ogni tanto, tuffandosi nel cartone di semi caldi, le loro mani si sfioravano.

Verity Lane era piccola, bionda e vivace. Secondo Perry, era identica a tutte le altre piccole, bionde ed esuberanti attrici della sua epoca. Non si era fatto un'idea precisa della sua personalità: sembrava un anacronismo dalla voce squillante, un piccolo fantasma biondo platino tornato in vita per alcune ore.

Cosa in lei aveva spinto Moran a rischiare la vita? Per Perry era un mistero. Magari Nick la pensava diversamente. Gli lanciò un'occhiata. L'uomo stava guardando il film senza alcuna espressione, Perry poteva vedere le ombre del proiettore giocare sul suo viso.

Provò a immaginarlo sposato a qualcuno, ma l'immagine rifiutava di prendere forma.

I suoi pensieri presero a vagare mentre Verity Lane flirtava, scherzava e piangeva per gli ultimi venti minuti del film. *Cosa le era successo dopo che Moran era stato ucciso?* si domandò il ragazzo. *Lei e Henry Alston erano rimasti insieme?* Henry aveva perso tutta la sua fortuna circa un anno dopo che Moran era stato colpito a morte. Verity aveva ricominciato a fare film? Non la ricordava come una di quelle star del cinema che erano invecchiate davanti alle telecamere di qualche show televisivo notturno. Gli sembrava di ricordare che avesse smesso di fare film. Non rammentava di averla vista più da nessuna parte passata una certa età; era approdata al cinema sonoro, ma poi?

«*Dimmi,*» mormorò Verity in tono sfrontato tra le braccia di uno dei tanti idoli delle matinée, pronunciando l'ultima battuta prima della dissolvenza in nero. «Esattamente, che tipo di ragazza credi che io *sia*?»

Nick grugnì. Si girò verso Perry. Nell'oscurità, il ragazzo riusciva a scorgere solo lo scintillio dei suoi occhi e quello che poteva essere un sorriso rassegnato. «Contento adesso?» sussurrò l'uomo e nella sua voce c'era un tono di... indulgenza?

E, con una fitta di disagio, Perry si rese conto che, sì, *era* contento. Contento perché Nick era lì con lui. Quella consapevolezza gli cancellò il sorriso dalla faccia. In una settimana o due, Nick se ne sarebbe andato... e probabilmente non si sarebbero mai più rivisti. Affezionarsi a lui sarebbe stato persino più stupido di quanto non fosse stato affezionarsi a Marcel.

Era già calata la sera quando uscirono dal cinema.

Perry stava pensando a quanta poca voglia avesse di tornare all'Alston Estate, quando Nick propose in modo casuale: «Andiamo a prendere una birra?»

Attraversarono la strada per raggiungere un bar dall'aspetto poco raccomandabile con un'insegna al neon che ritraeva un bicchiere da cocktail inclinato. All'interno, il locale era buio e pieno di fumo – anche se nessuno doveva aver fumato lì legalmente da diversi anni – e un jukebox stava suonando i Young Dubliners. Un paio di giovani uomini tutti d'un pezzo con addosso delle camicie di flanella se ne stavano curvi sul bancone a parlare col barista.

Era il genere di posto in cui Perry non si sarebbe mai sognato di entrare da solo, ma con Nick al suo fianco quell'esperienza aveva tutto il fascino di una rapida gita in un territorio sconosciuto.

«Vuoi qualcosa da mangiare?» chiese l'ex marine, mettendogli una birra davanti.

«Hanno del cibo qui?» replicò Perry, sorpreso.

Nick annuì.

Perry esitò. «Tu prendi qualcosa?»

Per Nick non fu difficile interpretare l'esitazione. E di norma si sarebbe detto che era un problema del ragazzo se non sapeva come far quadrare i conti, ma... sentiva di avere un mucchio di soldi. Aveva il lavoro a Los Angeles e Roscoe gli aveva persino dato un anticipo sulla paga. E... gli faceva piacere vedere Foster mangiare. «Sì,» rispose bruscamente, «perché non prendiamo le patate ripiene? Possiamo dividerle. Offro io.»

E fu ricompensato con quel sorriso imbarazzato.

«È stata una giornata un po' sprecata,» commentò Perry più tardi mentre mangiavano patate alla brace ripiene di formaggio, bacon e panna acida. Nick aveva ordinato un altro paio di birre e a quel punto il ragazzo era diventato loquace e disinvolto.

L'uomo scrollò le spalle.

«Pensi che lo sceriffo ci farà sapere cos'hanno scoperto?»

«Stai partendo dal presupposto che abbiano scoperto qualcosa,» ribatté Nick, cupo, e Perry rise. Stava ridendo un sacco. Nick decise che non gli dava fastidio.

Dal jukebox partì una nuova canzone. Una ballata lenta e romantica, e all'improvviso il ragazzo chiese: «Come mai il tuo matrimonio non ha funzionato?»

Il volto di Nick divenne inespressivo.

«Scusa,» si affrettò a dire Perry. «Io...»

«Non ha funzionato per la stessa ragione per cui molti matrimoni non funzionano. Alla fine eravamo persone completamente diverse da quelle che eravamo all'inizio. Non avevamo niente in comune,» rispose Nick di getto.

Il giovane annuì. «Avevate qualcosa in comune all'inizio?»

Sembrava una domanda ovvia, ma Nick rimase a fissarlo. Puoi fece una strana risata. «Sì, venivamo dalla stessa città. Non credo mi fosse mai passato per la mente che potesse volerci dell'altro. I miei sono stati insieme per cinquantacinque anni... fino alla morte del mio vecchio.»

«I miei stanno ancora insieme,» disse Perry.

«Sei figlio unico?»

Foster annuì e Nick lo imitò, come se quelle parole avessero confermato i suoi pensieri.

Per un po' mangiarono in silenzio. Poi l'uomo disse: «Ho riflettuto su questa *séance*.»

La bocca di Perry si contorse in una smorfia, ma rispose: «Scommetto di sapere cosa stai per dire.»

«Ah, sì?»

«Stai per dire che credi sarebbe utile osservare tutti quelli che vi prenderanno parte e che dovrei accettare di partecipare.»

«Sì, è vero, penso sarebbe utile,» ammise Nick. «Mi chiedo se ci sia qualcos'altro dietro... qualcosa oltre al fatto che Center sia uno spostato, intendo.»

«Ovvero?»

«Se lo sapessi, non ti trascinerei con me.»

Il giovane sorrise, in apparenza per nulla turbato all'idea che Nick volesse trascinarlo da qualche parte. Lo stava fissando con quegli occhi dalle ciglia lunghissime come se lo considerasse una delle persone più affascinanti della terra. *Sta flirtando*, pensò l'uomo divertito. Forse Perry non ne era nemmeno consapevole.

«Credi che qualcuno proverà a chiedere a Shane Moran cosa ha fatto degli zaffiri Alston?» chiese il ragazzo.

Nick si strinse nelle spalle. «Niente potrebbe sorprendermi in quel posto. Mi chiedo chi sia stato a suggerire la seduta.»

«Ho la sensazione che sia stata Jane. Credo che Center le piaccia molto. Potrebbe aver insistito per la *séance* per avere un pretesto per stargli vicino. Non mi è mai sembrata interessata ai fantasmi e al soprannaturale prima.»

«Suppongo non ci siano dubbi su come è morto Watson,» disse Nick.

Perry scosse la testa. «Ha avuto un attacco di cuore al villaggio. Mi pare inequivocabile.»

149

«Si direbbe il più veloce caso di reazione causa-effetto mai visto,» osservò Nick, il che risultò un po' scortese, considerate le sue abitudini alimentari.

Perry nascose un sorriso dietro il suo boccale da birra.

Finirono la loro cena in un'atmosfera amichevole e Nick agitò la mano in direzione dei ragazzi al bar.

Foster cominciò ad avvertire gli effetti dell'alcol mentre andavano alla macchina. Incespicò un po' e disse: «Amico, sono stanco. È come se non dormissi da una settimana.»

Nick lo prese per un braccio e lo guidò verso il furgone. «Credo che stanotte dormirai.»

«Non potremmo restare in città stanotte? Affittare una camera?» domandò Perry serio, sbattendo le palpebre.

«Ci stai provando con me?» replicò l'ex marine, divertito.

Il ragazzo ridacchiò. «Ti va di sperimentare?» Guardò Nick con aperta fiducia.

Sua malgrado, l'uomo si trovò a ridere. «Non stanotte, Josephine. Abbiamo una *séance* a cui presenziare, ricordi?»

Perry fece una smorfia, anche se non era chiaro se l'avesse fatta in risposta all'essere stato rifiutato o al fatto che avrebbero dovuto mettersi in contatto con l'Aldilà.

Nick aprì lo sportello del passeggero e fece il giro per raggiungere il lato del guidatore. Avviò il motore.

Uscendo dal parcheggio, lanciò un'occhiata a Foster. Era così silenzioso che pensò si fosse addormentato, ma era seduto con la schiena dritta, lo sguardo perso fuori dal finestrino. «Tutto bene?»

Perry annuì.

«Ascolta,» gli disse Nick, «non ti succederà nulla finché sarò con te, rilassati.»

«Lo so,» rispose con calma il giovane. «Sto solo pensando a quando te ne sarai andato.»

Capitolo 10

L'acqua era alta e torbida quando attraversarono il ponte. Le luci di casa Alston risplendevano attraverso il bosco, conferendo all'edificio un'illusoria immagine di calore. La pioggia degli ultimi due giorni aveva lasciato gli alberi spogli e bianchi come scheletri nel bagliore dei fari del furgone di Nick.

Parcheggiarono e fecero il giro sino alla facciata anteriore della casa. Camminavano fianco a fianco e forse Nick pensò che Perry fosse ancora un po' instabile, perché gli appoggiò con delicatezza la mano sulla schiena.

«Niente macchine della polizia,» osservò il ragazzo, facendo del suo meglio per non dare a vedere di aver notato la mano dell'ex-marine appena sopra il suo sedere.

In effetti, il cortile era libero da veicoli con le insegne. All'interno, il piano inferiore della casa rifulgeva di luci. Perry non ricordava di averne mai viste tante nel vecchio edificio.

«Sembra stiano organizzando una festa,» commentò Nick.

Perry si lasciò sfuggire una risata nervosa e aprì la porta principale.

Il lampadario si agitò tintinnando nella corrente invernale. Jane, con indosso un caffetano nero, andò ad accoglierli. «Eccovi! Pensavamo non sareste mai arrivati!» Cominciò subito ad accompagnarli verso la poco utilizzata sala relax.

«Accidenti, Janie, possiamo avere un minuto per toglierci i cappotti?» protestò Perry.

«Potete togliervi le giacche lì. Stanno tutti aspettando voi.»

«Chi sarebbero questi *tutti*?» s'informò Nick. Aveva tolto la mano dalla schiena del ragazzo mentre percorrevano i gradini d'ingresso, ma erano ancora così vicini che le loro spalle si sfioravano.

Perry non riusciva a decidere se si trattasse di una pura casualità o se l'uomo pensasse che aveva bisogno di conforto.

«Tutti,» rispose Jane. Aggiungendo con onestà: «In fondo, che altro avrebbero da fare in una notte del genere?»

«Che ne è stato dei poliziotti?»

La donna fece una smorfia. «C'è stato un grosso incidente vicino al confine. Immagino avessero bisogno di tutti gli agenti sul posto. Non è che qui stesse succedendo chissà cosa.»

«Soltanto un omicidio,» replicò Perry.

Sorprendentemente, Jane ribatté: «Potrebbe essere stato qualche cacciatore a sparare a Tiny. E lui potrebbe essersi trascinato fin qui da solo.»

«Non puoi essere seria,» disse Perry.

Lei fece spallucce, evitando il suo sguardo.

Quando entrarono nella stanza che fungeva da punto d'incontro e sala relax per gli ospiti – e che un tempo era stata un salotto di rappresentanza – le luci erano state abbassate. C'erano scaffali pieni di edizioni economiche usate, un vecchio home theatre che non funzionava mai e un pesante tavolo da pranzo ovale che avrebbe dovuto essere utilizzato per i "giochi". Al centro del tavolo c'erano due grandi candelabri, che gettavano ombre tremolanti sulla carta da parati scolorita.

Intorno al tavolo, c'erano tre sedie vuote. Mr. Teagle, Miss Dembecki e Mrs. MacQueen avevano già preso posto. David Center sedeva a capotavola, il viso attento girato verso la porta.

Mentre Jane scortava Nick e Perry nella stanza, Center annunciò: «Gli spiriti sono ansiosi di stabilire un contatto stanotte.»

«Fantastico! Siediti accanto a me, Perry,» istruì Jane.

La mascella del ragazzo assunse quella linea dura che contrastava in modo così strano col suo aspetto alla Christopher Robin. «Perry sta bene accanto a me,» disse Nick con calma.

Il giovane lo guardò con gratitudine.

«Bene!» concesse Jane, il sorriso un po' forzato mentre osservava prima l'uno e poi l'altro.

Perry e Nick si accomodarono sulle due sedie al tavolo. C'era uno strano silenzio.

«Come ti è sembrato il fiume, figliolo?» domandò Mr. Teagle.

«Non credo esonderà,» lo rassicurò Perry. Mrs. Mac gli stava seduta proprio di fronte. Lo fissava. Lui accennò un sorriso educato. Lei si passò la lingua sulle labbra e distolse lo sguardo, riportandogli alla mente con prepotenza uno dei suoi sgradevoli, piccoli cani.

«Se foste così gentili da prendervi tutti per mano,» esordì Center. «Palmo della mano sinistra in su, pronto a ricevere. Palmo della destra rivolto in basso per trasmettere.»

Direzione: *Ai confini della realtà.*

Perry prese la mano di Miss Dembecki alla sua sinistra e di Nick alla sua destra. La piccola mano di Miss Dembecki era fredda come ghiaccio... fredda come la sua, pensò il giovane. Quella di Nick era calda. L'uomo gli diede una stretta rapida e decisa per rassicurarlo e, nonostante Perry non volesse affatto trovarsi lì, avvertì una scintilla di felicità.

«Per coloro tra voi che non hanno mai partecipato a una *séance*, è necessario che spieghi un paio di cose. Non c'è nulla di oscuro o spaventoso nel comunicare con i morti. Gli spiriti sono sempre intorno a noi. Sono parte del mondo naturale e, se apriamo le nostre menti e i nostri cuori, sono spesso disposti a comunicare,» spiegò Center.

Perry si accorse solo in quel momento che Rudy Stein non era seduto al tavolo. Era difficile immaginare Stein a una seduta spiritica, ma d'altronde anche lui non avrebbe mai immaginato di potervi prendere parte.

Sospirò e con la coda dell'occhio vide la bocca di Nick contrarsi.

Center proseguì: «E una *séance* non è altro che questo: comunicazione tra il mondo fisico e quello degli spiriti. Questa comunicazione è moderata da un individuo conosciuto come medium. Stasera io agirò in qualità di medium mentre cerchiamo di evocare gli spiriti che ancora si aggirano in questa casa.»

Jane stava sorridendo – raggiante – a Center. Lui seguitò a parlare delle molte *séance* che aveva condotto e di come fossero tutte state ordinarie, regolari e del tutto sicure. Un lavoro giornaliero come tanti. Se il tuo lavoro giornaliero si svolgeva sul piano astrale.

«Come faremo a metterci in contatto con lo spirito dell'uomo nella mia vasca da bagno, se non conosciamo nemmeno il suo nome?» domandò Perry.

«Perry! Non interrompere!» lo ammonì Jane.

«Magari potremmo solo descrivere cosa indossava l'ultima volta che è stato visto,» suggerì Nick, lanciando uno sguardo di sottecchi a Perry.

Perry si rilassò, mordendosi il labbro.

«Comprendo che la tensione possa tradursi in leggerezza,» replicò Center, «ma agli spiriti non piace essere presi in giro. Ora, se posso chiedere a tutti di restare in silenzio mentre aprite i vostri cuori e le vostre menti…»

Nessuno disse nulla. Perry chiuse gli occhi. Riusciva a sentire il respiro veloce di Miss Dembecki accanto a sé. La mano della donna era ancora gelida e stava tremando un po'. Certo, nella stanza *faceva* freddo. La casa era sempre una

154

ghiacciaia. Dall'altra parte – nel senso letterale del termine – c'era la presenza solida e calda di Nick Reno.

Aprì gli occhi. Nick lo guardò. Fece una smorfia. Tutti gli altri presenti al tavolo avevano gli occhi chiusi, le facce contratte per la concentrazione. Perry si morse di nuovo il labbro, frenando una risata fuori luogo. Ma Center aveva ragione, *era* teso.

«Perry,» disse il medium all'improvviso. Il ragazzo sussultò. «Cerca di richiamare alla mentre l'uomo che hai visto. Prova a ricordare il suo viso.»

Perry chiuse gli occhi e poi li riaprì. Era stato più che lieto di dimenticare quella faccia grigio-verde, le strette fessure degli occhi sotto le palpebre semichiuse… Impossibile immaginare che aspetto avesse avuto l'uomo da vivo. Era molto più semplice ricordare il tessuto di quell'orrendo giubbotto a scacchi e quegli sgargianti calzini gialli.

Nella stanza regnava la quiete.

La mente di Perry cominciò a vagare. Non poté farne a meno. Non credeva ai fantasmi e, anche se fossero esistiti, di sicuro non voleva attirare la loro attenzione.

«Ci sei?» domandò delicatamente Center e, per un istante, Perry pensò che si stesse rivolgendo a lui. «Sei lì? Desideri parlare con qualcuno dei presenti?»

Ancora una volta nessuno disse niente, ma il silenzio si fece vivo, tirato.

«Avverto una presenza,» annunciò il medium a un tratto.

Perry passò in rassegna il circolo di facce. Mr. Teagle era molto pallido, il viso che traspirava alla luce delle candele. Jane era concentrata. Mrs. Mac aveva gli occhi aperti. Lo fissava senza alcuna espressione, poi chiuse gli occhi come la Sfinge che si accovacciava perla notte.

«Perché sei venuto? Cosa vuoi dirci? Con chi vuoi parlare?» domandò Center col quel suo timbro basso e ipnotico.

E poi, come in risposta a se stesso, il medium disse con voce alta, acuta e sinistramente femminile: «Shane, dove sei? Perché...»

«*C'è qualcuno nello specchio*,» urlò Miss Dembecki terrorizzata. Gli occhi si spalancarono, le teste si girarono di scatto e tutti si voltarono verso lo specchio appeso sul camino.

Per un momento, tratto in inganno dalle ombre proiettate dai candelabri, anche Perry pensò di scorgere il riflesso di qualcuno incorniciato nello specchio. La figura era indistinta, mutevole...

La mano ghiacciata che stringeva la sua si rilassò di colpo e Miss Dembecki scivolò sul pavimento, svenuta.

***

«Shane! Torna indietro, Shane!» urlò Nick in un ironico falsetto.

Perry accennò un debole sorriso e prese la tazza di cioccolato offertagli dall'uomo.

Dopo l'improvvisa e drammatica conclusione della *séance*, erano tornati nell'appartamento dell'ex marine. Miss Dembecki si era riavuta dallo svenimento in pochi secondi, ma poi era scoppiata in un pianto isterico. Era toccato a Jane e Mrs. Mac calmarla e metterla a letto.

«Sembrava davvero che ci fosse qualcuno nello specchio,» disse Perry mentre Nick si lasciava cadere accanto a lui sul divano.

«Una donna,» convenne l'uomo. «L'ho vista anch'io. Era il riflesso del quadro sulla parete di fronte.»

Perry spalancò la bocca, poi rise. «Che credulone che sono!»

«Nah. Hai solo una mente più aperta e fantasiosa della mia.»

Perry sorseggiò la sua cioccolata. Era bollente. Niente marshmallow, ma gli parve di distinguere un accenno di cannella e senza dubbio l'aroma di qualcosa di alcolico. Whisky? Brandy? «Devi ammettere che è stato un po' inquietante il modo in cui Center ha cambiato voce. Sembrava davvero una donna.»

Nick scrollò le spalle. «È uno dei trucchi del suo mestiere, l'abilità di modulare la voce, di cambiarla.»

«Non credi che...»

«No», rispose l'uomo.

Foster annuì. «Sapevo sarebbe stata una completa perdita di tempo.» Mandò giù un altro sorso di cioccolata.

«Non saprei,» disse Nick, pensieroso. «Mi chiedo cosa stesse facendo Stein mentre noi eravamo radunati il salotto con John Edward[4].»

«Tu cosa pensi che stesse facendo?»

L'uomo scosse la testa.

«A dire il vero, non so perché noi fossimo lì,» commentò Perry. «Eccetto Janie. C'è qualcosa tra lei e Center, questo è ovvio.»

«Sì, sembra abbastanza presa da quel tizio,» concordò Nick. «E Center... Non ci giurerei, ma penso che creda alle sue stesse stronzate.»

«Di sicuro ci crede Miss Dembecki,» disse il ragazzo. «Non stava fingendo. Era spaventata a morte. È caduta a terra priva di sensi.»

Miss Dembecki era pallida e floscia come una bambola di stracci. Non poteva aver finto.

«Già, e anche quello è stato interessante,» osservò Nick. «Soprattutto dopo che mi hai detto di averla ficcanasare nel gazebo. Da quanto tempo vive qui?»

«Anni, credo. Lei, Mr. Teagle e Mrs. Mac sono quelli che stanno qui da più tempo.»

Perry finì la cioccolata e Nick disse: «Prendi il letto stanotte, junior. Hai bisogno di riposare per bene.»

---

[4] Personaggio televisivo americano e medium professionista.

«Sai, non ho dodici anni, Nick,» ribatté il giovane.

«Ehi, se avessi dodici anni ti farei dormire sul divano, quindi goditi il letto stanotte.»

Perry lo osservò con insolita serietà, poi raccolse le sue cose e andò a lavarsi. Quando entrò nel letto di Nick, le lenzuola e le federe avevano il suo odore. Chiuse gli occhi e lasciò che il rumore della pioggia lo spingesse verso una confortevole incoscienza.

***

Nick aspettò fin quando non sentì il suono leggero e regolare del respiro di Perry. Una volta chiusa la porta della camera da letto, prese la sua pistola e uscì in corridoio.

Non c'era anima viva. Le tende si gonfiavano e appiattivano mosse dalle folate di corrente, le piante morte si agitavano nella brezza.

Nick scese le scale senza far rumore; la casa avrebbe potuto essere vuota.

Al secondo piano, tese l'orecchio. Poi si mosse con circospezione. Fermandosi fuori dalla porta di Center, non udì altro che silenzio. C'era il 50% delle probabilità che l'uomo fosse al piano di sotto, da Jane Bridger.

Dall'appartamento di Stein non giungevano luci né suoni.

La porta d'ingresso di Watson era contrassegnata dal nastro giallo che delimitava la scena del crimine, ma nulla gli impediva di usare le chiavi di Perry per entrare.

Stando attento a non fare rumore, si chiuse la porta alle spalle. Il raggio della sua torcia danzò all'interno dell'appartamento deserto, posandosi su una bottiglia mezza vuota di vino sul tavolo da caffè, accanto a un album da disegno: occhi penetranti lo fissavano dalle superfici e dagli angoli di un viso tracciato a matita che somigliava in modo sospetto al suo.

Si spostò in camera da letto. Il bianco chiarore della torcia illuminava disegni di donne in abiti esotici come un riflettore. Le coperte erano scivolate via, l'orologio era sul pavimento accanto al letto. La porta del ripostiglio era spalancata e c'era una sagoma contorta tracciata col nastro adesivo nel punto in cui il corpo di Tiny si era abbattuto scivolando dallo stanzino.

Passando sulla sagoma, Nick fece scorrere leggermente le mani sul fondo del ripostiglio.

Sembrava abbastanza solido. A dispetto della tentazione di far credere a Center che i suoi amici dell'aldilà fossero passati per un saluto, non si azzardò a batterci sopra. Vi appoggiò contro la spalla e spinse.

La parete non cedette, ma Nick percepì una sorta di cavità al di sotto del pannello.

Inginocchiandosi, ne tastò la base e individuò un netto rialzo nelpunto d'incontro tra il pavimento e il muro. Rivolse la torcia sulla giunzione del muro, seguendone la linea e poi facendo scorrere le dita dietro lo scaffale più alto del ripostiglio. Ed eccolo. Un piccolo chiavistello a molla. Lo premette e la porta scattò in avanti di alcuni centimetri, rivelando le oscure fauci dell'entrata a quello che, senza ombra di dubbio, era un passaggio segreto tra gli appartamenti.

Nick lasciò indugiare la luce della torcia su travi e pavimenti grezzi che si perdevano nel buio.

A tentoni, si mise in cerca di qualcosa, trovò una delle scarpe di Watson ed entrò nel passaggio, fermandosi quel tanto che bastava per incastrarla in modo che la porta non si richiudesse.

Puntò la luce davanti a sé: il cunicolo sembrava estendersi all'infinito.

Il passaggio si richiuse con un impercettibile scatto. Nick si voltò. La scarpa impediva alla porta di chiudersi del tutto. Un riquadro di luce colpì il muro, rivelando una lanterna sudicia. Nick si avviò lungo il corridoio e il riquadro di luce si fece sempre più piccolo.

***

Quando Perry si svegliò, non era ancora l'alba. Buio pesto, avrebbe detto Nick. L'orologio segnava le 5:35.

Per qualche istante restò steso lì, sbattendo le palpebre, assonnato, cercando di orientarsi in quell'ambiente estraneo. Ricordava di essere nel letto di Nick… senza Nick, purtroppo.

E qualcosa lo aveva svegliato.

Ed eccolo di nuovo. Perry si mise a sedere. Non stava sognando. Non stava immaginando quel leggero rumore di graffi. Un topo nelle intercapedini di legno? Era più che probabile. L'unico gatto dell'edificio era quello di Jane e, a detta della ragazza, non aveva mai mostrato interesse per qualcosa che non potesse essere aperta con un apriscatole.

Eccolo… non era proprio un rosicchiamento … ma… qualcosa si muoveva al di là del muro.

Perry saltò giù dal letto e corse in soggiorno.

Nella penombra riusciva a intravedere le coperte e il cuscino ripiegati con ordine sul divano. Non c'era traccia di Nick.

Confuso e ancora mezzo addormentato, il ragazzo provò a capire cosa stesse succedendo. Ricordò che Nick era andato a indagare da solo la notte in cui lui aveva trovato l'uomo morto nella vasca. Si mise in cerca delle sue chiavi. Erano sparite.

Imprecò. Che diavolo di problema aveva Nick? Lo avrebbe ucciso chiedere aiuto, o almeno metterlo al corrente dei suoi piani? Per essere un uomo pratico, Reno non stava mostrando molto buonsenso scomparendo senza essere sicuro di avere qualcuno a coprirgli le spalle.

Certo, con ogni probabilità non pensava che Perry fosse in grado di coprirgliele e d'accordo, magari non era un Navy

160

SEAL, ma di sicuro avrebbe saputo come chiamare aiuto se Nick ne avesse avuto bisogno.

Tornò in camera e si mise addosso i jeans, infilò le scarpe da tennis e uscì dall'appartamento dell'ex marine, lasciando la porta aperta in caso non fosse riuscito a trovarlo.

Attraversò il pianerottolo diretto alla sua torretta, magari Nick era lì, ma la porta di casa era chiusa, il che era doppiamente irritante. Non sarebbe potuto entrare nel suo stesso appartamento se avesse voluto.

Perry scese al secondo pianosenza far rumore. Un odore di dolci appena sfornati giungeva dalle stanze di David Center, inondando il corridoio polveroso di un caldo profumo di mirtilli.

Captando un suono dall'ingresso, Perry si sporse dal corrimano in tempo per vedere Mrs. Dembecki che usciva dalla porta principale, furtiva e silenziosa. Prese in considerazione l'idea di seguirla, ma il bisogno di trovare Nick e assicurarsi che stesse bene ebbe la meglio.

Continuò a camminare lungo il corridoio e si soffermò davanti al minaccioso intreccio di strisce di nastro giallo sulla porta di Watson. In qualche modo, sapeva che Nick non sarebbe stato intimidito come lui da quel reticolo ostile.

Provò ad abbassare la maniglia.

La porta si aprì.

Perry si fece largo tra i nastri gialli ed entrò. Era difficile vedere nell'oscurità – le imposte serrate contro la luce del mattino – e in giro c'era ancora l'odore delle strane sostanze chimiche usate dagli agenti della scientifica.

«Nick?» chiamò piano.

Non ci fu risposta. Non che se ne fosse davvero aspettata una. Guardandosi intorno, si bloccò alla vista del suo album da disegno… e dello schizzo approssimativo del viso di Nick. Gli agenti dovevano aver frugato tra le sue cose. Sperava che almeno Nick non lo avesse notato. Sarebbe stato ancor più in imbarazzo di quanto non fosse già.

Si diresse in camera da letto e accese la luce, convinto che con le imposte chiuse nessuno si sarebbe accorto della sua presenza. La porta del ripostiglio era aperta.

C'era qualcosa di strano...

Dapprima Perry pensò che l'asta appendiabiti si fosse rotta, ma poi si rese conto che si trattava di un'illusione ottica dovuta allo strano modo in cui le ombre cadevano dall'interno del compartimento. La parete di fondo sembrava fuori asse.

Con cautela, lo sguardo che esitava sulla sagoma di nastro adesivo che segnava il punto in cui era caduto Tiny, entrò nel ripostiglio. Sì, la parete di fondo altro non era che una porta. E anche piuttosto solida. Ne saggiò il margine: legno massello spesso dieci centimetri. Qualcosa la teneva aperta. Il suo sguardo cadde sulla scarpa incastrata tra il muro la porta e il suo cuore si fermò.

Pelle marrone di scarsa qualità e un buco sulla suola. Era la scarpa che aveva addosso il cadavere nella sua vasca da bagno.

Il cuore riprese a battere in una combinazione di eccitazione e paura.

Proprio come aveva pensato – beh, suggerito – c'era un passaggio segreto all'interno della casa.

Perry spinse il pannello sul fondo del ripostiglio, attento a non spostare la scarpa che lo teneva aperto. Trovandosi di fronte a quel che sembrava un muro di oscurità, si fermò. Gli serviva una torcia.

Ne aveva vista una da qualche parte nell'appartamento di Watson...

Si chinò per passare sotto ai vestiti che odoravano ancora del tabacco e del dopobarba del loro proprietario e si guardò intorno finché, dall'altra parte del letto, non individuò una pesante torcia elettrica che aveva tutta l'aria di fare al caso suo.

Facendosi coraggio, tornò nel ripostiglio e spalancò l'apertura, curvandosi quel tanto che bastava a rimettere la scarpa al suo posto. Accese la torcia.

Lunghe ragnatele pendevano dalle travi. La polvere ammantava tutto in una coltre di velluto grigio. Per questo vide subito lo sciame di impronte che si addentravano nel buio.

Fantastico. Freddo, umido e polvere. Il triumvirato dell'asma. Tirò fuori il suo fazzoletto e si coprì la bocca. Per sentirsi più sicuro, diede un colpetto alla tasca dove teneva l'inalatore. Era tutto a posto. Poteva farcela.

Puntando la torcia verso il lungo corridoio, Perry cominciò a seguire le impronte sul tappeto di polvere.

Ogni tanto un'asse scricchiolava sotto i suoi passi leggeri. Era infelicemente consapevole che lui e Nick potevano non essere gli unici ad aggirarsi nelle viscere del palazzo. Di certo adesso sapeva come aveva fatto il corpo dell'uomo morto ad arrivare alla sua vasca. Qualcuno stava usando la rete di tunnel e passaggi come via di trasporto personale.

E se Nick si fosse imbattuto in quel qualcuno? Il fatto che fosse stato via tutta la notte non era un buon segno.

Mentre camminava, Perry cercò di memorizzare dei punti di riferimento, in caso non fosse riuscito a trovare la via del ritorno. Diventò presto evidente che gli stretti cunicoli si snodavano all'interno della casa come la tana di un coniglio. Quanto erano antichi? Sembrava che alcuni tratti dei passaggi fossero più battuti di altri, indicando che alcune delle prime sezioni avrebbero potuto far parte della struttura iniziale, mentre le aggiunte più recenti potevano essere state realizzate nel corso dei vari ampliamenti apportati alla fattoria, o persino all'epoca della grande ristrutturazione voluta da Henry Alston. Di sicuro quei tunnel sarebbero tornati utili per le feste degli Alston.

Generazioni di cunicoli... chi all'Alston Estate sapeva della loro esistenza? Mrs. Mac? La donna amministrava la pensione da anni ormai. Mr. Teagle era imparentato con gli attuali proprietari dell'edificio. Ma questi ultimi erano al corrente della presenza dei passaggi? Di sicuro al momento dell'ultima ristrutturazione – quando l'allocazione delle stanze era stata rivista per creare gli appartamenti – gli operai dovevano essersi accorti di tutti quei cunicoli e gallerie e averne fatto cenno.

Ma se Mr. Teagle e Mrs. Mac sapevano dei passaggi, avevano fatto finta di nulla.

All'improvviso Perry si trovò in un vicolo cieco.

Puntò la luce sui pannelli di legno grezzo. Ed eccolo lì. Un piccolo chiavistello in cima alla porta. Lo premette. La porta scattò all'indietro, rischiando di colpirlo. Intravide una fila di camice di seta e giacche di tweed allineate come soldati. Il ripostiglio di David Center.

In qualche modo aveva girato in tondo. Forse era questo che Nick aveva fatto per tutta la notte.

Perry pigiò di nuovo il lucchetto, richiudendo velocemente la porta e tornando sui suoi passi.

Stavolta prestò maggiore attenzione al senso in cui si stava muovendo, riconoscendo il fascio di luce proveniente dell'appartamento di Watson, oltrepassandolo e continuando a camminare per circa cinque minuti prima di trovarsi di fronte a una scala di legno. Il tunnel si era ristretto in modo considerevole, quindi c'era spazio solo per i gradini che scendevano ripidi verso il nulla.

Li percorse con cautela, contando – erano cinquanta –, poi c'era una curva e un altro angusto cunicolo – una distesa in piano con un pavimento in pietra che percorse senza problemi –, e poi altri gradini che portavano a un altro passaggio sormontato da travi, identico a quello del secondo piano.

Faceva molto più freddo laggiù. Aveva l'impressione di essere finito fuori dalla casa, sotto terra magari. Se era ancora all'interno dell'edificio, non aveva idea di dove si trovasse, ma riteneva di essere in grado di tornare indietro.

Un rumore di passi giunse da qualche parte davanti a lui. Capì che qualcuno si stava muovendo nella sua direzione. Il suo cuore si fece più leggero, pensando si trattasse di Nick, ma poi l'istinto lo trattenne. Spense la torcia e si mise in ascolto.

L'andatura di Nick sarebbe stata così spedita e sicura?

I passi si fermarono e Perry udì un altro rumore... un bussare... no... un tamburellare. La persona davanti a lui stava saggiando i pannelli in cerca di qualcosa. Un'altra porta. Un nascondiglio?

Di qualsiasi cosa si trattasse, offrì a Perry l'occasione di battere in ritirata. Chiunque stesse usando quei tunnel con ogni probabilità aveva già ucciso due persone per proteggere il suo segreto.

Cercando di essere il più silenzioso possibile, cercò a tentoni la strada del ritorno, ripercorrendo mentalmente i propri passi. A quell'incrocio aveva girato a destra... quindi a sinistra ...

Continuò ad avanzare con cautela finché il tamburellare alle sue spalle non si spense.

Arrivato ai gradini, salì piano, una mano tesa per orientarsi, l'altra stretta intorno alla torcia che avrebbe usato come arma se fosse stato necessario.

Inaspettatamente, giunto in cima alle scale, la sua mano brancolante toccò dei vestiti e poi pelle. Una luce folgorante lo colpì agli occhi, accecandolo per un attimo. Alzò la mano in un gesto istintivo, solo per essere afferrato e spinto giù dai gradini.

Ma la rampa era così stretta che il suo groviglio di gambe e braccia riuscì a frenare la caduta. Avvertendo il pesante scalpiccio che lo accompagnava, Perry si affrettò, e in parte strisciò e in parte scivolò giù per il resto delle scale. Giunto in fondo, balzò in piedi e si lanciò a perdifiato lungo il passaggio finendo con l'andare a sbattere con un'altra solida creatura vivente.

Urlò.

Delle mani si strinsero sulle sue spalle.

«Perry, sono io!» La voce di Nick penetrò attraverso la cortina di panico e Perry smise di lottare. *Era* Nick. Come la risposta a una preghiera. Era forza e calore e sicurezza e tutto quello che aveva sempre desiderato nella forma di un essere umano.

Le braccia di Perry si strinsero intorno all'uomo. «*Nick.*»

«Cosa c'è che non va?»

Qualcosa non andava, questo era fottutamente certo. Perry mormorò una serie infinita di parole soffocate contro la spalla di Nick.

«Cosa? Che accidenti ci fai qui sotto?» Dopo un istante di esitazione, Nick abbracciò Perry. «Shh.» Le sue labbra sfiorarono l'orecchio del ragazzo. Era piccolo, dalla forma delicata. Gli ricordava… cosa? Una conchiglia? Una voluta? Ed era freddo. Perry tremava come una foglia... e perché diavolo anche stavolta non aveva addosso la giacca?

«Ha cercato di uccidermi,» sussurrò il giovane contro il suo collo.

Nick si paralizzò. «Chi?»

«Non l'ho visto. Non sono riuscito a capirlo. Mi ha puntato la torcia in faccia e poi mi ha spinto giù dalle scale.»

L'uomo stava prendendo nota delle informazioni in fretta, preparandosi all'attacco anche mentre diceva: «Gesù. Sei ferito?» Preoccupato, fece scorrere le mani lungo il corpo tremante del giovane.

Perry scosse la testa. «Ho fatto cadere la torcia. E il mio fazzoletto.»

«Il tuo...» Nick lasciò perdere. Il ragazzo era cosciente e si muoveva, quindi doveva star bene. Era solo scosso. Anche lui era scosso... e furioso. Il pensiero che quel bastardo assassino avesse cercato di fare del male a Foster gli faceva venire voglia di uccidere. «Se non sei ferito, cerca di star calmo,» disse in tono brusco. Ma prima di liberare Perry dall'abbraccio, allontanarsi ed estrarre la pistola, cedette per un istante alla tentazione di poggiare la guancia sui suoi capelli morbidi e scompigliati. «Resta dietro di me.»

«E se ci stesse aspettando?» obiettò Perry.

«Bene,» rispose l'ex marine, cupo. «Perché sto andando a prenderlo.» Ne aveva avuto abbastanza di quel viscido topo di fogna che si rintanava nelle intercapedini ogni volta che gli andavano vicino.

Si diresse verso le scale, muovendosi senza far rumore, tenendosi il più possibile accostato al muro. La sua vista al buio era molto buona, ma lì sotto sembrava di essere in una caverna e tutti i suoi sensi stavano lavorando per tenerlo al sicuro.

Un tempo dovevano esserci state delle lanterne appese alle pareti, qualcuna c'era ancora, ma non venivano toccate da anni.

La sua attenzione era rivolata alla preda, ma era consapevole della presenza di Perry che lo seguiva come un'ombra. Il respiro del ragazzo aveva quel suono rapido e affaticato e, ancor prima di aver raggiunto la scala e di averla trovata deserta, Nick capì di dover abbandonare la missione e portare Foster al caldo e al sicuro.

«Sta' qui.» Prese Perry per un braccio, spostandolo di lato, al riparo, prima di accendere la sua torcia elettrica. Fece scorrere il fascio di luce intorno a sé.

La torcia di Perry era ai piedi della scala. Il raggio di quella di Nick danzò sui gradini; il fazzoletto bianco del ragazzo era in cima. Non c'erano tracce di un'altra persona.

167

Chiunque fosse il nemico, l'idea di essere scoperto doveva preoccuparlo molto più di quanto non preoccupasse loro. Probabilmente era già corso nel suo appartamento e stava facendo del suo meglio per assicurarsi che nessuno in casa sospettasse che era stato in giro per passaggi segreti a spingere la gente giù dalle scale.

Oppure li stava aspettando qualche metro più avanti.

Se Nick fosse stato da solo non avrebbe avuto dubbi sul da farsi, ma non poteva mettere a repentaglio la sicurezza di Perry.

Recuperò la torcia di Foster. «Avanti,» sussurrò e guidò Perry nella direzione da cui arano arrivati.

«Che succede?» domandò il giovane, e Nick provò una sorta di oscuro piacere nel sentire che il suo tono era calmo. In allerta, ma calmo. In parte aveva a che fare con la fiducia che il ragazzo aveva in lui, ma in parte era merito dello stesso Perry. Non era tagliato per situazioni come quella, eppure non stava crollando.

«Penso ci sa una via d'uscita laggiù. Stavo cercando di trovare il chiavistello quando ti ho sentito.»

Tornarono sui loro passi fin quando non raggiunsero il posto in cui Nick stava armeggiando poco prima. Fece scorrere la luce sulla parete.

«La senti questa corrente?» bisbigliò l'uomo. «C'è uno spiffero che viene da qui.»

Perry emise un mormorio d'assenso.

Nick passò le dita lungo sulla sommità del pannello, ma non trovò nessun chiavistello.

«Eccolo,» disse all'improvviso Perry, indicando in basso.

Ai piedi del pannello c'era un chiavistello dall'aspetto ancor più antico.

«Hai notato che tutti questi aggeggi sono stati puliti e oliati?» chiese Nick da sopra la spalla.

«Sì,» rispose il ragazzo. «Qualcuno sta usando questi tunnel con regolarità.»

Nick agitò il chiavistello, pressò, e la porta si aprì verso l'esterno.

Si trovarono di fronte una pozza d'acqua all'interno di quello che sembrava un fienile diroccato. Le assi del tetto sopra di loro erano rotte. La luce grigia del mattino tracciava pallidi rettangoli sull'acqua immobile e scura. Alcuni larghi massi emergevano dalla superficie. La brina imbiancava il terreno intorno alla pozza.

«Siamo nella vecchia ghiacciaia,» disse Perry. Poi il respiro gli si mozzò in gola.

Nick si girò a guardarlo e seguì la direzione dei suoi occhi terrorizzati. Gli ci volle un istante per mettere a fuoco la lunga, pallida sagoma che luccicava nell'acqua.

Un uomo giaceva a faccia in giù nel pantano. Aveva i capelli bagnati e impastati di fango, indossava un sudicio giubbotto sportivo a quadri gialli e marroni. Senza scarpe, i suoi piedi galleggiavano dolcemente nei loro sgargianti calzini gialli.

Capitolo 11

«Forse adesso qualcuno mi crederà,» commentò Perry con estrema calma.

«Questo dovrebbe bastare,» concordò Nick. Mise una mano sulla spalla del ragazzo, guidandolo verso uno dei massi sul bordo dell'acqua. «Sta' qui, vado a chiamare la polizia.»

Perry, che era sul punto di sedersi, balzò di nuovo in piedi. «Non voglio restare qui!»

Nick fece appello a tutta la sua pazienza. «Uno di noi deve restare. Vuoi correre il rischio di imbatterti nel tuo amichetto del tunnel?»

Il giovane si strinse nelle braccia, un'espressione di sfida sul viso. «Potrebbe anche arrivare mentre stai chiamando lo sceriffo.»

L'ex marine gli passò la sua pistola. «Ecco, per sicurezza. La punti e premi finché il tipo non smette di muoversi. Punta al centro del torace.»

Perry prese l'arma senza guardarla. «Perché deve per forza restare qualcuno?»

«Perché quel corpo è già scomparso una volta.»

«Lascia che scompaia. Non me ne importa più niente!» La voce del ragazzo vacillò.

Nick non si fece impietosire. «Foster, piantala. Qualcuno deve restare. Non ho tempo per discutere con te.»

Quel tono glaciale ebbe l'effetto di uno schiaffo. Perry lo fissò per qualche istante, poi annuì una sola volta, teso.

L'uomo si girò, dirigendosi a grandi falcate verso la grande porta di legno della ghiacciaia, e la spinse. Cedette di qualche centimetro, ma poi tornò indietro. Nick imprecò.

«Sarà chiusa a chiave,» lo informò Perry, laconico. Si accomodò sul masso e rimase a osservare con aria tetra il corpo nell'acqua.

Nick annuì, tornando indietro. Guardò il ragazzo e annunciò: «Non ci metterò molto.»

Perry gli rivolse una lunga occhiata ostile.

L'uomo gli voltò le spalle e oltrepassò il pannello aperto del passaggio segreto.

Una volta che il fruscio dei passi fu svanito, calò il silenzio.

Perry si raggomitolò su se stesso per proteggersi dal freddo. Il suo respiro restava sospeso nella luce soffusa. Avrebbe dovuto indossare una giacca, certo, o almeno una felpa, ma non aveva messo in conto una situazione del genere.

I minuti passavano. Provò a guardare tutto fuorché il corpo nell'acqua, ma i suoi occhi continuavano a posarsi su quello. Non aveva mai visto un cadavere prima di stabilirsi all'Alston Estate. Ora ne aveva visti due in una settimana.

E meno di un'ora prima qualcuno aveva tentato di ucciderlo.

Certo, una caduta dalle scale non doveva per forza ucciderlo, ma di sicuro c'era stato l'intento di infliggergli un serio danno fisico… l'aveva sentito.

Adesso avvertiva una costrizione al petto e un principio di tosse. Prese il suo inalatore e aspirò, facendo un paio di respiri incerti. Stava bene, davvero, era solo arrabbiato con Nick per averlo lasciato lì. Era abbastanza sicuro che l'uomo che lo aveva attaccato nel tunnel fosse andato via da un pezzo.

Provò a riflettere su eventuali indizi che potessero dargli un'idea dell'identità del suo aggressore. Chiudendo gli occhi, tentò di ricordare quei terribili istanti. La luce negli occhi lo aveva accecato, ma quando l'uomo lo aveva afferrato… Perry aveva avuto l'impressione che fosse più alto di lui, di sicuro più robusto. Aveva avvertito anche un non so che di morbido, però. Quando aveva agguantato l'altro per evitare la caduta, aveva stretto qualcosa di soffice, flaccido... molto diverso da quello che avrebbe sentito se avesse afferrato qualcuno come Nick, che era slanciato e muscoloso. Center era alto e magro e il suo aggressore era tutt'altro che magro.

C'era anche dell'altro... Odore di tabacco? Non ne era sicuro. Era stata un'impressione così fugace.

Quanto erano lontani dalla casa padronale? Abbastanza da non permettere a nessuno di sentirlo se avesse gridato aiuto.

Il freddo e l'oscurità della ghiacciaia cominciarono a opprimerlo, il leggero gorgoglio dell'acqua somigliava al respiro di un moribondo. Cominciò a girargli la testa e immaginò di svenire, scivolare dal suo sedile di roccia e affogare nella pozza. Quando Nick sarebbe tornato con lo sceriffo, avrebbero trovato due cadaveri... e gli sarebbe servito da lezione.

Dieci minuti dopo, la catena della porta di legno della ghiacciaia cominciò a tintinnare.

Perry si alzò, mise da parte l'inalatore e afferrò la pistola, preparandosi a... non aveva la più pallida di cosa.

La porta si aprì e Nick era lì, nel tenue chiarore del sole mattutino. «Tutto bene?» disse.

«Dov'è lo sceriffo?» chiese Perry, abbassando l'arma. Stava cominciando a battere i denti.

Nick fece il giro intorno allo specchio d'acqua. «Pensavo avresti preferito che non aspettassi il suo arrivo.» Si sfilò la giacca e la passò a Foster, che la prese con gratitudine, restituendogli la pistola. «Perché non ti sei messo addosso una felpa? Sei folle, ragazzino?»

«Non credevo che...» Lottò per entrare nella giacca con le mani intorpidite dal freddo.

Nick infilò la MK23 alla cintola, dietro la schiena. «Vieni qui, tira su la cerniera.» Andò dal ragazzo, scostò le sue dita e chiuse la lampo. «Devi preservare il calore corporeo.»

Perry annuì. Sentiva una stretta e un fastidio ai polmoni. Più tempo passava in quel freddo umido, più gli era difficile respirare, però non aveva intenzione di dirlo a Nick.

Ma forse l'uomo aveva già capito, perché lo stava guardando negli occhi con espressione seria. Le sue mani erano un peso caldo sulle sue spalle e, solo per un istante, le strinsero più forte e Perry pensò che Nick lo avrebbe baciato.

Invece, lo lasciò andare, girandosi dall'altra parte.

«E comunque non sono un ragazzino,» disse Perry d'un fiato.

«Cosa?»

«Hai detto "Sei folle, ragazzino?", ma non sono un ragazzino. È quanto è stato folle uscire ieri notte senza dirmi – senza dire a nessuno – cosa stavi andando a fare?»

«Come mi hai trovato?» chiese Nick, senza rispondere alla domanda del giovane. Perry glielo spiegò e lui disse: «Niente male.»

«Oh, Dio, grazie. Ma visto che ti ho trovato per caso, non credo che valga. E comunque, Philip Marlowe, la scarpa che hai usato per tenere aperta la porta era quella che c'era nella mia stanza. Quella che portava *lui*,» concluse Foster con un cenno del capo in direzione del corpo che galleggiava nell'acqua.

«Mi prendi per il culo?» La mortificazione nella voce di Nick fu in qualche modo di conforto.

«Oh, non prendertela a male, in fondo l'avevi vista solo una volta,» disse Perry con gentilezza.

Certo, anche Foster l'aveva vista una sola volta. Nick aprì la bocca, incrociò lo sguardo del giovane e grugnì. «Sapientone.»

Perry si sentì un po' meglio.

Agli agenti dell'ufficio dello sceriffo occorse mezz'ora per fare la sua comparsa. Arrivarono con in numero sufficiente a trarre in arresto Bonny e Clyde, uomini in divisa che si riversavano nell'edificio diroccato, urlandosi direttive a vicenda e poi revocandole con altre direttive.

Perry e Nick vennero scortati fuori e interrogati, ammesso che quello potesse essere definito un interrogatorio. Lo sceriffo Butler, avendo preso sotto gamba il primo ritrovamento del corpo e non avendo notato la porta segreta nel ripostiglio in cui era stato rivenuto un altro uomo morto, era sulla difensiva. «Sei sicuro di non conoscere la vittima?» chiese a Perry per la terza volta.

«Non lo conosco. Non l'ho mai visto prima che sbucasse nella mia vasca da bagno.»

«Perché credi che abbiano scelto la *tua* vasca?»

«Perché avrei dovuto essere fuori città,» spiegò il ragazzo, paziente.

Butler doveva aver dimenticato quel piccolo particolare e l'irritazione per quella svista fu evidente dal modo aspro in cui ordinò a Nick di mostrargli l'ingresso al passaggio segreto.

L'ex marine ricondusse lo sceriffo all'interno della ghiacciaia e Butler e i suoi uomini si riversarono nel tunnel per indagare.

«Andiamo,» disse Nick a Perry, tornando fuori.

Il sole stava facendo il valoroso tentativo di diffondere un flebile accenno di calore sul cortile fangoso. Un usignolo maggiore – attardatosi a migrare per l'inverno – cantava dolcemente dal folto di un roveto.

Perry e Nick s'incamminarono verso casa.

«Dovrebbe essere tutto finito, non credi?» domandò il ragazzo senza troppa convinzione.

Nick manifestò la sua perplessità. «Cosa te lo fa pensare?»

«Beh, chiunque sia questo pazzo, dovrà arrendersi adesso.»

«Non credo si arrenderà. Ha già ucciso due persone.»

«Ma ora che tutti sanno dei tunnel... ora che lo sceriffo sa...»

«Detesto fare il guastafeste, ma è probabile che i poliziotti comincino a sospettare di te.»

«Di me?»

«Chi ritrova dei corpi è sempre nella lista dei sospetti.»

«Perché mai?»

«Perché fingere di trovare il corpo di qualcuno dopo averlo ucciso è uno dei trucchi più vecchi del mondo.»

Perry non disse nulla, corrugando la fronte mentre rifletteva su quelle parole.

«Prova a guardarla dal punto di vista del dipartimento dello sceriffo,» disse Nick. «Ci sono un mucchio di coincidenze sospette. Tanto per cominciare, il tizio morto è comparso la prima volta nel tuo appartamento...»

«Ma nessuno mi ha creduto.»

«Poi trovi Tiny. E praticamente muore tra le tue braccia.»

«Ma qualcuno gli aveva sparato ore prima. Forse addirittura il giorno prima.»

«Nessuno lo ha più visto dopo che ha fatto entrare te nell'appartamento di Watson.»

«Ma tu eri con me.»

Nick scrollò le spalle.

«Perché avrei dovuto uccidere Tiny? Perché avrei dovuto uccidere qualcuno? Non ho un movente. Né una pistola.»

«Il movente è secondario. Le prime cose che i poliziotti prendono in considerazione sono i mezzi e le opportunità.»

«Non ha alcun senso. Il movente è l'elemento più importante. Non ho nessuna *ragione* per volere qualcuno morto.»

«Il movente è troppo soggettivo,» spiegò l'ex marine con calma. «Quello che qualcuno potrebbe considerare un buon motivo per uccidere, potrebbe non avere il minimo senso per un altro. Ci sono persone che uccidono perché non vogliono perdere la custodia dei propri figli, o perché non vogliono dividere il proprio patrimonio, o finire in prigione per appropriazione indebita, o perché vengono colte in fragrante mentre derubano una casa, o perché desiderano la moglie di qualcun altro... o la macchina.»

Perry si morse il labbro. «Pensi davvero che io sia un sospetto?»

Nick lo guardò. Il profilo del giovane era insolitamente duro. «Solo se sono dei completi idioti... ma non ho prove a sostegno del contrario.»

Perry annuì, l'espressione stanca, e Nick pensò: *Oh, al diavolo!* Gli mise un braccio intorno alle spalle e gli diede un abbraccio forte e veloce.

Il sorriso con cui il ragazzo ricambiò quel gesto gli tolse quasi il respiro. Ma la domanda successiva fu abbastanza frivola: «Quanto pensi che varrebbero adesso quei gioielli?»

Nick scosse la testa. «Se già allora costituivano una piccola fortuna, oggi varranno un vero e proprio capitale. Quella roba si rivaluta di continuo. Questo partendo dal presupposto che, ovunque sia stato nascosto, il bottino sia ancora intatto.»

Perry era sicuro che Nick stesse pensando che i gioielli avrebbero potuto essere in fondo alla pozza della ghiacciaia... o sparsi tra il giardino e i boschi. Tutto era possibile.

***

Tornarono all'appartamento di Nick e l'uomo andò subito in cucina a preparare la colazione.

«Va bene se faccio una doccia?» chiese Perry. Aveva ancora quella fastidiosa costrizione al petto, ma non voleva usare l'inalatore troppo spesso: non poteva permettersi di comprarne un altro a breve e gli erano rimasti circa cinquanta spruzzi. Considerato come si stavano mettendo le cose, gli sarebbero tornati utili nei due giorni successivi.

«Fai pure.»

Il vapore fu d'aiuto, o forse era solo merito del confortante calore dell'acqua. Sentendosi un po' in colpa, Perry si attardò più di quanto avrebbe dovuto, usando tutta l'acqua calda del padrone di casa, ma quando uscì dal bagno in una nuvola di vapore, nonostante fosse esausto, stava molto meglio.

Fecero colazione: pancake quella mattina, ricoperti di vero burro e del ricco sciroppo d'acero per cui il Vermont era meritatamente famoso.

Parlarono del più e del meno e poi Nick disse: «Credo che mi ritirerò in branda. Tu perché non torni a letto per un po'?»

Perry aprì la bocca per suggerirgli che, se voleva tenerlo d'occhio, avrebbero anche potuto dividere il letto – il veloce abbraccio di prima e il modo in cui aveva sorpreso l'uomo a fissarlo di recente, lo avevano indotto a sperare che Nick potesse essere più ricettivo di quanto non avesse pensato all'inizio –, ma l'ex marine aveva di nuovo la sua espressione da duro, la mente altrove, e lui non era sicuro di essere pronto per quel particolare tipo di rifiuto.

Si rese conto di essere riuscito a far passare ventiquattro ore senza pensare a Marcel. Ma se l'antidoto a Marcel era Nick, la cura rischiava di rivelarsi peggiore della malattia.

Perry dormì male – non era mai stato tipo da schiacciare pisolini o sonnecchiare durante il giorno – e si risvegliò da un sogno in cui era di nuovo nel passaggio segreto con quella luce accecante negli occhi. Solo che stavolta la luce fu seguita da un colpo d'arma da fuoco.

Scattò a sedere.

Alzatosi dal letto, andò in soggiorno. Nick era avvolto nella coperta. Il suo viso era dolce ed enigmatico nel sonno. Aveva le braccia incrociate sul petto: composto come uno di quegli antichi faraoni egizi pronti per il sonno eterno. Perry lo studiò incuriosito.

Gli occhi dell'uomo si aprirono di colpo e, prima ancora di rendersi conto che la persona davanti a lui era Forster, aveva già estratto la pistola da sotto il cuscino. «Che stai facendo?» chiese, abbassando l'arma.

Sentendosi un idiota, il ragazzo farfugliò: «Stavo solo controllando se fossi sveglio.»

«La prossima volta prova con "Ehi, Nick, sei sveglio?" Ridurresti le probabilità di trovarti con un buco in fronte.» A dispetto del suo brontolare, però, Nick non sembrava davvero infastidito. Fece un grosso sbadiglio e si mise seduto. Perry era ancora lì in piedi, a disagio. «Non riuscivi a dormire?» gli domandò.

«Non dormo durante il giorno, a meno che non sia malato.»

«Okay. Beh...» Nick sbadigliò di nuovo e si diede una scrollata. «Perché non andiamo fuori prima che ricominci a piovere e facciamo un po' di tiro al bersaglio?»

«Cosa?»

Gli occhi blu dell'ex marine incontrarono quelli del ragazzo. «Voglio che tu sia in grado di difenderti, se necessario.»

Perry s'irrigidì all'istante: l'uomo cominciava a riconoscere i segni. «E da cosa? Da Miss Dembecki? Non credo mi troverò nel bel mezzo di uno scontro a fuoco in questa casa.»

Nick si liberò dalla coperta con uno di quei suoi movimenti rapidi. «Ascolta, sono state uccise due persone. Cosa pensi di fare se questo bastardo tentasse di nuovo di farti la festa? Avrebbe già potuto...» Fu interrotto da qualcuno che bussava alla porta. «Un attimo,» disse e andò ad aprire.

Sulla soglia c'era Mr. Teagle, l'aria imbarazzata. «Stavo cercando...» Scorgendo Perry, si fermò. «Oh, eccoti, figliolo. Ero preoccupato per te. Nessuno aveva idea di dove fossi.»

«Sta da me per adesso,» intervenne Nick.

Mr. Teagle sembrò ancora più a disagio... e deluso. Invece di rispondere all'ex marine, disse a Perry: «Potrei parlarti in privato, figliolo?»

Il ragazzo, sentendosi pressato da tutti i lati, riuscì a trattenere un sospiro, cosa che non fece Nick quando si spostò per lasciarlo uscire in corridoio con Mr. Teagle, richiudendo la porta alle loro spalle con educazione e una certa enfasi.

Perry cercò di dissimulare il proprio fastidio. «Cosa c'è che non va, Mr. Teagle?» chiese con cortesia, sprofondando le mani nelle tasche.

L'uomo si schiarì la gola, un suono tutt'altro che affascinante. «Sono solo turbato dalla tua attuale sistemazione, Perry,» spiegò in tono serio, puntando gli occhiali bordati di corno sul ragazzo. «Cosa sai di questo Reno? Negli ultimi tempi sono successe cose molto strane in questa casa.»

Di tutto quello che Perry si era aspettato... «Nick non è responsabile di nessuna delle stranezze che sono successe,» assicurò a Mr. Teagle, la voce stanca. «È cominciato tutto ben prima che Nick arrivasse.»

«Come fai a dirlo? Ci sono stati *due* omicidi da quando quel giovanotto è arrivato. Non ci vuole certo un genio per capire che c'è qualcosa sotto.»

Per un istante, Perry fu colto di sorpresa da quel commento. Non era ovvio che ci fosse qualcosa sotto a ogni morte violenta? «Sono convinto che qualunque cosa stia accadendo in questa casa, sia cominciata molto prima dell'arrivo di Nick,» affermò.

Mr. Teagle si umettò le labbra. «Sei troppo ingenuo, Perry,» replicò con una certa severità. «Mi sento responsabile con i tuoi genitori così lontani. Voglio che tu venga a stare da me finché non si sarà sistemato tutto. Ho un brutto presentimento su quel giovanotto.»

Perry avvertì un irrazionale impeto di rabbia. Irrazionale perché Nick avrebbe semplicemente riso di tutte quelle stronzate; non aveva bisogno che lui prendesse le sue difese. Anzi, per quanto ne sapeva, Nick avrebbe anche potuto essere contento di rifilarlo a Mr. Teagle.

«La ringrazio, Mr. Teagle, ma mi sento completamente al sicuro con Nick. È già tutto sistemato.» Il che non voleva dire nulla, ma Mr. Teagle arrossì.

«Non credo che tu conosca gli uomini di quel genere,» insistette il vicino con impacciata urgenza. «Vanno a caccia di ragazzini come te. Si… approfittano di loro. Non hanno alcun rispetto per l'innocenza.»

Perry fu sul punto di fargli notare che a ventitré anni non era certo un ragazzino, ma vedendo l'espressione tirata di Mr. Teagle, cominciò a capire. «Grazie per la preoccupazione, ma non è necessaria,» mormorò, imbarazzato. Avrebbe voluto scuotere l'uomo e dirgli che non era così innocente, ma purtroppo non era vero. E le intenzioni di Mr. Teagle erano buone. Forse non era nemmeno conscio delle sue reali motivazioni.

Spinto da un istinto che non ebbe il tempo di analizzare, aggiunse: «Mr. Teagle, lei sapeva tutto dei passaggi segreti di questa casa, vero? Lo sapeva da anni.»

Mr. Teagle diventò del colore delle sue lentiggini e poi sbiancò.

Che diavolo…? E fu allora che Perry capì. Tutte le volte in cui aveva avuto la sgradevole sensazione di essere osservato, di non essere solo…

Esterrefatto, rimase a fissare Mr. Teagle. Non c'era modo di nascondere lo shock e lo sgomento, e l'anziano vicino si affrettò a pigolare: «Non è così, non è affatto come pensi! Ho la responsabilità di controllare cosa succede in questa casa. Tutto qui.»

«Mi stava s-spiando!» balbettò il giovane.

Mr. Teagle blaterò qualcos'altro sull'immaginazione di Perry e sul suo obbligo di assicurarsi che le persone si comportassero bene, ma il ragazzo non sentì nulla perché nel frattempo era rientrato nell'appartamento di Nick sbattendo la porta.

Nick era in cucina a sorseggiare il suo caffè quando sentì il colpo. Un istante dopo, Perry lo raggiunse. Un'occhiata alla sua faccia e Nick fu certo di avere ancora il suo compagno di branda. Non ebbe modo di soffermarsi sul piacere datogli da quella consapevolezza, perché si accorse che il ragazzo era alquanto pallido. «Che cosa c'è? Che ti ha detto?» In men che non si dica, fu in piedi, pronto a dare battaglia: un'altra sensazione che non si azzardò ad analizzare con troppa attenzione.

«Mi spiava,» disse Perry, il tono autenticamente turbato. «Sapeva dei passaggi nascosti e li usava per controllare tutti noi. È una specie di guardone.»

«Te lo ha detto lui? Ha ammesso di aver ucciso...»

Se Teagle fosse stato il loro assassino... Nick valutò l'ipotesi in modo oggettivo. L'anziano signore era a conoscenza dei tunnel. Non era in gran forma e non avrebbe potuto trascinare una persona delle dimensioni di Tiny o di quelle del cadavere dello sconosciuto nella ghiacciaia, ma non sarebbe stato necessario dal momento che sapeva come giocare a Scale e Serpenti[5] in giro per casa. In più era imparentato con la famiglia che possedeva l'Alston Estate, il che voleva dire che c'erano buone probabilità che sapesse degli zaffiri degli Alston e di Shane Moran.

Senza contare che era un pervertito.

Ma Perry stava scuotendo la testa. «No. Niente del genere. Ha solo ammesso di sapere dei passaggi. Mi ha

---

[5] In originale Chute and Ladders, è un tradizionale gioco da tavola inglese simile al Gioco dell'Oca.

raccontato una stronzata sul fatto che fosse suo dovere tenere d'occhio tutti... ma... *Nick*!»

Quel tono d'infantile protesta colpì l'uomo ben più di quanto avrebbe fatto una sacrosanta indignazione. «Non preoccuparti, parlerò io con lui,» assicurò, risoluto, avviandosi alla porta. «Questo schifo finisce seduta stante. E quando avrò terminato con lui, potrà spiegare alla polizia cosa ci faceva in giro...»

Ma Perry lo trattenne per un braccio e, per qualche motivo, Nick non riuscì ad allontanarsi da lui. Invece, ricambiò la stretta del ragazzo, accogliendolo in un abbraccio un po' rigido.

«Lo sapevo,» disse il giovane. «Sapevo che c'era qualcosa di strano. A volte lo sentivo mentre mi spogliavo o...» gemette, «mi masturbavo.»

L'immagine evocata da quelle parole provocò una reazione del tutto inappropriata nel corpo di Nick. Una reazione dannatamente difficile da nascondere con Perry che gli stava aggrappato addosso e mormorava imbarazzato nel suo orecchio.

Se Teagle non era un assassino, allora in una prospettiva più ampia delle cose la situazione non era così sconvolgente – un vecchio maniaco che sbirciava dal muro del bagno – ma Perry aveva vissuto una vita protetta ed era evidente che si sentisse violato da molteplici punti di vista.

Così Nick cercò di distanziare la propria erezione dall'inguine del ragazzo senza lasciarlo andare, perché a quanto pareva Perry aveva bisogno di un abbraccio e d'un tratto per lui era diventato importante che Perry avesse quello di cui aveva bisogno nel momento in cui ne aveva bisogno. «Sì, lo so. Ma è passato ormai e tu stai bene,» disse. Avrebbe voluto che il suo tono suonasse incoraggiante, invece venne fuori dolce e premuroso. Era un tono che non ricordava di aver mai usato con nessuno prima di quel momento – di sicuro non con Marie, né durante i frenetici e per lo più silenziosi incontri con i suoi amanti occasionali.

Perry inalberò un viso indignato. «E ha avuto la tracotanza di dirmi che dovevo stare da lui, perché non sapevamo niente di te!»

L'uomo rise e cedette alla tentazione di scostare dalla fronte di Perry un ciuffo chiaro, i polpastrelli che saggiavano la consistenza setosa di sopracciglia e capelli, della pelle calda, delle ciglia.

Le palpebre del giovane si abbassarono, nascondendone gli occhi.

«Ehi,» sussurrò Nick con voce roca.

Perry gli rivolse uno sguardo incerto.

Era un errore, senza dubbio. Un gigantesco errore. Ma all'improvviso, con prepotenza, Nick provò il desiderio di assaggiare la bocca del ragazzo, così piegò il capo. Gli occhi di Perry si spalancarono, poi le loro facce si scontrarono e la sua bocca trovò quella del giovane.

Fu un bacio delicato, perché Nick stava pensando a quanto stupido fosse ciò che stava facendo e che Perry, essendo inesperto, si sarebbe aspettato campane e fuochi d'artificio.

Il ragazzo sapeva di cioccolata e di qualcosa di caldo e fanciullesco e mascolino. Fu sorprendentemente erotico. Rispose con dolcezza, aprendosi a lui, e Nick provò un tuffo al cuore.

I suoi palmi scesero lungo la schiena di Perry, avvertendo ossa delicate e tensione, calda nudità sotto troppi strati di vestiti. E, senza più riflettere, le sue mani corsero alla vita del ragazzo. Fu felice ed eccitato nell'accorgersi che Perry stava imitando i suoi gesti. Le sue nocche si muovevano febbrili contro lo stomaco di Nick mentre lottava con la sua cintura. La sua espressione era dannatamente seria e questo toccò qualche angolo inusitato del cuore dell'uomo. «Sarà meglio spostarsi sotto coperta,» disse, caricandosi il ragazzo in spalla.

Perry scoppiò a ridere, la testa che pendeva all'altezza della vita di Nick. Provò ad alzarsi, ma l'ex marine lo sculacciò.

Nick lo portò in camera e lo fece ricadere di schiena sul materasso. Foster stava ancora ridendo, la risata spensierata di un ragazzino. C'era fiducia in quegli occhi da cerbiatto che penetrò in qualche punto vulnerabile senza nome dell'anatomia dell'uomo.

Perry era alto quasi quanto lui, di costituzione minuta ma gradevole, considerata la sua magrezza. Il suo uccello si levò come un cadetto ansioso di cominciare l'addestramento.

«Riposo, ragazzo. Non c'è bisogno che tu faccia il saluto,» disse Nick e Perry si abbandonò a quell'adorabile risatina. L'uomo balzò sul letto e si acquattò su di lui.

Il giovane sollevò la mano e la fece scorrere sul taglio corto e ordinato dell'ex marine. «Sono come gli aculei di un porcospino,» mormorò. «Solo morbidi.» Sorrise. «Hai gli occhi più blu che io abbia mai visto.»

«Per guardarti meglio.»

Le labbra di Perry fremettero. «Oh, nonna, e che denti bianchi che hai.»

«Per mangiarti meglio,» rispose l'uomo, procedendo a dargli una dimostrazione.

Perry era… delizioso. Dolce e tremante sotto l'assalto di Nick, gemeva piano mentre lui mordicchiava e assaggiava, facendolo contorcere in preda a un disperato piacere. Ma l'uomo sottovalutò l'eccitazione – e l'inesperienza – del suo partner e l'improvvisa eruzione di calda e scivolosa seta tra i loro corpi li colse entrambi di sorpresa.

Nick si tirò indietro per osservare l'esplosione prematura.

«Dannazione!» esclamò Perry, in tono così mortificato che l'ex marine scoppiò a ridere.

«Va tutto bene. Ne hai ancora tanto da tirar fuori.» E, all'età di Perry, era senz'altro così. Quando la lingua di Nick seguì il tenue battito dell'arteria femorale del ragazzo, Perry gemette, il corpo che cominciava già a rispondere con movimenti lenti e sensuali.

Nick si prese tempo: ogni cosa che valeva la pena di essere fatta, meritava di essere fatta con calma, e desiderava che la prima, vera esperienza del giovane fosse la migliore possibile, così applicò alcune delle tecniche che aveva imparato con Marie. Piccoli trucchi con la lingua e le labbra che non si era mai sognato di sperimentare su un altro uomo – non nel corso degli impersonali incontri sessuali che era solito preferire – ma che fecero perdere la testa a Perry.

Un particolare di cui prendere nota per un'altra occasione ma, per quanto strano potesse sembrare, Nick non voleva pensare a un'altra occasione. In quel momento, condividere e rendere piacevole quell'esperienza per il ragazzo eranole uniche cose che contassero davvero.

Le sottili mani da artista di Perry si strinsero sulle spalle di Nick e il suo membro tornò a inturgidirsi mentre si muoveva contro di lui con piccole, urgenti spinte, prive di inibizione in maniera sorprendente e piacevole.

Nick prese in bocca la punta dell'uccello del giovane, che sapeva di dolce e salato, e questi si inarcò, emettendo dei suoni inarticolati che trovò inaspettatamente eccitanti. Accolse la sua lunga erezione, succhiando forte e poi più piano, prendendola in profondità, scendendo con calma sino all'inguine serico del ragazzo, che aveva un piacevole odore di sudore e seme.

Perry sollevò la testa e guardò se stesso comparire e scomparire nella bocca bagnata e implacabile di Nick, si fece sfuggire un lungo lamento bramoso, lasciò ricadere il capo sul cuscino e cominciò a eiaculare in densi fiotti.

Nick aveva capito dalle contrazioni dello stomaco del ragazzo, dal mondo in cui aveva serrato le cosce, cosa stesse

185

per succedere, probabilmente lo aveva capito ancor prima del suo partner. Aveva tutto il tempo di spostarsi dalla linea di fuoco, ma scoprì di non volerlo fare. Voleva farlo per Perry – voleva farlo per se stesso – e ingoiò la calda, umida esplosione dell'orgasmo.

A quel punto, il bisogno dell'uomo aveva raggiunto il suo culmine, così si abbassò sul corpo tremante del giovane e si spinse contro di lui, il suo membro turgido e pulsante che trovava sollievo nella frizione con la pelle vellutata e nella pressione decisa e incessante tra i corpi. Aveva calcolato i tempi con cura e non ci volle molto prima che il suo stesso piacere esplodesse bollente e vischioso tra loro.

«Oh,*Dio*, Nick,» ansimò Perry. Era stata praticamente l'unica cosa che aveva detto sino ad allora e suonò sincera in modo disarmante.

Nick collassò su di lui e il ragazzo si ancorò con un braccio alla sua schiena e lo baciò sull'orecchio e tra i capelli. *Baci da cucciolo,* pensò l'uomo. *Amore da cucciolo…*

***

Perry riemerse dal torpore. Si sentiva accaldato, appiccicoso e completamente, deliziosamente rilassato. Sentiva Nick parlare sottovoce nella stanza accanto. Era al telefono? Un'altra chiamata dalla California? Pensando a cosa sarebbe successo dopo la partenza di Nick, si rabbuiò un poco.

Sarebbe stata dura. Avrebbe dovuto affrontarla in qualche modo. Nick avrebbe perso la pazienza se avesse pianto e fosse diventato appiccicoso, e Perry voleva trascorrere ogni momento possibile con lui prima che andasse via.

Avrebbe avuto bisogno di aggrapparsi a quei ricordi per far fronte alle lunghe, solitarie notti che sarebbero seguite alla sua partenza.

Avvertendo il mormorio di una seconda voce, capì che l'uomo non era al telefono. Si mise a sedere, infilò i jeans. Trovò la sua maglietta. Aveva i capelli ritti in testa. Ci passò le dita in mezzo, camminando lungo il breve corridoio.

«Potrebbe essere pericolosa... non solo per se stessa, ma anche per gli altri. Voglio dire, se va in giro a colpire la gente sulla testa...» Jane interruppe il discorso a metà per salutare Perry. «Oh, eccoti qua. Come stai dopo la tua avventura mattutina?»

Per un istante, il ragazzo pensò si riferisse a ciò che era accaduto tra lui e Nick. Poi riacquistò lucidità. «Bene.» Non riusciva a guardare Nick. Aveva paura che la sua espressione lo tradisse.

«Hai una cera migliore di come mi sarei aspettata. Hai un po' di colore sulle guance.»

Non poté farne a meno, alzò lo sguardo. Gli occhi di Nick incontrarono i suoi per un secondo e Perry sentì le guance diventare ancor più rosse di prima. Il viso dell'ex marine era imperscrutabile. Doveva essere un asso a poker. Lui invece era un asso a *OldMaid*.

«C'è della cioccolata in cucina,» disse Nick, laconico.

«Oh. Grazie.» Andò in cucina e si versò da bere mentre ascoltava Jane.

«Miss Dembecki ha appena confessato di aver colpito Mr. Stein alla testa con un attizzatoio,» annunciò la donna ad alta voce.

Perry tornò dalla cucina. «Stai... scherzando.»

Jane scosse la testa. «No, affatto. Le stavo dando una mano col bucato e se l'è lasciato sfuggire per caso, con la massima disinvoltura. Ha detto di aver pensato che si trattasse di un ladro.»

«Ma...» Il giovane guardò Nick, che si strinse nelle spalle. «Perché... che ci faceva in casa mia?»

Jane scosse la testa. «Non ne ho idea. E temo non lo sappia neanche lei. Sta diventando alquanto... singolare, è l'unica cosa che posso dire. E se ha cominciato a colpire la gente in testa con degli attizzatoi...»

«Ma come abbiamo fatto a non vederla mentre scendeva?» domandò Perry a Nick.

«Se lo ha colpito ed è scappata... non abbiamo guardato dalla ringhiera, siamo andati dritti al tuo appartamento e siamo entrati.»

«Ma l'agente avrebbe dovuto vederla.»

Le labbra dell'ex marine si curvarono. «Ero sicuro che lo sbirro avesse raccontato un mucchio di stronzate su quanto era mancato dalla sua postazione.»

«E comunque non è tutto,» aggiunse Jane. «I poliziotti dicono di aver identificato il tuo cadavere.»

Perry smise di guardare Nick e si girò verso la ragazza. «Davvero? E di chi si tratta?»

«Un investigatore del Jersey,» rispose Nick. «Raymond Swiss.»

«Un investigatore privato? Sul serio? Che ci faceva nella mia vasca da bagno? Sanno per conto di chi stava lavorando?»

«Se la polizia sa qualcosa, di certo non la dirà a noi, umili civili. A quanto pare la sua segretaria aveva denunciato la sua scomparsa lunedì, quando non si è presentato in ufficio.»

«Era parecchio lontano da casa.» Perry metabolizzò quell'informazione. «Quindi... è stato ucciso in questa casa?»

«Potrebbe anche essere stato un incidente.» Jane si strinse nelle braccia in preda a un brivido improvviso. «Ma la polizia dice che è morto per un colpo alla testa.»

«Non starai pensando a Miss Dembecki?» protestò Perry.

«Non ha negato di aver colpito Mr. Stein. La questione è che i poliziotti hanno prelevato Mr. Teagle per interrogarlo.» Jane stava osservando Nick con sospetto. «E il tutto è avvenuto dopo aver scambiato due chiacchiere col tuo amico.»

Il ragazzo deglutì a vuoto. Non gli piaceva pensare al povero Mr. Teagle in galera, anche se era un vecchio spostato. Era evidente che avesse qualche problema, ma non riusciva a vederlo come un assassino. D'altronde non poteva neppure credere che Miss Dembecki avesse ucciso qualcuno. «Se si è trattato di un incidente, perché nessuno ha parlato?» chiese.

Jane scrollò le spalle. «Magari non sapevano cosa stavano facendo. Magari non lo sanno tutt'ora.» Poi aggiunse lentamente: «Magari avevano paura. Magari... non potevano farsi avanti.»

Perry rimase a guardarla, provando a seguire il suo ragionamento. «Nessuno ha ucciso Tiny per errore,» disse infine. «Gli hanno sparato.»

«Dal modo in cui hai descritto il corpo, deduco che Swiss fosse morto da un po' quando l'hanno nascosto nel tuo appartamento. Probabilmente è stato ucciso in un altro punto della casa. Forse nel seminterrato. Nessuno andava laggiù a parte Tiny e cancellare le tracce dovrebbe essere abbastanza semplice.»

«Oppure è stato ucciso in uno dei passaggi segreti,» ipotizzò Jane. «Attraversano tutta la casa e i terreni circostanti e – sentite questa, è piuttosto terrificante – ci sono un mucchio di spioncini e postazioni d'ascolto disseminati per tutto l'edificio.»

Quasi a rimarcare quelle parole, un suono di sfregamento giunse dal muro dietro al camino.

«Sono nelle intercapedini,» bisbigliò Jane. «I poliziotti, intendo. È tutta la mattina che si aggirano nei tunnel.»

Perry ingoiò a fatica al pensiero di tutti quegli spioncini. Incrociando il suo sguardo, Nick fece una smorfia. A quanto pareva, anche lui aveva fatto la stessa considerazione.

«Allora chiunque abbia ucciso Tiny deve averlo fatto per coprire il primo crimine... che si trattasse di un incidente o no,» concluse Jane. Era pallida. «Devi essere davvero senza scrupoli per uccidere una persona innocua come Tiny.»

«Già,» convenne Nick. «Sono convinto che abbiamo a che fare con un individuo senza scrupoli. Credo faremmo bene a non dimenticarlo.»

Capitolo 12

Non appena Jane si fu calmata abbastanza da andar via, Nick disse: «Okay. Abbiamo ancora abbastanza ore di luce per fare un po' di pratica di tiro al bersaglio. Prendi la giacca.»

Perry s'irrigidì e rispose: «Senti, so già come si usa una pistola.»

«Fantastico,» replicò Nick. «Allora non ci metteremo molto.»

«Direi di no, perché non verrò a sparare.»

L'uomo inarcò un sopracciglio dinanzi a quell'aperta sfida. Il ragazzo era chiaramente terrorizzato dalle armi da fuoco, il che era più o meno quello che si era aspettato. «Ho bisogno di sapere che sei in grado di prenderti cura di te stesso e non credo che il combattimento corpo a corpo faccia per te,» disse in tono paziente.

«Nemmeno sparare alla gente.»

Nick ingoiò la sua istintiva replica e rispose con calma: «Non ti sto chiedendo di diventare un cecchino, ma se ti trovassi di nuovo davanti il tuo amico del passaggio segreto, questa potrebbe tornarti utile.» Gli offrì la sua arma di riserva, una Sig P-228. Piccola, leggera, precisa e facile da nascondere, tutte caratteristiche che la rendevano una scelta perfetta per Perry.

Peccato che il giovane non fosse intenzionato a collaborare. Osservò la Sig senza muovere un passo. I suoi occhi erano piantati su Nick. Lo sguardo da Bambi.

L'ex marine non si fece impietosire. «Voglio che tu la tenga finché questa faccenda non si sistema.»

Perry alzò una spalla. «D'accordo.» Non aveva ancora toccato la pistola.

«Ma prima voglio accertarmi che tu sappia usarla.»

«Ti ho già detto di sì.»

«Voglio verificare di persona.»

Il giovane arrossì, gli occhi ridotti a due fessure. «Non mi credi?»

Il suo affronto colse Nick di sorpresa e si affrettò a dire: «Sì che ti credo, ma voglio controllare che tu riesca a colpire qualcosa.»

Perry mise giù la sua cioccolata e si alzò da tavola. «Va bene. Come vuoi. Solo facciamola finita.»

Perry era ancora silenzioso quando lui e Nick montarono sul pick-up. L'ex marine si disse che la cosa non lo toccava. Il ragazzino poteva tenere il broncio quanto voleva. Quello che stavano facendo era per il suo bene. Come imparare a mangiare sano o a mettere il preservativo.

Ma sarebbe stato meglio non indulgere in quel genere di pensieri o avrebbero finito col tornare a casa per un altro po' di trastullo pomeridiano. Era sconcertante. Nick non si sentiva in quel modo da... beh, un sacco di tempo. Non era sicuro di essersi mai sentito così, perché era sgradevolmente consapevole che si stava approfittando della situazione. Predatori di culle: ecco come chiamavano i tipi come lui. E quello era uno degli appellativi più gentili.

Nick guidò finché non oltrepassarono un ampio campo deserto. Accostò sul fianco della strada e insieme si avventurarono tra l'erba alta. Mise in fila alcuni barattoli che aveva recuperato dal bidone della differenziata prima di uscire di casa.

Infine, tornò nel punto in cui Perry lo stava aspettando, le mani sprofondate nelle tasche dei jeans e un'insolita espressione corrucciata sul viso affilato.

Si preparò alla dimostrazione. «Okay. Questo è il caricatore. Tu...»

Perry gli prese il caricatore di mano e lo inserì nella P-228. Si girò assumendo la posizione perfetta per far fuoco e sparò tre colpi.

Nick guardò con tanto d'occhi mentre – *bang*, *bang*, *bang* – i barattoli volavano via uno dopo l'altro dal muretto di pietra cadente. «Gesù, Foster, hai una gran cazzo di mira...»

Perry sparò altre quattro volte. Colpi netti, precisi, che fecero cadere i restanti barattoli. Espulse il caricatore e consegnò la SigSauer vuota a Nick. Gli rivolse quella lunga occhiata diffidente che l'uomo aveva visto un'altra volta prima, quando il ragazzo si era sentito davvero amareggiato.

«Dove diavolo...?»

«Ho imparato a sparare a dieci anni. Mio padre pensava fosse importante per un uomo sapersi difendere, che per lui equivaleva a saper maneggiare una pistola. Potrei fa saltare barattoli per tutto il giorno, ma sappiamo entrambi che con un bersaglio in movimento sarebbe tutta un'altra storia.»

Aveva ragione. Di nuovo. Stava cominciando a diventare un'abitudine con lui.

Alla fine, Nick ritrovò la voce. «Giusto. Ma almeno so che saresti in grado di colpire qualcosa se fosse necessario.»

Perry scosse la testa. «Non riuscirei a sparare a una persona. In nessun caso.»

L'uomo si sforzò di essere paziente. Il punto di vista di Perry gli era del tutto estraneo. «Non pensi che se la tua vita fosse in pericolo...»

«Mio padre aveva l'abitudine di portarmi con sé a caccia. Diceva...» Il ragazzo cambiò idea sul condividere quel particolare ricordo. Invece, disse: «Ho sparato a un coniglio una volta. Ha urlato.»

«A volte lo fanno,» ammise Nick.

«Ho vomitato.»

«Ascolta, a essere onesto, nemmeno a me piace tanto cacciare,» replicò l'uomo.«Ma è diverso…»

«Torno al furgone.» Perry si allontanò a passo svelto.

***

Tornati a casa, trovarono ad accoglierli Miss Dembecki. Perry notò con preoccupazione che aveva l'aria di non essersi pettinata i capelli – o cambiata i vestiti – da un paio di giorni.

Cosa accadeva alle persone come Miss Dembecki quando non erano più in grado di badare a se stesse? Non sembrava che avesse una famiglia.

L'anziana signora gli afferrò la manica, dicendo in tono febbrile: «È terribile! Questi passaggi segreti attraversano tutta la casa.» Ma i suoi occhi brillavano d'eccitazione, non di paura.

«Vive qui da così tanto tempo. Non aveva idea della loro esistenza?» chiese Perry.

«Oh, no! Nessuno di noi lo sapeva. Nemmeno Mrs. Mac.»

Beh, quello di sicuro non era vero. Mr. Teagle aveva ammesso con chiarezza, seppur inavvertitamente, di essere al corrente dell'esistenza dei tunnel.

Tiny avrebbe potuto saperlo: vagava per l'edificio da decenni. Di certo i cunicoli avevano giocato un ruolo fondamentale nella sua misteriosa sparizione. Non pareva fosse stato ucciso in casa. Era possibile, anche se non probabile, che fosse stato trascinato nel passaggio contro la sua volontà. Ma qualcuno doveva pure aver visto o sentito qualcosa.

D'altro canto, Raymond Swiss era scomparso in quella casa – presumibilmente contro la sua volontà – e nessuno aveva visto o sentito nulla. Fatta eccezione per il suo assassino.

Ed era proprio quello il punto. Nessuno avrebbe mai ammesso di sapere dei passaggi segreti, perché questo li avrebbe resi dei sospetti per le uccisioni di Tiny e Swiss. E il fatto che Mr. Teagle si fosse preoccupato più di essere stato scoperto a spiare che di essere accusato di omicidio non voleva forse dire che in realtà non aveva ucciso nessuno?

Quasi gli stesse leggendo nella mente, Miss Dembecki disse: «La polizia ha scoperto in quale punto del passaggio segreto hanno sparato a Tiny. Pensano che il suo assassino abbia pensato che fosse morto e lo abbia lasciato lì, e che lui stesso si sia trascinato sino alla porta che conduce all'appartamento di Mr. Watson. Poi era troppo debole per andare avanti.»

«Hanno qualche idea su chi possa avergli sparato? Hanno trovato l'arma del delitto?» domandò Nick.

«Oh! Hanno setacciato casa del povero Mr. Teagle in cerca di una pistola.» Miss Dembecki fluttuò via e poi – mentre Perry e Nick si avviavano su per le scale – tornò indietro. «Lo hanno arrestato, sapete? Mr. Teagle, intendo.»

***

Mangiarono seduti al tavolo della cucina. Incorniciata dalla finestra sopra il lavandino, un'enorme luna arancione sembrava sul punto di dissolversi nella notte scura.

Per cena, Nick aveva arrostito del pollo e lo aveva servito con purè di patate, sugo di carne e mais. Il cibo era buono – tutto quello che l'uomo cucinava lo era – ma Perry si limitò a spizzicare qualcosa dal piatto.

Notandolo, Nick aggrottò le sopracciglia. «Mangia.»

Non si erano rivolti la parola da quando erano tornati dall'esercitazione di tiro. L'ex marine aveva dedotto che il ragazzo fosse determinato a tenergli il broncio e non aveva la minima intenzione di cedere, ma... gli mancava quella compagnia confortevole. Si stava abituando ad averla, si stava abituando alla presenza di Perry.

Il giovane alzò lo sguardo. «Non ci riesco se sono nervoso.»

«Sei sempre nervoso,» replicò Nick, freddo. «Devi reintegrare le energie che sprechi ad agitarti.»

Perry annuì e prese un altro po' di cibo.

L'uomo sospirò. «A che pensi?»

Pensava di conoscere la risposta, quindi fu colto in contropiede quando Perry chiese: «Mi hai detto la verità su tua moglie? Eri davvero sposato?»

«Certo che sì, ero sposato.»

«Ma...»

Nick lo guardò dritto negli occhi da Bambi e ribatté aspro: «Vuoi sapere se sei il primo ragazzo con cui sono stato? Non essere sciocco.»

Lo sguardo del giovane s'incupì. Le sue labbra fremettero e assunsero un'espressione ferita, prima che riuscisse a riacquistare il controllo del suo viso. «Non credo che tu abbia imparato certe mosse per osmosi. Mi chiedevo solo se ti considerassi gay o cos'altro,» disse in tono duro.

Nick fu sul punto di ridere al commento sull'osmosi, ma capì che, se avesse riso di Perry in quel momento, sarebbe stata la fine. E magari sarebbe stata la scelta più saggia, la scelta migliore per il ragazzo prima che la situazione sfuggisse loro di mano, prima che Perry facesse qualcosa di stupido come convincersi di essere innamorato... Eppure Nick scoprì di non esserne in grado. Così rispose con calma: «Sì, sono gay. Quando mi sono sposato ero più giovane di te adesso. A quel tempo non pensavo di avere una scelta.»

«E poi...?»

Era evidente che Perry non avesse idea di cosa domandare e Nick aggiunse con un po' più di dolcezza: «Sono cresciuto. Ho imparato che esistevano altre scelte e altri modi di vivere.» Il ragazzo non gli staccava gli occhi di dosso. Lui sospirò. «Marie – la mia ex – e io abbiamo capito di aver commesso un errore in un paio d'anni. Lei ha trovato il suo modo di gestire la cosa e io il mio. Non sono stato sempre attento come avrei dovuto e il risultato è stato...» Prese un profondo respiro. Era qualcosa che faticava ancora ad ammettere persino con se stesso. «Che mi hanno sbattuto fuori dalla Marina.»

«Quei bastardi ti hanno congedato con disonore?» L'indignazione sgomenta di Perry fu inaspettatamente dolce. Gli occhi del giovane scintillavano di rabbia – un scintillio sospetto – e Nick comprese con stupore che, per la prima volta in tutta la sua vita, qualcuno stava per piangere per lui.

«Ehi. Ehi.» Si protese in avanti e coprì il pugno di Perry, che giaceva sul tavolo di quercia levigato, con la sua mano. «Ascolta, sono stato stupido. Conoscevo i rischi, pensavo ne valesse la pena e non ho intenzione di recriminare adesso.» Diede alla mano affusolata del giovane una leggera stretta e la lasciò andare. Si sorprese nel trovarsi a sorridere. «È tutto a posto. Io sto bene.»

«Già.» Perry esalò un sospiro. «Bastardi,» rimarcò con fierezza.

L'uomo rise... e di una cosa di cui non avrebbe mai immaginato di poter ridere. «Mangia la tua cena, Foster. Non mi piace che il mio duro lavoro vada sprecato.»

***

Dopo cena Nick sfogliò i dépliant del suo programma d'addestramento – che includeva di tutto, dai corsi di ricerca informatica a quelli per la stesura dei rapporti – e Perry fece un salto nel suo appartamento per recuperare un altro blocco da disegno. Si accomodò sul pavimento di fronte al divano cercando di guardare l'ex marine senza farsi notare.

Dopo un minuto o due, però, Nick sollevò lo sguardo. Nei suoi occhi c'era una luce che rivelò al ragazzo che doveva aver visto lo schizzo che aveva cominciato a tracciare a memoria a casa di Watson.

«Sprechi il tuo talento su un muso come il mio,» lo avvertì l'uomo.

«Hai un bellissimo viso,» replicò il giovane.

Nick arrossì e si rimise a leggere senza ulteriori commenti. Perry disegnò per un po': gli dava la scusa per osservare l'oggetto dei suoi desideri a suo piacimento. Era evidente che Nick fosse molto preso dalle sue letture, ansioso di andare in California e cominciare il suo nuovo lavoro. La sua nuova vita.

«Vado a prendere una boccata d'aria,» annunciò il ragazzo, mettendo da parte il suo blocco.

A quelle parole, gli occhi di Nick si alzarono su di lui. «Prendi la Sig e non allontanati dalla casa.»

Perry fece una smorfia. «Non penso ci sia più pericolo a questo punto. Tutto il mondo sa dei tunnel ormai.»

«Non sappiamo perché Raymond Swiss sia stato ucciso e immaginiamo che Tiny sia stato fatto fuori per colpa della sua boccaccia. Ma potremmo sbagliarci su tutto. E anche se così non fosse, nessuna delle due morti deve per forza avere a che fare con la refurtiva scomparsa di Shane Moran.»

«Che altro avrebbero potuto cercare tutti? La Dembecki che frugava nel gazebo e Ruby Stein che si documentava sulla storia locale di quegli anni?»

«La Dembecki è più fuori di un balcone e Teagle – che sapeva dei passaggi – ha dimostrato di essere interessato a tutt'altro tipo di gioielli.»

Il giovane trasalì. «Non ricordarmelo.»

Nick sorrise, il volto inaspettatamente giovane alla debole luce della lampada. «Era giusto per dire.»

«Sì, beh, *evita.*»

L'uomo rise.

«E che mi dici di Stein?» domandò Perry. «Ha fatto tutte quelle ricerche sulla storia di quest'aerea negli anni Trenta.»

«Questo non prova nulla.»

«Potremmo chiedergli cosa stava cercando,» suggerì il ragazzo.

In effetti stava scherzando, ma dopo un attimo di riflessione Nick rispose: «Sì, potremmo provare.»

Poi, come se avesse perso interesse, l'uomo riprese a leggere.

Perry scese di sotto e passeggiò per un po' nel cortile antistante alla casa, senza allontanarsi. La pistola nella tasca della sua giacca era pesante e scomoda da portare. Si sentiva ridicolo a tenerla addosso. Non avrebbe mai sparato a qualcuno. Nick non capiva.

Infastidito, gettò un'occhiata in direzione della casa e scorse la sagoma dell'ex marine alla finestra della torre. Lo stava osservando. Il suo fastidio si dissolse in una ridicola sensazione di calore.

***

Quando Perry tornò di sopra, Nick stava stendendo la coperta sul divano. Lo guardò da sopra la spalla e disse bruscamente: «Puoi prendere di nuovo il letto. Potrei decidere di dare un'altra occhiata in giro più tardi.» Non appena Perry aprì la bocca per obiettare, aggiunse: «È per questo che sono addestrato, okay?»

Il quadro era piuttosto chiaro. Non avrebbero diviso il letto. Quel pomeriggio era stato… beh, qualunque cosa fosse stato, non sarebbe diventato un'abitudine.

«D'accordo,» rispose il ragazzo. «Buonanotte.»

«'Notte.»

Perry andò in camera di Nick e indossò il pigiama. Si sedette sul bordo del letto e ascoltò l'uomo muoversi nell'altra stanza. Poi le luci si spensero.

Rimase seduto per qualche altro minuto, poi attraversò il corridoio.

«Nick?»

La sagoma dell'uomo si levò dal divano, un'ombra scura che si muoveva tra le altre ombre. «Che succede?» Il caldo peso delle sue mani si posò sulle spalle di Perry. Il cuore del giovane ebbe uno spasmo al ricordo dei gesti esperti e appaganti che Nick gli aveva riservato poche ore prima.

Non sarebbe accaduto mai più?

«Stavo solo pensando... c'è un sacco di spazio in quel letto.»

Nick era immobile, il suo respiro tiepido sul viso accaldato del giovane. «Ascolta, Perry,» sussurrò in tono piatto, «tra circa una settimana andrò via. E non tornerò.»

«Lo so.» Il ragazzo sorrise con un certo sforzo; non era sicuro che Nick riuscisse a vedere la sua faccia nella luce argentea della luna, ma sperava potesse sentirlo nella sua voce. «Nessun legame. È solo sesso.»

Ci fu una strana pausa. «Sembra sbagliato quando lo dici così,» osservò Nick.

Perry non disse nulla, non poteva.

Riusciva a percepire l'esitazione dell'uomo... sperava non fosse riluttanza. «Vorrei solo che fossimo sulla stessa lunghezza d'onda,» disse Nick.

«Certo,» assicurò il giovane.

Ciononostante, Nick non si mosse. Poi commentò con calma:«La stai prendendo meglio di come mi sarei aspettato.»

«Mi piace stare a letto con te,» ammise Perry. «Non voglio perdere tempo a parlare.»

***

E non parlarono. Nick era laconico per natura e Perry era timido e travolto da sensazioni e sentimenti mai provati prima. Comunicarono attraverso il tatto. Non le carezze gentili e dimostrative di quel pomeriggio; stavolta fu tutto più urgente, più intenso, in parte perché avevano rischiato che non accadesse. Perché avrebbe potuto essere l'ultima volta.

Il corpo di Nick coprì quello di Perry e l'uomo riuscì a sentire contro il petto i palpiti rapidi e accelerati del cuore del ragazzo. Svelti come quelli di qualche piccola, tenera creatura terrorizzata, come un coniglio o un cerbiatto. Ma quando si tirò indietro per studiarne il viso, scorse il bagliore dei suoi occhi, lo scintillio dei suoi denti, e notò che era sorridente: non spaventato, solo eccitato. La bocca dell'uomo coprì quella di Perry e trovò labbra calde, e soffici, e accoglienti. Il respiro del giovane era leggero e veloce e all'improvviso a Nick sembrò stranamente prezioso.

Un'imprevista ondata di emozione mitigò la sua – considerevole – lussuria.

Attirò Perry più vicino, con più trasporto, sentendo la pelle liscia come velluto, la peluria serica del petto e dell'inguine. Il giovane lo cinse con le braccia, ricambiando la stretta con decisione, aprendosi al suo bacio. Nick non baciava gli altri uomini di solito, ma in qualche modo con Perry era diverso. Gli piaceva il suo sapore, la dolcezza e il fervore con cui rispondeva all'incontro delle loro bocche. Lo accarezzò, apprezzando la consistenza delle ossa forti sotto di sé, della pelle delicata, e i gemiti di approvazione del suo partner.

Nick si fece spazio tra le gambe di Perry e lui si mosse istintivamente per accoglierlo, e anche stavolta non avvertì alcuna tensione mentre si muovevano insieme. Il giovane era eccitato, pronto ad assecondarlo ogni volta che i loro corpi cambiavano ritmo, la temperatura che saliva. Il membro di Perry premeva contro il suo stomaco, e il suo…

L'uomo intimò a se stesso di rallentare… anche se il ragazzo non gli stava semplificando le cose, le labbra che si stringevano su uno dei suoi capezzoli, rendendolo duro come un sasso con un guizzo della lingua. La bocca di Perry si stava muovendo lungo la linea della sua gola, la superficie muscolosa del suo petto. *Vaccipiano,* ricordò Nick a se stesso, perché Perry era tutta teoria e immaginazione e la realtà era un po' più dolorosa.

Passò un braccio dietro le spalle di Perry e ruotò entrambi in modo che fosse lui a stare sopra. Percepì la sorpresa del ragazzo. Nick stesso era piuttosto sorpreso, ma accarezzò il compagno, gli strinse le natiche, prendendo ancora tempo, toccandolo per rassicurarlo. Con la mano libera prese il lubrificante, applicandone una dose generosa a quella stretta – molto stretta – fessura, trasformando quell'atto in qualcosa di sensuale.

L'iniziale tensione di Perry svanì e, anche quando Nick aprì il preservativo, non colse nessun timore, nessun ripensamento. Trovarono il loro ritmo, cullati dalla spinta del bisogno, dal pulsare del desiderio. Nick fu il più attento possibile, spingendo piano ma con decisione contro il muro di resistenza.

Perry ansimò, poi si lasciò sfuggire un singulto, ma non si tirò indietro, si spinse verso il membro di Nick – testardo, insistente, rabbrividendo per un misto di desiderio e dolore – e poi l'uomo fu dentro di lui. E non muoversi, non cedere all'impulso di *prendere*, fu la cosa più difficile che avesse mai fatto. Si trattenne, concedendosi il tempo di confortare e vezzeggiare, finché non fu Perry stesso, con un po' d'imbarazzo, a prendere l'iniziativa; ma lui lo lasciò fare, gli lasciò dettare il passo, e ben presto furono di nuovo trascinati in un ritmo convulso, tra lo spingere e il ritrarsi, il trascinare e il tirare, quella lenta, deliziosa frizione che cresceva trasformandosi in qualcosa di frenetico e feroce, sino a quando – finalmente – non scivolarono oltre il limite, negli abissi dell'estasi.

Si ritrovarono così, le membra pesanti e il respiro corto, all'approdo di una nuova, fragile intesa.

***

Che il viaggio abbia inizio, diceva il cartellone sbiadito e scrostato. Un giovane uomo in divisa militare guardava con entusiasmo a un futuro che ormai doveva essere già venuto e andato.

«Visto?» disse Perry. Diede di gomito a Nick, che osservò il cartellone con un sorriso beffardo che gli incurvava le labbra.

«Credo che l'attuale slogan sia *Dai più spinta alla tua vita.*»

«Accipicchia!»

«*Hooyah*!» convenne Nick, divertito.

Quella mattina c'era un freddo pungente. L'uomo del meteo prevedeva neve per il weekend, anche se il cielo era blu come il fondo di un iceberg. Nick e Perry si erano svegliati presto, avevano scopato pigramente e con dolcezza, e avevano deciso di andare al villaggio per vedere cosa aveva scoperto lo sceriffo.

Non che Nick si aspettasse molta cooperazione da parte dell'uomo, ma non avrebbe fatto male chiedere… o fargli pressione. Molta pressione.

Una raffica di vento gelido risuonò per la strada, scuotendo le luci natalizie appese agli alberi allineati sul marciapiede, e Perry cominciò a tossire.

«Avanti, Camille,» disse Nick. «Andiamo a procurarti della cioccolata.»

Entrarono in pasticceria – la stessa in cui era morto Mr. Watson, come Perry ebbe il piacere di spiegare a Nick – e l'uomo prese un caffè per sé e cioccolata e ciambelle glassate per il ragazzo. «Torno tra dieci minuti, resta qui al caldo,» disse in tono spiccio, e con quelle parole andò via, sparendo in fondo alla strada con quel suo passo veloce e deciso.

Perry si accomodò a uno dei piccoli mezzi tavoli, addossati al muro sotto un calendario di Norma Rockwell, e intinse le sue ciambelle nel cioccolato, osservando la gente che faceva shopping natalizio fuori in strada.

Passarono quindici minuti e dell'ex marine neanche l'ombra. Non c'era motivo di agitarsi. Probabilmente ci stava mettendo più del previsto. Se c'era una persona in gradi di badare a se stessa, era Nick. Né tantomeno sarebbe tornato alla pensione dimenticandosi di lui. Eppure la preoccupazione del ragazzo persisteva.

Uscì dal negozio, scrutando la strada affollata.

«Ehi, amico.»

Perry si girò. Un uomo robusto con un parka blu gli allungò un foglio. All'inizio pensò si trattasse di un volantino, poi si rese conto che era una foto.

«Hai mai visto questa ragazza prima?»

Perry studiò i lineamenti duri dell'uomo. Aveva qualcosa di familiare, ma non riusciva a riconoscerlo. Guardò la foto.

La donna nella figura era giovane e dal viso affilato. I suoi capelli ramati erano raccolti in un'acconciatura voluminosa, il trucco marcato.

«Beh?» domandò l'uomo. «L'hai vista in giro?»

In quel momento il ragazzo si ricordò di lui. Era il cliente dall'aspetto sgradevole della tavola calda.

Perry si concentrò sui tratti somatici della donna, rimuovendo mentalmente l'eyeliner, i terribili capelli... Le sue palpebre si assottigliarono. *Porca...!*

Era Jane, forse sei o sette anni prima. Aveva un aspetto più duro, più cupo, eppure c'era qualcosa di tormentato e vulnerabile nel suo viso truccato.

«Tu la conosci,» affermò l'uomo, guardandolo con circospezione.

Perry alzò lo sguardo, l'espressione vacua. «No.» Si strinse nelle spalle. «Non credo. È un tipo piuttosto comune.»

«Oh, è tutt'altro che comune,» replicò l'uomo in tono enigmatico, conservando la foto nella tasca della giacca.

«È un poliziotto?» chiese il giovane.

Gli occhi spenti dello sconosciuto incontrarono i suoi e Perry avvertì un leggero pizzicore dietro sulla nuca. «Sì, esatto. Tienitelo per te, però.»

«Certo.» Si guardò intorno, Nick stava incedendo a passo svelto verso di loro, la faccia impassibile, ma gli occhi in allerta. Pensava che si fosse messo nei guai?

Perry fece un cenno di saluto all'uomo e si allontanò. Il tipo continuò a fissarlo. Che si fosse tradito, lasciando intuire che conosceva la ragazza della foto?

Nick lo raggiunse, domandando: «Chi è il tuo amico?»

Il ragazzo gettò un'occhiata alle proprie spalle. L'uomo stava entrando nella pasticceria.

«Non credo sia amico di nessuno.»

Raccontò all'ex marine della vecchia fotografia di Jane, e Nick concluse tetro: «Non è un poliziotto.»

«Come lo sai?»

Nick scosse la testa. «Lo so e basta. Pensi ti abbia creduto quando hai detto di non conoscere la persona nella foto?»

«Mi è sembrato di sì.» Perry lanciò un altro, nervoso sguardo dietro di sé. «Non credo mi stia osservando.»

Nick gli mise per un istante la mano sul braccio. «Già, e non facciamoci beccare a guardare lui o penserà che è in arrivo un attacco nemico a ore dodici.»

«Se non è un poliziotto, perché se ne va in giro a chiedere di Janie?»

«Perché non lo domandiamo a lei?» suggerì Nick.

Erano già sul pick-up di ritorno verso casa, quando il ragazzo si ricordò di chiedere: «Hai scoperto niente al dipartimento dello sceriffo?»

«Rilasceranno Teagle. Hanno avuto conferma del suo alibi. Non avrebbe potuto uccidere Swiss e persino quegli idioti hanno capito che probabilmente i due delitti sono collegati.»

205

«Magari Miss Dembecki ha pensato che Swiss fosse un ladro e ha usato il suo fidato attizzatoio su di lui,» disse Perry, titubante.

«E poi cosa?» ribatté Nick. «Ha sparato a Tiny quando lui ha provato a ricattarla?»

Immaginare che Tiny avesse l'astuzia di tentare un ricatto era persino più arduo che pensare a Miss Dembecki che lo faceva fuori con la sua fedele 44 Magnum. Il ragazzo scrollò le spalle. «Suppongo di no. Ma credo che Janie abbia ragione: Miss Dembecki non ci sta più tanto con la testa.

«Sì, lo credo anch'io.»

«Hai notato quanto era eccitata all'idea dei passaggi?»

Nick annuì.

«E sta passando al setaccio i terreni, il gazebo.» Perry sospirò. «Doveva essere nella mia stanza per un motivo preciso.»

Nick tenne gli occhi sulla strada. «Credi che anche lei stia cercando i gioielli?»

«Sì, credo di sì. Certo, se soffre di demenza senile, immagino potrebbe esserci altre spiegazioni, ma...»

«La penso così anch'io,» convenne Nick, e Perry si sentì stupidamente lusingato.

«Cosa credi sia successo? Che Shane Moran abbia nascosto i gioielli in uno dei tunnel e sia stato ucciso prima di avere occasione di recuperarli?»

«Ah, riguardo a *quello*... non ne ho la più pallida idea.» L'uomo rifletté, rimuginando. «Immagino sia possibile. Se è vero che lui e la moglie di Alston erano amanti, lei potrebbe avergli detto dei passaggi. In realtà, avrebbe potuto esserne a conoscenza lui stesso... magari li usavano per introdurre di nascosto gli alcolici in casa. Il punto è: perché Moran avrebbe dovuto nascondere i gioielli? Perché non li ha portati con sé? Che altra ragione aveva per tornare, a parte quelli?»

«Perché è rimasto nei boschi facendosi sparare?» gli fece eco Perry.

I loro occhi s'incontrarono.

«Verity Lane?» suggerì il ragazzo.

L'uomo aggrottò la fronte. «Credi che lui abbia pensato che lei avrebbe cambiato idea sul seguirlo?»

«Può darsi.»

Nick fece una smorfia. «Se è così, era uno stupido.»

«O magari era solo molto innamorato,» mormorò il giovane.

***

C'era un furgone del telegiornale locale parcheggiato accanto al ponte che conduceva all'Alston Estate. Un'auto con le insegne della polizia gli impediva l'accesso, ma gli agenti si fecero da parte per lasciar passare il furgone di Nick.

Dentro casa, Jane passeggiava avanti e indietro nell'ingresso. «L'avete visto? È venuto un furgone della TV poco fa! Ho chiamato lo sceriffo per farli andar via.» Si strofinò le braccia con le mani.

«Ti senti ancora poco bene?» domandò Perry. Ora che ci rifletteva, era piuttosto sicuro che Jane non uscisse di casa da più di una settimana.

«Si muore di freddo in questo posto maledetto!» scattò lei. «Credo che la vecchia strega abbia spento la caldaia.»

«Quale vecchia strega?»

Jane fece una risata stridula.

Lo sguardo di Perry incontrò quello di Nick e vi lesse un silenzioso messaggio. «Janie...» cominciò timidamente.

Mentre le raccontava dell'uomo che si aggirava per la città mostrando la sua foto, la ragazza perse via via colore, finché fu così pallida che Perry ebbe paura potesse svenire. Nick doveva aver avuto lo stesso pensiero, perché la prese per un braccio e la accompagnò verso una delle sedie imbottite vicino al camino spento.

Jane nascose la faccia tra le mani. «Cosa gli hai detto?» chiese, la voce soffocata.

«Gli ho detto che non sapevo chi fossi,» rispose il giovane.

Lei sollevò lo sguardo, puntandogli addosso i suoi occhi verdi. «Ti ha creduto?»

«Non lo so.»

«Anche se fosse, prima o poi troverà qualcuno che ti riconoscerà in quella fotografia. Questa è una piccola città,» le fece presente Nick.

Jane annuì. Era come se stesse ascoltando una voce interiore. Una voce interiore che le stava comunicando una pessima notizia.

«Chi è?» chiese Perry.

«Non ne ho idea.»

«Ma…»

«Non ho idea di chi sia lui, ma so chi lo ha mandato,» disse lei in tono cauto.

«Chi?»

La sua faccia si distorse. Alla fine, con voce roca, rispose:«Avete mai sentito parlare di Michael Cimbelli?»

«No,» risposero Nick e Perry all'unisono. I loro occhi si incontrarono.

«Michael è – era – il capo del clan Martinelli.»

Nick rimase in silenzio. Perry disse: «È una brutta storia, vero?»

«Non sono un'ex assassina, se è questo che pensi. Non sono coinvolta nell'omicidio dell'investigatore privato… o in quello di Tiny. Tutto questo non ha nulla a che vedere con le cose che sono successe qui,» rispose Jane, passandosi la lingua sulle labbra esangui. «Sono stata l'amante di Michael per quattro anni. Poi… me ne sono andata.»

«E lui non prende bene i rifiuti?» domandò il ragazzo.

«No. Ma non è quello il problema principale. Io…» deglutì. «Io ho accettato di testimoniare in cambio di protezione. Sono entrata nel programma di protezione testimoni, ma gli avvocati di Michael sono riusciti a ritardare il processo, invocando l'incapacità mentale. Hanno bloccato tutto per tre anni. Ora Michael è stato dichiarato idoneo a presentarsi in giudizio.»

«E i suoi scagnozzi ti stanno cercando?» concluse Nick.

Jane annuì.

«Quelli della protezione testimoni non possono trasferirti altrove?» chiese Perry.

«Potrebbero, ma non sanno dove sono e non voglio che lo sappiano.»

«Perché?»

«Perché ho abbandonato il programma. Non voglio vivere la mia vita come un animale in gabbia,» disse con veemenza. «E poi c'è David.»

«David?»

«Center,» chiarì Nick.

«Ho capito chi intende,» replicò Perry. «Solo che... *David*?»

«Ehi,» disse Jane con una scintilla d'indignazione. «Non sei nella posizione di giudicare. Eri sul punto di innamorarti di un tipo conosciuto su internet che si chiama *Marcel*. Se non altro, io David lo *conosco*.»

Prima che Perry avesse il tempo di rispondere, Nick chiese: «Non includono coniugi e fidanzati nel programma di protezione?»

Perché, tralasciando il pessimo gusto di Jane in fatto di uomini, era quello il nocciolo della questione. Se la ragazza fosse rientrata nel programma, non avrebbe mai più rivisto David Center, il che – invece di essere un sollievo come sarebbe stato legittimo aspettarsi – era una prospettiva talmente straziante da farle valutare l'idea di mettere al repentaglio la propria vita, pur di scongiurarla.

Jane si morse un labbro e annuì. «Lo fanno, ma io e David non siamo a quel punto della nostra relazione. Abbiamo bisogno di più tempo.»

«Non hai più tempo,» replicò Nick in tono piatto.

Perry e Jane si girarono a fissarlo.

«Non puoi startene chiusa in questa casa e, anche se potessi, prima o poi qualcuno in città ti riconoscerà da quella foto,» disse l'uomo.

«Oppure la foto potrebbe finire su internet,» aggiunse Perry.

«Devo riflettere,» dichiarò Jane, alzandosi.

«Non c'è nulla su cui riflettere,» obiettò Nick. «Qui è questione di sopravvivenza.»

Jane non rispose. Andò nel suo appartamento, chiudendosi la porta alle spalle senza far rumore.

«Che facciamo?» domandò Perry a Nick.

«Niente,» rispose l'uomo. «È una decisione che spetta a lei.»

«Ma...»

Nick stava già salendo le scale.

«Deve esserci un modo per aiutarla,» stava dicendo Perry quando raggiunsero l'appartamento nella torretta di Nick. Si sentiva il telefono squillare dall'interno.

Nick aprì la porta. «È un'adulta. Può fare le sue scelte. Stanne fuori.» Entrò in casa e rispose al telefono.

Perry ascoltò la conversazione unidirezionale, guardando dalla finestra gli alberi spogli e le nuvole che arrivavano da nord.

«Sto solo sistemando le cose qui,» disse Nick una volta tolti di mezzo i saluti di rito. Doveva essere Roscoe al telefono, l'ex commilitone dei SEAL con la ditta investigativa privata in California.

Il ragazzo ascoltò i silenzi di Nick, poi l'uomo disse piano: «Un'altra settimana, ma potrei anche far prima, se è necessario.»

Perry chiuse gli occhi. Quando li riaprì, vide i piccoli cerchi del suo respiro sul vetro della finestra.

***

Fu una giornata strana.

Mr. Teagle tornò a casa e andò dritto nel suo appartamento, chiudendosi dentro. Gli uomini dello sceriffo tornarono e interrogarono di nuovo tutti, e Perry raccontò per filo e per segno il suo ritorno da San Francisco e il ritrovamento dell'uomo morto nella sua vasca.

«Stanno cercando di ricostruire una linea temporale,» gli spiegò Nick. «Hanno stabilito che la morte di Swiss risale a venerdì pomeriggio, il che scagiona te e Teagle, ma colloca tutti gli altri nella lista dei sospetti.»

«Se Swiss era un investigatore privato, su cosa stava indagando?»

«A quanto pare, nemmeno la sua segretaria sapeva nulla. Era in vacanza quando lui ha accettato l'incarico, di qualunque cosa si trattasse. Ma il fatto è…» L'espressione di Nick era cauta, come se sapesse che il ragazzo non avrebbe gradito ciò che stava per dire.

«Cosa?»

«Sembra che Swiss avesse legami con la mafia.»

Perry rimase a fissarlo, provando a metabolizzare quelle parole. Poi replicò indignato:«È fuori discussione che Janie abbia ucciso quell'uomo. E poi cosa? Ha fatto fuori Tiny per proteggere il suo segreto? Cazzo, è fuori discussione, Nick!»

«Ti sto solo riferendo…»

«Chi ha detto che aveva legami con la mafia?»

«Roscoe.» Di fronte all'occhiata interrogativa di Perry, Nick spiegò: «Gli ho chiesto di fare qualche ricerca per noi.»

Noi? Non c'era nessun *noi*. Nick voleva che la situazione si risolvesse il più presto possibile così da poter

211

partire per la California e non pensare mai più a Perry e a quel posto.

«Non m'interessa cosa pensa quell'idiota di Roscoe, Jane non ha ucciso nessuno!»

Nick inarcò le sopracciglia. «Che diavolo ti prende? Roscoe non ha nessuna idea in merito a questa faccenda. Ha solo fatto un controllo su un nome su mia richiesta.»

«Hai condiviso quest'informazione con lo sceriffo?»

Nick incontrò lo sguardo di Perry, imperturbabile. «No. Ma se credi che non lo scopriranno quanto prima, allora hai la testa sotto la sabbia almeno quanto la Bridger.» Poi, in tono più pacato, aggiunse: «Andiamo, Perry. Hai visto quant'era spaventata oggi. Se qualcuno fosse venuto qui per lei, è possibile che lo abbia attaccato in preda al panico. Hai sentito cosa ha detto sull'uccidere accidentalmente qualcuno e non avere il coraggio di confessare.»

«Non si stava riferendo a se stessa.»

«Questo non lo sai.»

«E che mi dici degli zaffiri degli Alston? Che ne è stato di quella teoria? Non abbiamo parlato con Mr. Stein.»

«Sono sicuro che lo abbiano fatto gli agenti, anche se non gli hanno chiesto degli zaffiri. E poi, che motivo avrebbe avuto per far fuori una investigatore privato del Jersey?»

«Stando a quanto hai detto, il movente non ha poi molta importanza. Quello che conta sono i mezzi e opportunità. È questo che avevi detto prima. E anche se Jane avesse saputo dei passaggi segreti – cosa di cui non sono affatto convinto – non sarebbe stata in grado di trascinare Swiss da nessuna parte. O Tiny. E lo stesso vale per Miss Dembecki. Il che lascia David Center, Mr. Stein e te.»

Nick represse un'esasperata risposta istintiva. Non aveva la minima intenzione di litigare con Perry per quella faccenda. Il tempo che gli era rimasto a disposizione era già sin troppo poco. «Lo sceriffo è certo che Center non stia simulando la sua cecità. Il che non esclude che avrebbe potuto mettere i suoi muscoli a disposizione della Bridger, se lei avesse avuto bisogno di aiuto per trascinare in giro un corpo,» disse invece.

«Se fossero in quei termini, non credo che Janie avrebbe motivo di temere che lui non voglia partire con lei,» replicò Perry, caustico.

Nick si disse che il ragazzo aveva ragione. Senza contare che, se la Bridger aveva davvero ucciso due persone, non avrebbe chiamato i suoi amici della protezione testimoni per venire a prenderla ed evitare di finire invischiata in un'indagine per omicidio? «Il fatto che la polizia non guardi solo al movente non significa che non abbia alcuna importanza. Non ho mai detto una cosa simile,» precisò.

Perry sollevò le sopracciglia con sprezzante scetticismo: un'espressione che faceva uno strano effetto sul suo viso appuntito. Invece d'infastidire Nick, quell'atteggiamento gli fece venir voglia di sorridere, saltar addosso al ragazzo e combattere il suo cattivo umore nel modo migliore che conosceva. Nonostante ciò, riuscì a controllarsi e disse: «Credo che, in questo caso, il movente giochi un fattore importante e ritengo che il movente di un branco di matti che cercano degli zaffiri perduti sia un po' stiracchiato.»

«Pensi che un milione di dollari siano un motivo stiracchiato?»

«Penso che quei gioielli siano sparsi in giro per i boschi. E penso di non voler perder tempo a litigare con te.»

Quelle parole fecero centro. Perry sollevò lo sguardo per incontrare il suo e le linee dure del suo viso si rilassarono.

«Vieni qui,» disse Nick dolcemente. «Voglio condividere un'altra delle mie teorie con te...»

***

L'altro evento degno di nota della giornata fu il quasi omicidio di Miss Dembecki da parte di un agente di polizia che, esplorando i passaggi segreti, aprì uno dei pannelli sul muro che inaspettatamente dava sulla scalinata principale, e per poco non l'aveva fatta ruzzolare giù dai gradini. Per fortuna l'anziana signora era stata abbastanza agile da venirne fuori illesa.

Si era precipitata al piano di sotto, si era chiusa nel suo appartamento e aveva rifiutato di rispondere a tutte le domande sul suo stato di salute che le erano state poste attraverso la porta.

«Perché diavolo stava salendo di sopra, a ogni modo?» chiese Nick.

«Credo che stesse cercando di nuovo di entrare in casa mia,» rispose Perry tutt'altro che contento. «Te l'ho detto, è convinta che i gioielli siano da qualche parte nell'edificio.»

«Penso che tu la faccia un po' troppo furba,» replicò Nick. «Io credo sia fuori di testa.»

Quella sembrava l'opinione generale della casa. Ma l'unico ad avere un'idea su cosa fare a riguardo era Mr. Stein, che aveva suggerito che Mrs. Mac chiamasse l'ospedale psichiatrico il più presto possibile.

Per l'ora di cena i poliziotti erano spariti di nuovo e il resto dei pensionanti parevaessersi comodamente barricato nelle loro case per la notte. Nick preparò del brasato e commentò che quanto prima sarebbe dovuto andare a fare la spesa. Poi sprofondò in un silenzio imbarazzato.

Non era necessario che facesse provviste. Di lì a poco sarebbe andato via e, in realtà, avrebbe già dovuto cominciare a fare i bagagli. Certo, avrebbe sempre potuto fare la spesa nella speranza che Perry ricordasse di mangiare qualcosa di tanto in tanto.

Il ragazzo non stava mangiando molto neppure in quel momento, ma stava parlando con entusiasmo di una mostra d'arte che avrebbe voluto vedere a Burlington e, con suo sommo sgomento, Nick si sentì dire: «Se sarò ancora qui, verrò con te.»

Perry rimase immobile per un istante e poi gli rivolse uno di quei sorrisi abbaglianti. «È il prossimo mese. Ma, sì, sarebbe stato divertente.»

Per un po' nessuno dei due parlò e la cucina divenne silenziosa, eccetto che per il grattare delle posate sui piatti.

«Perché non chiami i tuoi genitori?» chiese Nick di getto, senza troppa grazia.

Perry batté le palpebre. «Perché?»

«Perché non puoi...» L'uomo s'interruppe. *Che stava facendo?* Ma non riuscì a impedirselo. «Perché è un buon momento per chiamare. È quasi Natale. Probabilmente vogliono sentirti.»

Avrebbero dovuto essere dei fottuti pezzi di ghiaccio per tagliare fuori Perry a quel modo e Perry non era il prodotto di due fottuti pezzi di ghiaccio. Era stato protetto, tenuto al riparo, adorato per tutta la sua vita. Mamma e papà Foster dovevano essere preoccupati da morire per lui. E dovevano sentirsi soli. Era impossibile non affezionarsi a quel ragazzo, questo era certo.

Ma il giovane rispose con freddezza: «Sanno dove trovarmi. Se avessero voluto parlarmi, avrebbero chiamato. Sta a loro fare la prima mossa. Non mi scuserò di essere gay.»

Non puoi farcela da solo.

Per un terribile secondo, Nick pensò di aver detto quelle parole traditrici ad alta voce. Non erano neppure vere. Perry se la stava cavando. Era abbastanza in salute, aveva un lavoro, un posto in cui stare. Stava dipingendo: ce l'avrebbe fatta. Non sarebbe stato facile e avrebbe perso buona parte della sua dolcezza, della sua innocenza e del suo ottimismo, ma non era un codardo.

Era Nick quello spaventato. E che diavolo di senso aveva? Serrò la mascella evitando di dire un mucchio di cose che sapeva avrebbe rimpianto, optando per un breve cenno d'assenso e finendo la sua cena mentre Perry – come prevedibile,era sensibile al suo malumore – chiacchierava

215

d'arte, dipinti e di un'artista locale di nome Anna Vreman. Tutto eccetto delitti, zaffiri e gente fuori di testa.

***

Seguendo un muto accordo, andarono a letto presto quella sera e fu bello come era sempre stato tra loro… Solo che adesso stava diventando familiare in un modo che era allo stesso tempo pericoloso e seducente.

Ed era facile essere teneri al buio, essere gentili l'uno con l'altro nel silenzio gradevole. Non chiedere nulla ma dare tutto, accarezzare e baciare, toccare e assaporare finché la voglia, il desiderio, il bisogno li travolgevano ancora e cominciavano a muoversi in un'unione febbrile, il fiato corto, i piccoli gemiti,i sospiri e il sussurro della pelle che sfociavano in un crescendo: la stretta alla gola di Perry che si tramutava in un singhiozzo, Nick che urlava una volta sola al culmine di un piacere doloroso come la lama di un coltello.

«Non ho mai avuto l'opportunità di vedere la California,» disse Perry mentre se ne stavano stesi sul letto, tranquilli e comodi. «Com'è?»

Nick scrollò le spalle. «Calda. Assolata.» Per poco non aprì la bocca e non commise il fatale errore di dire: «*Sarebbe il posto giusto per te*». Si fermò in tempo, ma il pensiero rimase. Invece disse: «Cara.»

Perry annuì. «Pensi che tornerai mai qui?»

«In questa casa?» Con sua sorpresa, si accorse che stava temporeggiando. Da quando era così codardo? Non sarebbe tornato. Mai più. Non vedeva l'ora di lasciarsi quel posto alle spalle. O almeno… era stato così fino a pochi giorni prima. Adesso…

Adesso era più difficile.

Più difficile di quanto avrebbe dovuto essere.

«In Vermont, intendo. In un posto in cui posso vederti di nuovo,» rispose Perry con calma.

Nick aprì la bocca e il ragazzo disse ancora una volta in tono disinvolto: «Senza impegni, certo. Solo come amici. So come funziona.»

E quell'incrollabile accettazione provocò un dolore al petto di Nick, come se avesse preso una brutta caduta sul ghiaccio. Respirare era difficile e sentiva il gelo penetrargli sino al cuore.

«Non lo so,» disse, la voce roca.

Alcuni minuti passarono e, dal suo respiro, intuì che il ragazzo si era addormentato. Nick gli diede un bacio sulla fronte e lo sentì emettere un mormorio contento. Nick gli baciò gli occhi, le orecchie e trovò la sua bocca e, in men che non si dica, Perry fu di nuovo sveglio e si stavano muovendo l'uno contro l'altro.

Gli tirò giù i pantaloni del pigiama con la sgradevole sensazione di approfittarsi di lui, ma Perry non era un bambino e voleva quello che stava per succedere tanto quanto Nick... e presto o tardi avrebbe dovuto scoprire che le storie a lieto fine esistevano solo nei film. Nella vita vera le cose non si concludevano mai in modo così perfetto. Tutto aveva un prezzo, e il prezzo di quell'istante era che sarebbe stata più dura per entrambi quando Nick sarebbe andato via, eppure sembrava valerne la pena.

* * *

Perry si risvegliò da solo. Le lenzuola dal lato di Nick erano fredde.

Era così che sarebbe stato ogni giorno una volta che Nick se ne fosse andato.

Si alzò, indossò i jeans e andò in soggiorno. Non c'era alcun segno dell'uomo. Nessun biglietto. Sospirò. Non aveva senso aspettarsi un cambiamento da parte dell'ex marine.

Decidendo di attraversare il corridoio per andare a prendere un cambio di vestiti a casa sua, Perry scrisse un messaggio in caso Nick fosse tornato mentre lui era ancora fuori.

L'edificio era immobile. Pervaso da una strana atmosfera di desolazione. Sbirciò oltre la ringhiera. In giro non c'era anima viva. Neppure Miss Dembecki.

D'impulso, si diresse verso il seminterrato per prendere delle scatole. Nick gli aveva suggerito di cominciare a spostare la roba nel suo appartamento, perché lui avrebbe dovuto fare i bagagli per la California.

La sensazione di essere l'unico essere vivente nel palazzo persisteva. Quel posto non gli era mai apparso così prima. Abbandonato.

Domandandosi se gli agenti di polizia fossero ancora appostati all'altra estremità del ponte, aprì la porta principale. Delle auto della polizia non c'era traccia. E nemmeno del furgone della TV locale.

Una raffica di vento che sapeva di neve imminente sferzò i drappeggi di merletto sulla porta e fece tintinnare il lampadario, un suono simile a quello di ghiaccioli che cadevano. Perry contemplò le antiquate sfere e i colorati prismi pendenti.

Lentamente, un'idea si fece strada nella sua testa.

Guardandosi intorno, localizzò – ancora appoggiata alla scalinata – la scaletta che Tiny aveva utilizzato per le infiltrazioni alle finestre dell'ingresso principale.

Sistemò la scala nel punto giusto e ci salì. Il lampadario risaliva agli anni Venti. Era un affare complicato con paralumi rovesciati di vetro ambrato e prismi di cristallo blu, dorati e rossi che circondavano una coppa centrale capovolta finemente decorata.

Perry studiò l'elemento centrale. Sotto la polvere di decenni e i fiori dipinti a mano in stile *art nouveau*,sembravano esserci altri frammenti colorati di vetro e cristalli. Il suo cuore cominciò a battere forte per l'eccitazione.

Era possibile.

Come molti degli arredi originali della casa, il lampadario non funzionava più. Invece di ripristinare le antiche, splendide applique e i lampadari, nei corridoi e negli appartamenti erano stati istallati a intervalli regolari faretti industriali a buon mercato.

Perry alzò le braccia per verificare se fosse possibile smontare il pezzo centrale senza tirar giù l'intera struttura. Se i suoi sospetti erano fondati, doveva essere così.

All'improvviso la scala gli fu strappata da sotto i piedi. Ebbe il pensiero fugace di aver perso l'equilibrio, ma guardando in basso vide qualcuno sotto di lui con le mani sulla scala.

Si aggrappò alla prima cosa che gli capitò sotto mano, che si rivelò essere il lampadario che ondeggiava furiosamente e che si staccò dal soffitto con un orrendo suono, presagio di sventura.

Poi stava precipitando. Il pavimento di legno che gli si faceva incontro a gran velocità.

Capitolo 13

Il lampadario in frantumi non era un buon segno.

E nemmeno il fatto che nessuno sembrasse averlo notato.

Nick picchiò contro la porta di Mrs. Mac. Dall'interno non si udiva alcun suono. Niente televisione, niente cani… solo un silenzio spettrale.

Percepì i suoni di un'attività frenetica giungere dal fondo del corridoio. Li seguì sino alla cucina.

«Dove sono tutti?» chiese.

Miss Dembecki, che era impegnata a tirar fuori della roba dai cassetti della credenza a incasso della stanza adibita a dispensa, trasalì come un gatto cui avevano rovesciato addosso dell'acqua bollente.

Rimase lì a fissarlo come una creatura selvatica, i capelli grigi che ricadevano sulle spalle del suo accappatoio rosa, gli occhi spiritati. Ai suoi piedi c'era una pila di biancheria ingiallita. Set da colazione ricamati e centrotavola di pizzo, tovaglioli di lino. Stringeva un mucchio di portatovaglioli di madreperla come se fossero la sua parte di un tesoro pirata.

«Dov'è Perry?» domandò l'uomo.

Lei continuò a fissarlo con quello sguardo teso ma vacuo.

Dopo un po', Nick disse in tono neutro: «Perry è sparito. Mrs. Mac non risponde alla porta. La Bridger sembra essersi volatilizzata.»

Miss Dembecki continuò a non rispondere. Nick ebbe l'impressione che non riuscisse a capirlo, ma poi disse: «Miss Bridger è fuggita.»

«Che intende per *fuggita?*»

220

L'anziana signora sbatté le palpebre a quel tono. «È scappata con Mr. Center. Sono andati via durante la notte.» Sembrò rallegrarsi. «Li ho visti partire. Avevano delle valigie e sono usciti dal giardino sul retro.»

«È sicura che ci fosse Center con lei?»

Miss Dembecki annuì. «Hanno preso anche Mr. Fluffy. Gli uomini nel furgone nero li stavano aspettando.» Lo stava ancora fissando con quegli occhi selvaggi e diffidenti.

«Cosa sta facendo?» chiese Nick.

Con sua grande sorpresa, la donna lasciò cadere i portatovaglioli e gli si lanciò contro come una belva impazzita, le mani curvate come artigli, i denti scoperti. Nick le afferrò i polsi e la tenne a distanza, osservandola contorcersi e ringhiare.

«Non credere che non lo sappia!» strillò. «So cosa stai facendo. So cos'hai in mente. Hai i suoi occhi! Non avrai i miei.»

Era come cercare di tener fermo un groviglio animato di stracci e ossa. Nick la tenne lontana mentre soffiava e gli gridava contro. «Signora, non ho tempo per *questo*,» proclamò in tono secco. La spinse via. Lei andò a sbattere contro la credenza, guardandolo in cagnesco. L'uomo recuperò il mazzo di chiavi che giaceva sul ripiano della dispensa, uscì dalla stanza e la chiuse a chiave. Un istante dopo la sentì abbattersi contro la porta, urlando.

«Stia buona lì,» ordinò, ma per quanto gliene importava avrebbe potuto radere al suolo la stanza. Non poteva occuparsi di lei in quel momento. Non c'erano tracce di Perry nel suo appartamento, nella torretta, né da nessun'altra parte, e lui aveva un gran brutto presentimento.

Salì di corsa le scale, andò nel suo appartamento e chiamò la polizia. Mentre stava componendo il numero, notò il biglietto in cui Perry lo avvisava di essere andato nel suo appartamento a recuperare dei vestiti. Sentì le viscere contorcersi.

Era successo qualcosa a Perry. Qualcosa di brutto.

Sarebbe potuto essere ovunque in quel mausoleo. Sarebbe potuto anche essere già morto.

Nick sentiva le tempie pulsare. Aveva bisogno di un attimo per riflettere.

D'accordo, c'erano buone probabilità che nessuno avrebbe cercato di nascondere un corpo – aveva bisogno di credere che si trattasse di un corpo ancora in vita – in casa. Non con tutti gli agenti che ancora battevano palmo a palmo i tunnel. Questo lasciava i terreni circostanti. Il gazebo e la ghiacciaia erano le ipotesi più probabili.

Nick si affrettò giù per le scale e tagliò per i giardini. Poteva sentire la corrente del ruscello oltre gli alberi, ma rifiutò di prendere in considerazione l'idea che l'aggressore di Perry lo avesse semplicemente scaricato in acqua.

Il gazebo era più vicino della ghiacciaia e lo controllò per primo. Era vuoto.

Proseguì verso l'altro edificio, muovendosi in fretta ma con circospezione attraverso il giardino bagnato e intarsiato di ghiaccio. Quando vide l'edificio sbiadito, si convinse di aver ragione. La ghiacciaia era abbastanza distante dalla casa padronale da essere il luogo ideale in cui tenere prigioniero qualcuno.

Non avrebbe avuto senso uccidere Perry. Non ce n'era motivo. La sua semplice sparizione sarebbe bastata a far sì che lo sceriffo rastrellasse il posto.

Non c'era motivo di ucciderlo. Nessun motivo di fargli del male, maledetto bastardo.

Il ghiaccio sul tetto della ghiacciaia si stava sciogliendo, colando giù in un gocciolio lucente e ritmico. Nick estrasse l'arma, addossò la schiena al muro e ascoltò.

Silenzio.

Aprì la porta con un calcio, ritraendosi di nuovo contro il muro dell'edificio. I cardini emisero uno cigolio che avrebbe potuto risvegliare un morto. Non si udì altro suono.

Nick sbirciò da dietro la cornice della porta.

Ai suoi occhi occorse un attimo per abituarsi all'assenza di luce, poi individuarono il corpo di Perry sul ciglio della pozza d'acqua.

Nick oltrepassò la soglia acquattandosi, lo sguardo che scandagliava gli angoli di quella specie di caverna. Via libera.

Rinfoderò la pistola e sguazzò nel fango, trascinando Perry dal pantano alla terraferma. Lo girò sulla schiena e gli si inginocchiò accanto, liberandogli naso e bocca dalla melma. Avvicinò la faccia del ragazzo alla sua e sentì il debole soffio di un respiro contro l'orecchio.

L'uomo dondolò sui talloni e si passò un braccio sugli occhi. «Grazie,» mormorò.

Fece scorrere le mani sulle membra lunghe e immobili, prendendo nota dei danni. Braccio sinistro fratturato, un bernoccolo delle dimensioni di un uovo d'oca su un lato della testa, era in stato di shock, ma il suo battito era abbastanza forte.

Perry tossì e aprì gli occhi. Guardò Nick sbattendo le palpebre. «*Hooyah*,» sussurrò.

«Ora so che hai una commozione cerebrale.» Nick gli toccò il cranio con dita gentili. «Già. Hai un gran bel bernoccolo.»

«Penso di s-s… sapere cosa è successo,» disse il giovane.

«Ah, sì?» Nick gli passò un braccio dietro le spalle. «Ha per caso a che fare con una caduta dalla scala?»

«Non credo di essere caduto.»

«Penso che tu abbia ragione,Humpty-Dumpty. Sto per tirarti su. Non agitarti.»

Perry s'irrigidì. «Credo di essermi rotto il braccio sinistro.»

«Hai di nuovo ragione.»

«Per fortuna è il sinistro.»

«Già. Sei un ragazzo fortunato. Aspetta, farà male.»

Perry si aggrappò col braccio buono alle spalle di Nick e l'uomo lo sollevò. Perry imprecò nel suo orecchio.

«Reggiti.»

«Qualcuno mi ha tirato via la scala da sotto,» disse il ragazzo in tono colloquiale.

«Sei riuscito a vedere chi?»

Perry scosse il capo, tirò su un brusco respiro e imprecò contro il collo di Nick. «Credo di sapere dove sono i gio… *ahi*!»

«Se erano nel lampadario, sono spariti adesso.»

Il ragazzo non rispose, respirando forte e veloce contro la pelle sudata di Nick.

«Ti lascerò seduto qui.» L'uomo fece seguire i gesti alle parole, aiutando Perry a sedersi sul masso dalla superficie piatta. «Non voglio che tu ti muova troppo dopo una caduta come quella.»

«Sì, ma non voglio stare qui,» replicò il giovane, senza lasciarlo andare.

Nick gli diede un abbraccio veloce ma delicato. «Ho già avvertito la polizia. Non ti succederà niente nei cinque minuti che mi serviranno per chiamare un'ambulanza.»

«Guarda cosa mi è successo l'ultima volta che mi hai lasciato solo.»

Nick ignorò quelle parole. «E tornerò con una coperta, perché probabilmente stai per andare in shock termico.»

«Fantastico,» commentò Perry mentre Nick si divincolava con cautela. Il ragazzo tentò di reggere il braccio rotto con l'altro. «Potresti fare in fretta? Perché non mi sento molto bene.»

«Fai conto che stia già tornando,» disse Nick, dirigendosi verso la porta. La aprì.

Ci fu un lampo di luce solare seguito da un sonoro boato.

Nick indietreggiò di un paio di passi e atterrò nell'acqua fredda. Lentamente si accasciò all'indietro.

«Nick!» urlò Perry. Per metà si lanciò e per metà scivolò nella pozza d'acqua e tirò l'uomo su a sedere. Era pesante e lui aveva un solo braccio a disposizione, ma gli tenne la testa fuori dall'acqua, sorreggendolo con un ginocchio.

«Gesù,» ansimò Nick. Provò ad alzarsi, ma ripiombò a terra.

C'era sangue dappertutto, si spargeva come fumo nell'acqua gelida. Perry sentì qualcosa di duro sulla schiena dell'ex marine. La sua pistola.

Istintivamente, la sua mano vi si chiuse sopra, ma si bloccò di colpo quando una voce disse: «Restate dove siete. Non muovetevi.»

Nick, la mano stretta intorno alla spalla, si appoggiò a Perry. L'ombra che bloccava la soglia scivolò all'interno della ghiacciaia e chiuse la porta. Il raggio di una torcia li illuminò.

Intorpidito da una letale combinazione di dolore, sgomento e freddo, il cervello del ragazzo faticava a mettersi in moto. I suoi processi cognitivi erano lenti, inadeguati. Qualcuno aveva sparato a Nick. Non riusciva a capacitarsene. Il dolore al braccio lo stava uccidendo. «Sta sanguinando,» disse all'ombra.

«L'idea era quella.»

Riconobbe la voce senza particolare sorpresa. «Mr. Stein?»

«Avresti dovuto starne fuori, Foster,» lo informò Stein. «Non che non ti sia grato. Ancora non capisco come ti sia venuto in mente di guardare nel lampadario.»

Nick cercò di voltarsi per guardare Perry. «Hai trovato il bottino di Moran?»

«Non... sono r-riuscito a vederlo,» rispose il ragazzo battendo i denti.

«Sì, era nel bulbo del lampadario. Una fortuna in gioielli e monete antiche. Non è tutto, ma è un buon inizio. Quella gente sapeva come vivere,» disse Stein. Poi, in un altro tono, aggiunse: «Avresti dovuto cogliere l'avvertimento, Foster: non trascinare il tuo amichetto in questa storia.»

«L'avvertimento?» domandò ingenuamente Perry.

«L'uccello morto,» sibilò Nick a denti stretti. «Era un avviso, un regalino di Stein.»

«No,» replicò l'uomo. «L'uccello morto è stata un'idea di Tiny. L'aveva trovato dopo la tempesta e lo ha messo nella tua stanza per intimidirti. Non male per un ritardato…»

«T-Tiny era coinvolto?» Quello sì che era difficile da immaginare: Stein e Tiny che facevano squadra. Perry strinse la mano sul calcio della pistola. Il corpo di Nick nascondeva i suoi movimenti a Stein, ma non sarebbe mai stato in grado di usare l'arma. Mai.

Stein ridacchiò. «Tiny pensava di aiutarmi con un'operazione sotto copertura. Aveva un hamburger al posto del cervello, quello lì.»

«Ma lo ha sentito parlare con Perry e me e non poteva essere sicuro che non vuotasse il sacco con i veri poliziotti,» disse Nick, senza fiato. Si avvicinò ancora un po' a Perry e il ragazzo capì che stava aspettando che prendesse la pistola. Per fare cosa? Se avesse potuto darla a Nick, sarebbe stata una cosa… magari avrebbe potuto trascinarlo fuori dalla pozza d'acqua…

Arretrò di pochi centimetri e Stein ringhiò: «Non muovetevi, ho detto!»

«Stiamo congelando.»

«Non per molto.»

«Andiamo, Stein. Come farà a spiegare questo?» ribatté Nick, digrignando i denti.

«Non sarà necessario. A chi dovrei spiegarlo? Teagle è chiuso nel suo appartamento con la sua collezione di porno, Mrs. Mac è scappata da sua sorella a Burlington, la Bridger e il medium sono andati via la notte scorsa. E stanotte l'intera casa andrà in fiamme, cominciando da questo posto. Tutti non fanno che ripetere che è una trappola per topi.»

«Oh, la faccia finita,» disse Nick. «I poliziotti non sono stupidi come crede.»

«Nessuno conosce i poliziotti meglio di me, quegli ottusi campagnoli daranno la colpa di tutto a quella matta della Dembecki.»

«Nessuno crederà che MissDembecki ci abbia sparato,» obiettò Perry.

«Perché no? Ha una pistola. Ha la pistola di Shane Moran. Un cimelio di famiglia. Non avevate idea che fosse la bisnipote di Moran, vero? La vecchia strega cercava la sua refurtiva da più tempo di me.»

«È impossibile che riesca a spuntarla con un piano così...»

«Non importa. Sarò sparito da un pezzo. Un nuovo nome, una nuova identità. So come farla franca.»

«Probabilmente qualcuno ha già avvertito la polizia,» disse Perry. «In una mattina tranquilla come questa, il suono di uno sparo arriva lontano. Miss Dembecki avrà già chiamato.»

Stein rise. «Dovresti parlare col tuo amichetto a questo proposito.»

«Allora, perché lo hai ucciso? Raymond Swiss, l'investigatore privato,» domandò Nick a denti stretti.

Stein fece un suono infastidito. «Ci crederesti? È stato un incidente,» rispose. «Un maledetto incidente. Gli sono andato a sbattere contro uscendo dal passaggio che porta alla scalinata principale. È ruzzolato giù per tre rampe ed è atterrato proprio davanti a quell'imbecille di Tiny.» Riuscirono a sentire l'indifferenza nella sua voce. «La mia solita fortuna. Ma adesso le cose stanno per cambiare.»

«Perché lo hai messo nella mia vasca?» volle sapere Perry. Dovevano assicurarsi che Stein continuasse a parlare. Aveva bisogno di tempo per capire cosa fare...

«Tiny ha detto che saresti stato via per una settimana, così ho pensato di nasconderlo lì finché non avessi deciso cosa farne. Non volevo correre il rischio che Teagle c'inciampasse sopra mentre vagava per i tunnel.»

«E poi io sono tornato in anticipo.» Non posso farlo, pensò Perry, la mano che tremava mentre estraeva la pistola dalla cintola di Nick. Anche se riuscissi a colpire Stein, cosa impossibile… quel minuscolo cerchio di luce? Non posso sparare a qualcuno. Non posso…

Se lo manco, ci ucciderà entrambi. Adesso. Immediatamente. Moriremo.

Nick domandò qualcos'altro a Stein, ma Perry riusciva a pensare soltanto al peso della pistola nella sua mano malferma.

Se solo potessi passare la pistola a Nick, pensò di nuovo.

Ma se Nick avesse accennato a muoversi, Stein avrebbe sparato. Riteneva – e a ragione – che l'ex marine fosse la vera minaccia.

Il respiro di Nick aveva uno strano suono. Il suo corpo era squassato dai brividi. Lo stato di shock era probabilmente l'ultimo dei suoi problemi. Stava morendo dissanguato, stava morendo di freddo. E non poteva far altro che contare su Perry, sperando che li avrebbe salvati entrambi.

Il ragazzo cercò la sicura dell'arma col pollice.

La canna era bagnata. Sarebbe riuscita a far fuoco?

Nick, vigile ma sempre più debole – ancora determinato a guadagnare tempo – chiese:«Perché non lo hai semplicemente scaricato nei boschi di notte?»

E Perry sollevò la MK23 e sparò mirando al puntino di luce. Ci fu un forte boato e Perry ricadde a sedere. Nick sprofondò in acqua.

Partì un altro colpo. Perry continuò a sparare. Sentiva Nick annaspare. Il masso vicino a lui esplose e le schegge vaganti gli tagliarono la guancia, il sopracciglio.

Provò a prendere meglio la mira su Stein, scivolò nel fango, finì con la testa sott'acqua. Intravide dei lampi di luce mentre l'uomo rispondeva al fuoco.

E la pistola gli fu strappata di mano. Qualcuno lo afferrò per il collo, fu tirato in superficie, a corto di fiato e scosso dai colpi di tosse.

«Perry? *Perry!* Sei stato colpito?»

Aveva ingoiato acqua, quindi non riusciva a parlare. Nick lo stava trascinando dietro le rocce frastagliate, fuori dal fango e dall'acqua. Insieme strisciarono – sguazzarono – al riparo. Sentiva qualcuno urlare e imprecare. Non era Nick. Non era lui. Stein?

Inspirò ed espirò di colpo quando Nick gli finì praticamente addosso.

«Vai verso il passaggio,» disse l'ex marine.

«Non senza di te.»

La voce dell'uomo si ruppe in qualcosa che era a metà strada tra un singhiozzo e una risata. «Sei pazzo? Non ho intenzione di restare. Ti vengo dietro.»

Sfruttando la copertura offerta delle rocce, si trascinarono sino al passaggio. Stein sparò contro il muro, spingendo Perry a continuare a muoversi.

Andò a tentoni in cerca del chiavistello, poi, finalmente, lo trovò, premendo su quella che sembrava una delle travi del muro. La porta si aprì e si affrettarono a oltrepassarla, Perry che teneva stretto Nick col braccio buono. Il fianco dell'uomo era intriso di sangue. «Quanto è grave?» chiese in tono strozzato. «Non dovresti muoverti. Stai perdendo sangue.»

«Andiamo», ansimò Nick. «Perderei più sangue se ci prendesse.» Si girò e sparò un paio di colpi in direzione della porta alle loro spalle.

Le scale erano davanti a loro. Perry aveva il respiro bloccato in petto, rantolava disperatamente cercando di aiutare Nick.

In qualche modo riuscirono a salire le scale e ad arrancare lungo il passaggio verso delle luci che sobbalzavano andandogli incontro a gran velocità.

È la luce alla fine del tunnel, pensò Perry frastornato prima di chiudere gli occhi.

Capitolo 14

Nick detestava gli ospedali e aveva firmato il modulo di dimissioni contro il parere medico non appena era stato in grado di mettersi seduto. Com'era prevedibile, non era nelle condizioni di fare i bagagli e partire per la California e, in ogni caso, c'erano un mucchio di cose di cui intendeva occuparsi prima di andare, non ultima firmare la dichiarazione che aveva rilasciato alla polizia riguardo agli ultimi, brutali eventi verificatisi all'Alston Estate.

Perry non amava gli ospedali, ma dal momento che – in aggiunta al braccio rotto, alle costole incrinate e al trauma cranico – aveva anche contratto una lieve forma di polmonite, fu sollevato nel trovarsi in una struttura qualificata, circondato da un vasto personale in camice inamidato. Si sentiva al sicuro lì.

Quando Nick andò a fargli visita – insolitamente pallido e con un braccio fasciato, ma in qualche modo vivace, vitale e in forze – Perry accennò un saluto militare e un barlume di sorriso. Si riaddormentò quasi subito, incapace di stabilire se Nick si fosse davvero seduto vicino al suo letto o se si fosse trattato solo di un sogno.

Non aveva più nulla da temere. Era vivo. Nick era vivo. Nient'altro sembrava importante.

La polizia venne a raccogliere la sua deposizione e poi andò via.

Perry cominciò a sentirsi meglio. E cominciò a preoccuparsi di essere in ospedale senza assicurazione medica e che le sue ferie fossero finite, e che Nick sarebbe partito presto.

Ma l'uomo tornò a trovarlo.

«Come te la passi?» domandò, brusco. Profumava di aria invernale e del suo sapone alle erbe: un piacevole diversivo rispetto all'odore di disinfettante dell'ospedale.

«Bene,» rispose il ragazzo, anche se era pallido e troppo minuto per i gusti di Nick.

Perry fece un cenno del capo verso il gigantesco cesto di frutta sul mobile di fianco al letto. «Prendi una mela.»

Nick esaminò il cesto. Mancava l'indirizzo del mittente, ma il biglietto diceva: *Augurami buona fortuna. Farò altrettanto, Jane.*

Leggerlo gli rammentò di raccontare a Perry le ultime cose successe all'Alston Estate. La povera Miss Dembecki era stata spedita in un ospedale psichiatrico, Jane e David Center avevano fatto perdere le proprie tracce grazie al programma di protezione testimoni e Mrs. Mac era in cerca di nuovi affittuari.

«Stein è… non l'ho ucciso, vero?» domandò il ragazzo, timoroso.

«Nah, sarà chiamato in giudizio non appena uscirà dall'ospedale.» Nick fece un breve sorriso compiaciuto. «Gli hai sparato due volte e sei riuscito a non colpire nessun punto vitale. Non so se tu sia un cecchino provetto o il peggior tiratore del mondo.»

«È dura quando rispondono al fuoco,» commentò Perry.

«Già.»

«Miss Dembecki era davvero la nipote di Moran?»

«Sì. Pare che sia cresciuta ascoltando leggende sul suo famigerato prozio. Si dice che un paio degli scagnozzi di Moran siano scappati e, dopo che lui fu ucciso, andarono dalla sorella e le raccontarono che Varity Lane era stata complice del colpo. Moran le aveva lasciato gioielli e lei li aveva nascosti – nessuno a parte lei sapeva dove fossero – poi, secondo il piano, lei avrebbe dovuto scappare col suo amante. Ma lui morì e lei ebbe una specie di crollo nervoso, ecco tutto.

Lasciò il marito e si trasferì in Francia e, a quanto sembra, si dimenticò per sempre dei gioielli.»

«Wow. Com'e rimasto coinvolto Mr. Stein?»

«Non parla.»

Nick stava già passeggiando nervosamente per la stanza, impaziente di andar via. Sforzandosi di mantenere il suo tono neutro, Perry chiese: «Quando pensi di partire?»

«Un paio di giorni dopo Natale.»

Il ragazzo annuì.

«Dovrò tornare per il processo,» spiegò Nick.

Perry sorrise. «Già, è vero.»

Nick fece un altro giro nella spoglia metà della piccola stanza di Perry, poi disse: «Ho chiamato i tuoi genitori.»

«Tu...»

L'uomo evitò lo sguardo del giovane. «Ho chiesto il numero da Mrs. Mac e li ho chiamati. Avevano il diritto di sapere.» Diede un'occhiata a Perry: era così immobile che non sembrava neppure respirare. «Vogliono vederti, ma rispetteranno la tua volontà se tu non vuoi vedere loro.»

«Perché non dovrei volere?» chiese Perry con un filo di voce.

«Credo si sentano molto in colpa per alcune delle cose che hanno detto. A ogni modo, sono al villaggio se ti va di chiamarli.» Nick appoggiò un foglietto di carta sul vassoio del ragazzo.

«Sì, voglio vederli,» disse Perry e i suoi occhi si fecero lucidi e la sua voce roca. Se la schiarì. «Tu...»

Nello stesso istante Nick annunciò: «Dovrei andare.»

«Oh, d'accordo.» Il giovane aveva un aspetto molto stanco. Sorrise a Nick e disse: «Io... passerai a salutarmi?»

«Lo sto facendo adesso,» rispose l'uomo con fermezza.

Perry sembrò più stanco che mai, ma riuscì comunque a rivolgergli una specie di sorriso. «Giusto. Beh, grazie. Voglio dire, un grazie non è abbastanza...»

Nick coprì la sua bocca con la propria in un bacio impetuoso e veloce. Perry lo baciò con altrettanta foga e represse l'impulso di stringerlo tra le braccia e dirgli un mucchio di cose che avrebbero senza dubbio fatto sì che Nick non lo cercasse quando sarebbe tornato per il processo.

«Prenditi cura di te, ragazzino,» gli raccomandò l'uomo in tono burbero, e poi se ne andò – fuori dalla porta e in fondo al corridoio – prima che Perry riaprisse gli occhi.

***

I genitori di Perry si rivelarono esattamente come Nick li aveva immaginati. Il padre era un ex-marine e possedeva una ditta di acquisizioni. La madre era una casalinga della vecchia scuola, tutto sempre in perfetto ordine e lustro come uno specchio. Gran brava gente. Gente dall'immaginazione limitata, ma animata dalle migliori intenzioni… e amavano Perry tanto quando Nick si era aspettato. Il ragazzo aveva ereditato la loro testardaggine, questo era certo, ma l'orrore di scoprire cos'era quasi accaduto al loro fragile, piccolo tesoro nel grande mondo crudele, li aveva resi ansiosi di riaccoglierlo al riparo del loro nido, sperando che avrebbe superato quella fase d'insana attrazione nei confronti dei ragazzi. In ogni caso, sarebbe stato più al sicuro sotto l'ala genitoriale.

Nick sapeva di aver fatto la cosa giusta contattandoli. Non avrebbe mai voluto che il ragazzo passasse il Natale da solo e, per quanto riguardava lui… beh, una rottura netta sarebbe stata la soluzione migliore per entrambi. Era dieci anni più vecchio e molto più indurito dalla vita di Perry e, a essere onesto, non aveva voglia di uscire allo scoperto – nel senso letterale del termine – a Los Angeles, presentandosi con il suo compagno gay. Non aveva idea del grado di tolleranza di Roscoe – e non conosceva per niente gli altri soci – e non poteva permettersi di mandare in fumo la sua opportunità.

Forse se Perry avesse... piantato un po' più i piedi, se avesse provato a fargli cambiare idea, mostrato un po' di spina dorsale... perché il ragazzo aveva le palle ed era testardo e, se non stava lottando, magari era perché si era reso conto che Nick aveva ragione.

Nick sapeva di aver ragione. Era solo sorpreso da quanto si stesse rivelando difficile. Ma era soprattutto colpa della stagione. Era normale sentirsi soli durante le feste, anche se in realtà preferiva sentirsi solo per conto proprio che con Marie.

A ogni modo, se avesse sentito un'altra volta *I'll be home for Christmas*, avrebbe sparato a qualcuno.

Il giorno della vigilia stava impacchettando le ultime cianfrusaglie, quando qualcuno bussò alla porta.

Aprì e si trovò davanti Perry. Sulle spalle aveva una nuova giacca di pelle, sotto s'intravedeva il braccio ingessato. Era molto magro e troppo pallido e c'era qualcosa nella sua espressione...

Sembrava più grande.

«Buon Natale,» disse e, con un po' d'imbarazzo, allungò una scatola quadrata a Nick col braccio buono.

Nick prese il pacchetto senza guardarlo. «Che ci fai qui? Non dovresti essere in ospedale? I tuoi genitori sono venuti a trovarti, vero?» Fu travolto da un'improvvisa ansia al pensiero che il ragazzo fosse stato deluso ancora una volta.

Perry annuì. «Sì. Posso entrare?»

L'uomo indietreggiò d'istinto e il giovane entrò dicendo: «Sono stati qui tutta la settimana. Sono venuti a trovarmi tutti i giorni... al contrario di te.»

Nick si era chinato a poggiare il pacchetto sul pavimento, ma a quelle parole si tirò su: «Ci siamo detti addio,» disse. Non aveva nessuna ragione per sentirsi in colpa, ma per qualche ragione si lasciò sfuggire: «E poi pensavo che saresti tornato a casa.»

«È *questa* casa mia,» ribatté Perry. «O hai cambiato idea sul lasciarmi stare qui dopo la tua partenza?»

L'ansia di Nick si tramutò in genuina preoccupazione. «Come mai hai bisogno di stare qui? È tutto a posto con i tuoi?»

«Certo.»

Nick non riusciva a capire. «E allora... dove sono?»

«In viaggio per Rutland.»

«Perché non sei andato con loro?»

Perry lo fissò. «Perché avrei dovuto? Sono un adulto e ho la mia vita. Sai, quella di cui non vuoi fare parte.»

Nick sentì la faccia andargli in fiamme. «Ehi...»

Per un attimo, Perry perse il controllo e disse con amarezza: «Non sono un cucciolo, Nick. Non devi trovarmi una casa accogliente solo perché stai per trasferirti.»

«Adesso ascolta,» replicò Nick in tono di avvertimento. A dispetto del battito forsennato del suo cuore e del rossore che gli accendeva tutto il corpo, però, non era arrabbiato. Tutta quell'adrenalina e niente su cui riversarla...

«È tutto a posto,» assicurò Perry. «Sei stato molto chiaro al riguardo sin dall'inizio. È colpa mia se ho continuato a sperare che t'importasse un po' più di quanto dicevi.»

«Non ho mai detto che non m'importava.»

«Non hai mai detto niente.»

«Neanche tu.»

«Ti amo,» disse Perry. «Ma questo lo sai già. Solo che non credi che io sia grande abbastanza da sapere cosa sia l'amore.»

«Non ho mai detto niente del genere,» sbottò Nick.

«Come ho già detto, non hai mai detto *niente.*»

«Okay, beh, per la cronaca: mi importa. Mi... importa. Ma...» Nick deglutì a fatica.

«Ma cosa?» domandò il ragazzo. «Ah, già. Stai andando in California, e la California è cara.»

«*Quello* non c'entra affatto!» Perry non disse nulla e Nick, sentendosi stranamente a disagio con lui, aggiunse: «Beh, è casa tua adesso. Siediti.»

Ma Perry rimase in piedi. Andò alla finestra e guardò fuori. Nick spostò lo sguardo dalla sua schiena rigida e dalle sue spalle squadrate al colorato regalo di Natale e disse: «Questo devo aprirlo adesso?»

«Se vuoi. Non è proprio il tuo genere,» rispose il giovane. «È una palla con dentro la neve. Sai, una grande casa e un mucchio di neve del Vermont. Mi sono detto che ti avrebbe fatto pensare a me.»

«Non ho bisogno di una palla di neve per pensare a te,» ammise l'uomo. Probabilmente era la cosa più romantica che avesse mai detto. Lo fece arrossire.

Perry, in compenso, non sembrò molto colpito. Si voltò di nuovo per fronteggiarlo. «Allora, quando parti?»

Nick esitò. Sarebbe partito? All'improvviso non ne era più così sicuro. «Domattina. Passerò la notte in città.»

«Ti accompagno.»

«Con un braccio rotto?»

«Okay, mi accompagni tu.»

«Ho venduto il furgone,» disse Nick. «Mi accompagnerà Teagle.»

Perry annuì, pensieroso. «E se invece passassimo la notte insieme? Puoi prendere un taxi domani mattina. Che ne pensi?»

E, a un tratto, Nick riconobbe l'insolita emozione che lo stava agitando: il calore e l'eccitazione e il batticuore. *Felicità.* «E se invece chiamassi per posticipare il mio volo? Pensi ti servirà più di una settimana per fare i bagagli? Che ne dici?» Mise una mano sulla spalla di Perry e lo attirò a sé.

Le labbra del ragazzo s'incresparono. Sembrò valutare la proposta, le ciglia abbassate. Poi alzò lo sguardo e l'espressione nei suoi occhi tolse il respiro a Nick. «Che succederebbe se mi servisse più tempo?» chiese.

A suo dispetto, Nick sentì la sua bocca curvarsi in un sorriso. Aveva la fastidiosa sensazione che gli sarebbe successo spesso. «Aspetterei un'altra settimana.»

Perry fece quel suo sorriso pigro e accattivante. «D'accordo.»

Le loro labbra s'incontrarono, lente e dolci – stavano diventando bravi anche in quello – e il Natale e il ritorno a casa si fusero in qualcosa di inaspettatamente sensuale e bramoso.

Quando infine si separarono per respirare, l'ex marine borbottò: «Dannazione, Foster! Avevo pianificato tutto.»

«Già, mi dispiace.» Perry si protese di nuovo in avanti e la sua bocca sorrise contro quella di Nick.

«Cosa?» domandò l'uomo, sospettoso.

«Oh, sai. *Che il viaggio abbia inizio.*»

Voce unica nel panorama della letteratura gay e autore pluripremiato, Josh Lanyon scrive romanzi investigativi, sentimentali e d'avventura a tematica gay da più di un decennio.

In aggiunta a numerosi racconti brevi, novelle e romanzi, Josh è autore della serie acclamata dalla critica *Adrien English*, di cui fa parte *The HellYouSay*, vincitore nel 2006 dell'USABookNews Award nella categoria fiction a tematica LGBT.

Josh è anche vincitore di un Eppie Award e tre volte finalista dei Lambda-Literary Award.

Scopri le altre opere di Josh Lanyon sul sito
www.josh.lanyon.com